Alex Bell

DARK CHARM

Alex Bell

DARK CHARM

Aus dem Englischen
von Sabine Reinhardus

Bei diesem Buch wurden die durch das verwendete Material und die Produktion entstandenen CO_2-Emissionen ausgeglichen, indem der cbj-Verlag ein Projekt zur Aufforstung in Brasilien unterstützt.
Weitere Informationen zu dem Projekt unter:
www.ClimatePartner.com/14044-1912-1001

MIX
Papier aus verantwortungsvollen Quellen
FSC® C083411
FSC
www.fsc.org

Verlagsgruppe Random House
FSC® N001967

Wir produzieren
Klimaneutral
ClimatePartner.com/14044-1912-1001
Druckprodukt

1. Auflage 2020
Deutsche Erstausgabe August 2020

Die Originalausgabe erschien unter dem Titel »Music and Malice in Hurricane Town« bei Stripes Publishing Ltd, an imprint of the Little Tiger Group, London.
Aus dem Englischen von Sabine Reinhardus
Umschlaggestaltung: Carolin Liepins, München
Umschlagmotive © Shutterstock (Oleksandr Grechin, NataliaKo (5x), grmarc, sergio34, Wiktoria Matynia)
kk · Herstellung: AS
Satz: Uhl + Massopust, Aalen
Druck: CPI books GmbH, Leck
ISBN 978-3-570-31334-3
Printed in the Czech Republic

www.cbj-verlag.de
Dieses Buch ist auch als E-Book erhältlich.

Für meine Eltern,
dafür, dass sie mich
nach New Orleans mitgenommen haben,
als ich es am nötigsten hatte.

Ich hoffe, wir stehen eines Tages wieder
zusammen auf der Bourbon Street.

Kapitel 1

»Bist du Jude Lomax?«

Jude spuckte eine Portion Blut auf das Kopfsteinpflaster und blinzelte zu dem verwahrlosten Jungen hoch.

»Wer will das wissen?«, knurrte sie. Vorsichtig befühlte sie ihren Zahn mit der Zunge. Er wackelte.

»Benny schickt mich«, sagte der Junge und schwenkte einen Briefumschlag. »Ich soll mich nach einer Rothaarigen umsehen, hat er gesagt. Und dass sie sich wahrscheinlich entweder gerade prügelt oder schon irgendwo im Rinnstein liegt.«

Jude verzog das Gesicht. Sie war absolut nicht in Stimmung für Schlaumeier. »Gib mir die Nachricht und verzieh dich«, schnauzte sie.

Der Junge zuckte die Achseln, ließ den Umschlag einfach auf das schmutzige Kopfsteinpflaster fallen, drehte sich um und verschwand. Mühsam setzte Jude sich auf und lehnte sich an die nächstbeste Mauer. Es roch, als hätte jemand hingepinkelt, aber sie rümpfte nicht einmal die Nase. Jede einzelne Stelle an ihrem Körper tat weh, die Rippen, der Kopf, die Schultern – und ihre Seele übrigens auch. Von der Schnittwunde an ihrer Stirn tropfte Blut in ihre Augen, jeder Atemzug schmerzte höllisch, und außerdem war ihr übel. Was für ein beschissener Morgen. Überhaupt ein beschissenes Leben, alles in allem.

Mit einem vorsichtigen Rundumblick vergewisserte sie sich, dass Sidney Blues Sampson tatsächlich verschwunden war und nicht etwa noch mal auftauchte, um ihr weitere Tritte zu verpassen. Aber sie konnte ihn nirgends sehen. Anscheinend hatte ihr Vermieter sich verzogen, nachdem er sie großzügig mit Drohungen überschüttet und Stiefeltritten eingedeckt hatte.

Am Abend zuvor hatte Jude wie üblich ihren Trompetenkoffer unter den Arm geklemmt und sich auf den Weg nach Moonfleet Manor gemacht, wo sie einmal in der Woche spielte. Aber an der Türe wurde sie abgewiesen. Der Meister hatte einen schlechten Tag, erklärte Paris mit dem gewohnt höhnischen Grinsen auf den perfekt geformten Lippen.

Jude war das Herz bis in die Stiefel gerutscht. Sie hatte fest mit dieser Gage gerechnet, und jetzt blieb ihr nichts anderes übrig, als rasch noch irgendeine andere Arbeit zu finden. Also klapperte sie alles ab: jeden Jazz Club, jede Spelunke im Hurricane Quarter, jede Kneipe und jede miese Kaschemme im Meatpacking District, jeden Nachtclub und jede Spielhölle im Ruby Quarter der Vampire, jedes Dampfboot und jedes Vergnügungsschiff, das am Paradise Pier lag. Aber eine Trompetenspielerin war an diesem Abend nicht gefragt.

Als sie auf dem Rückweg den Cadence Square überquerte, war ihr Blick auf einen Teller Congri – mit Reis gemischte Schwarzaugenbohnen – gefallen, der dort in einem Kreis aus Silbermünzen unter den Platanen stand. Bei diesem Anblick hatte ihr Magen sich deutlich gemeldet, und ihre Finger hatten gezuckt, als wollten sie nach dem Geld greifen, aber Jude war stur weitermarschiert, ohne etwas anzurühren, wie jeder vernünftige Mensch in Baton Noir. Alle wussten, dass nur ein Cajou-Zauberer Essen und Münzen dort abgestellt haben konnte – Cajou, jene seltsame, dunkle, mächtige Magie, vor der man sich hüten musste. Dieses Geld oder das Essen zu nehmen, kam der stummen Einladung gleich, alle nur denkbaren Katastrophen in sein eigenes Leben hereinzubitten.

Als sie frühmorgens endlich nach Hause gekommen war, hatte ihr Vermieter bereits auf sie gewartet. Und er war absolut nicht in der Stimmung gewesen, sich anzuhören, warum sie mit der Miete im Rückstand war. Ganz und gar nicht.

Als sich ihr endlich nicht mehr alles vor Augen drehte, hob Jude den Briefumschlag auf, den der Junge ihr vor die Füße geworfen hatte. Sie zog den Brief heraus, überflog ihn hastig und ihre Laune hob sich mit einem Schlag. Die Done & Dusted Band wurde darin gebeten, bei einer Jazz-Trauerfeier zu spielen. Das bedeutete Arbeit, einen Scheck und nicht krankenhausreif geschlagen zu werden, weil man mit der Zahlung im Verzug war. Als Jude den gesamten Brief auf der Suche nach Einzelheiten überflog, verflüchtigte sich ihre Hochstimmung allerdings schlagartig. Die Beerdigung fand heute statt, genauer gesagt, jetzt gleich. In diesem Teil der Stadt gab es keine Kanäle, daher war eine Fahrt mit dem Sumpfgleiter ausgeschlossen. Sie würde durch halb Baton Noir rennen müssen, falls sie es überhaupt noch rechtzeitig schaffen wollte, und das ausgerechnet jetzt, wo es mehr als fraglich war, ob sie überhaupt bis zu ihrer Haustür humpeln konnte.

Sie ächzte und biss die Zähne zusammen. Was blieb ihr schon übrig. Diesen Job durfte sie auf keinen Fall verpassen. Jazz-Trauerfeiern wurden nur für wichtige und besonders vornehme Bewohner von Baton Noir ausgerichtet, und wer konnte schon wissen, wie lange es dauerte, bis der nächste von ihnen ins Gras biss.

Sie rappelte sich mühsam hoch und eilte die Treppe hinauf in ihre winzige Wohnung. Glücklicherweise schlief ihr Vater noch, und sie konnte sich ungestört und in Rekordzeit umziehen, ihre Trompete schnappen und wieder zur Tür hinausrennen. Aber obwohl sie es so eilig hatte, blieb sie an der Haustür stehen und rieb die Eingangsstufen mit Ziegelstaub ein, der ausschließlich zu diesem Zweck in einem Eimer neben der Tür aufbewahrt wurde. Angeblich ließen sich dadurch Flüche und Verwünschungen abwehren, die irgendjemand auf das Haus und seine Bewohner ausgesprochen hatte. Jude wusste nicht so recht, ob sie das tatsächlich glauben sollte, rieb aber trotz ihrer Zweifel die Stufen jeden Morgen mit dem rötlichen Staub ein. Sogar an einem Tag wie heute, wo es auf jede Sekunde ankam.

Dann ging es nur noch darum, so schnell wie möglich zu rennen. Es war mörderisch heiß, und sie spürte, wie sich der Schweiß zwischen ihren Schulterblättern auf dem Rücken ihres Hemdes abzeichnete. Die blaue Band-Uniform war in der sengenden Hitze steif und unbequem. Die schwarze Schirmmütze im Militärstil rutschte ihr ständig über die Augen, ihre Fliege saß völlig schief, und die Herrenschnürschuhe scheuerten an ihrem rechten Knöchel.

Aber sie durfte jetzt nicht langsamer werden oder kurz verschnaufen, sonst kam sie zur spät zur Beerdigung. Sie musste sich durch den Schmerz hindurchkämpfen, ganz einfach. Sie würde es, verdammt noch mal, rechtzeitig zu diesem Auftritt schaffen, und wenn es sie umbrachte! Sie dachte an alles, was sie wütend machte, und schaffte es so, noch schneller zu laufen.

»Jude, du musst irgendwie diese ständige Wut in dir loswerden«, sagte ihr bester Freund Sharkey immer. »Sonst braut sich da mächtig was zusammen. Am Schluss bringt es dich womöglich noch um.«

Jude wusste, wie zerstörerisch diese Wut war, aber manchmal fühlte sie sich an wie ein wildes Tier, das sie einfach nicht in den Griff bekam, sosehr sie sich auch anstrengte. Manchmal war die Wut aber auch wie ein Freund und half ihr dabei, über sich hinauszuwachsen, wenn sie eigentlich nicht mehr konnte. Mit stampfenden Schritten und schweißnassem Rücken lief sie weiter und war froh darüber, dass die Wut ihr Energie verlieh. Sobald sie Musik hörte, wusste sie, dass sie das Hurricane Quarter erreicht hatte. In diesem Stadtteil wurde Tag und Nacht Jazzmusik gespielt, drang durch die Türen der Clubs und Spelunken. Aus allen Musikboxen und auf Plattenspielern tönte Jazzmusik, kam kratzend und knisternd aus den Radios der Friseursalons und Schuhputzerstände. Abgestandener Rumdunst hing in der Luft, in den fettigen Pfannen der Hotdog-Karren brutzelten Zwiebeln, es roch nach billigem Parfüm und Austernfässern, die zu lange in der sengenden Sonne gestanden hatten.

Jude fand es einfach großartig. Sie mochte jeden Pflasterstein, jede krumme Holzplanke, jeden schmiedeeisernen Balkon, jedes verwinkelte Gässchen, jeden Hotdog-Karren, jeden Blumenkübel, jede Leuchtreklame und jeden Laternenpfahl. Die Cajou-Magie hatte Baton Noir zwar in eine zwielichtige und korrupte Stadt verwandelt, aber was Jude betraf, gab es nach wie vor keinen schöneren Ort auf der Welt.

Endlich stürmte sie um die Ecke und war im Hauptquartier der Done & Dusted Brass Band angekommen. Sie war halb verhungert und hatte insgeheim gehofft, ihr würden noch ein paar Minuten für einen blitzschnellen Küchenbesuch bleiben, um sich mit einer Tasse dampfendem Malzkaffee und einem mit Zucker bestreuten Krapfen zu stärken, aber die Beerdigung fing schon an. Alle hatten sich in Reihen vor dem Sarg aufgestellt, der auf einem schwarzen, auf Hochglanz polierten

Kutschwagen lag. Wie in Baton Noir üblich waren vor die Kutsche keine Pferde gespannt, sondern man hatte an der Vorderseite ein langes Seil befestigt, an dem vier starke Männer den Wagen ziehen würden.

Jude war offenbar nicht als Einzige zu spät gekommen. Eine ganze Menge der Bandmitglieder fehlte. Aber zumindest war Sharkey da und wie immer mit Cajou-Charms übersät. Er trug sie als Anhänger an Halsketten, als Anstecker am Vorderteil seiner Banduniform, und sie baumelten an Armbändern um seine dünnen Handgelenke. Sharkeys Haut war beinahe schwarz, und er hatte so auffällig hohe Wangenknochen, dass immer mindestens drei Mädchen gleichzeitig hinter ihm her waren. Jude gehörte nicht dazu (selbst wenn ihr Ex-Freund da anderer Meinung gewesen war). Sie kannte Sharkey oder Kerwin, wie er damals noch hieß, seit ihrer Kindheit. Er war zwei Jahre älter als Jude und wie ein großer, gelegentlich etwas nerviger Bruder für sie.

Obwohl Sharkey genauso arm war wie sie selbst, hatten seine Bewegungen etwas Vornehmes; seine braunen Augen blickten seelenvoll und die gerade Nase wirkte irgendwie edel. Seine Familie wohnte schon so lange in Baton Noir, dass sogar Sharkeys Akzent von Gumbo, der lokalen Spezialität, durchtränkt zu sein schien. Er spielte Saxofon in der Reihe hinter ihr, und Jude hob grüßend die Hand, als sie noch etwas atemlos ihren Platz einnahm.

»Bisschen spät dran, hm, Darling?«, stellte Sharkey fest und hob eine Braue. Er musterte sie kurz und runzelte die Stirn. »Es ist ja nicht mal Mittag. Ziemlich früh für eine Prügelei, oder?«

»Ich hab mich nicht geprügelt«, gab Jude noch etwas atemlos zurück. »Zumindest nicht heute.«

Sharkey sah sie skeptisch an, und Jude konnte es ihm nicht

verübeln. Sie geriet ziemlich häufig in Schlägereien, die sie häufig selbst anzettelte. Das war in Baton Noir nicht weiter schwierig. Sich mit jemandem zu prügeln, kam Jude manchmal wie die einzige Möglichkeit vor, ihre Gedanken und Sorgen auszublenden, und sei es auch nur für kurze Zeit.

»Ehrlich«, sagte Jude. »Ich kann nichts dafür. Mein Vermieter hat mir Prügel verpasst.«

Sharkeys Augen wurden schmal. »Alles in Ordnung mit dir?«

Jude zuckte die Achseln. »Mir ging's schon mal besser. Warum sind wir eigentlich nur so wenige?«

»Ein paar haben abgesagt. Die wollten das Risiko lieber nicht eingehen, nicht mal mit Gefahrenzulage.«

Jude blickte ihn fragend an. »Gefahrenzulage?«, wiederholte sie erstaunt und wischte sich den Schweiß von der Stirn. »Wer wird denn hier beerdigt?«

Sharkey war sichtlich überrascht. »Das weißt du nicht?«

Sie schüttelte den Kopf. So genau hatte sie den Brief in der Eile nicht gelesen.

Ihr Freund beugte sich zu ihr, was seine Charms zum Klingeln brachte. »Die Cajou-Queen«, raunte er.

»Ivory Monette?«

Sharkey nickte. »Sie wurde gestern Abend umgebracht.«

Jude riss die Augen auf. Ivory Monette gehörte zu den einflussreichsten Persönlichkeiten und mächtigsten Zauberinnen der Stadt. Sie war unantastbar, zumindest hatte Jude das bisher geglaubt. Sie hatte Ivory Monette immer mal wieder in Moonfleet Manor gesehen.

»Wo ist es denn passiert?«, wollte sie wissen.

»Im Blue Lady.«

So hieß ein Jazz Club am Moonshine Boulevard, der berühmt

für starke Cocktails, gefährliche Kundschaft und richtig guten Jazz war.

»Die Leute sagen, dass ihr letzter Gang kein ruhiger sein wird«, fuhr Sharkey fort. »Deswegen ist die Hälfte der Band nicht aufgetaucht.«

Jude schnaubte. »Angsthasen.«

Die Macht einer lebendigen Cajou-Queen durfte man nicht unterschätzen, aber eine tote Queen war nur ein Stück Fleisch wie jeder andere Verstorbene auch, fand jedenfalls Jude. Als sie Sharkey ihre Ansicht mitteilte, schüttelte er den Kopf. »Da wär ich mir nicht so sicher.«

Wie die meisten Einwohner von Baton Noir glaubte er fest an die Macht des Cajou. Vor zwei Jahre hatte er seine heiß geliebten, mit Strass besetzten Sockenhalter, ein Erbstück seines Onkels, ins Pfandhaus getragen und sich für den Erlös einen mächtigen Zauber gekauft, der ihn zu einem besseren Musiker machen sollte. Seitdem war er als Einziger in der Band in der Lage, das teuflisch schwere Jazzstück *Sharkbite Sally* zu spielen – und verdankte diesem Umstand seinen Spitznamen.

Unglücklicherweise gehörte Judes Ex-Freund Leeroy Lamar zu den wenigen Bandmitgliedern, die gekommen waren. Leeroy war Drummer, ein selbstgefälliger, hübscher Typ mit blasser Haut und grausamen Augen, und der einzige Junge, mit dem Jude je zusammen gewesen war. Ihre Beziehung war von Anfang an toxisch und ungesund gewesen und so katastrophal verlaufen, dass Jude die Lust auf Beziehungen erst einmal gründlich vergangen war. Manchmal hörte sie sogar noch seine Stimme in ihrem Kopf, hörte Worte, die sich ihr tief unter die Haut gefressen und bis ins Mark gebohrt hatten. Sie hatte erst allmählich erkannt, dass das, was sie zuerst für Liebe und Fürsorge gehalten hatte, tatsächlich nichts anderes war als Leeroys eiserne Entschlossenheit, ihr Leben bis ins Kleinste zu kontrollieren.

»Wo zum Teufel hast du gesteckt?«, hatte er an jenem letzten Abend gezischt. Sein Atem stank nach abgestandenem Bier, seine Finger umschlossen ihre Arme wie Schraubzwingen.

Wenn sie ihn jetzt sah, wurde ihr immer übel, aber solange sie in der Band blieb, konnte sie ihm nicht aus dem Weg gehen. Und in der Band bleiben wollte sie unbedingt. Lieber sterben, als ihm diesen Gefallen zu tun.

Als Leeroy sie sah, beugte er sich zu seinem Freund Ollie und flüsterte ihm etwas ins Ohr. Beide waren in einem noblen Krankenhaus des Fountain Districts angestellt. Leeroys Kommentar hatte Ollie zum Lachen gebracht, und jetzt blickten die zwei feixend zu Jude hinüber. Sie starrte grimmig zurück, hasste Leeroy, hasste, wie er es immer wieder fertigbrachte, dass sie sich so wertlos und klein vorkam, hasste seine Grausamkeit, mit der er sie innerlich ausgehöhlt und ihr auch noch das letzte bisschen Selbstvertrauen genommen hatte.

Leeroy drehte sich um und raunte Ollie wieder etwas zu. Diesmal wieherten beide los. Jude lief rot an. Wahrscheinlich hatte Leeroy gerade eine besonders derbe anzügliche Bemerkung über sie gemacht. Wie hatte sie es nur zulassen können, dass er sie je nackt gesehen hatte? Was hatte sie überhaupt in diesem Typ gesehen? Wie hatte sie nur so unglaublich *bescheuert* sein können?

Sharkey, in der Reihe hinter ihr, lehnte sich vor und sagte in seiner typischen gedehnten Sprechweise zu den beiden: »Hört mal, ihr zwei, mir ist klar, dass ihr nicht mehr Niveau habt als 'ne Dose Bohnen, aber wenn ihr nicht gleich mit dem dämlichen Gekicher aufhört, gibt's einen saftigen Stiefeltritt von mir persönlich.«

Leeroy und Ollie verstummten schlagartig. Es war allgemein bekannt, dass Sharkey boxte, wenn er nicht in der Band spielte, und außerdem jeden Kampf gewann, obwohl er so lang und schlaksig und obendrein ein netter Kerl war. Womöglich war da auch irgendein Cajou-Zauber im Spiel, aber in jedem Fall hüteten sich alle, mit ihm aneinanderzugeraten. Leeroy und Ollie machten ein finsteres Gesicht, wandten sich jedoch wortlos wieder um.

Jude warf Sharkey einen dankbaren Blick zu und kurz darauf gab der Bandleader das Zeichen zum Aufbruch. Obwohl die Band mit weniger Leuten antrat, gaben die Musiker ihr Bestes, und der Jazz-Trauerzug schob sich lärmend und ausgelassen durch den Hurricane Quarter. Zuerst kam die Brass Band, dann der Sarg und zum Schluss die Trauernden. Wie üblich drängten sich viele Zuschauer auf den Bürgersteigen, um der Prozession zuzusehen, aber irgendetwas war dieses Mal anders als sonst bei Beerdigungen.

Normalerweise tanzten und sangen die Zuschauer und riefen einander zu. Bei Jazz-Trauerfeiern ging es lebhaft, beschwingt und freudig zu. Heute jedoch standen die Zuschauer nur still dabei und starrten mit düsterer Miene auf den Sarg.

Eine merkwürdige Anspannung lag in der Luft, wie die zu stark gespannten Saiten einer Violine. Man meinte fast, das schrille Quietschen unmittelbar vor dem Zerreißen zu hören. Vermutlich hatte Ivory Monette keinen Mangel an Feinden gehabt, dachte Jude. Bestimmt war sie nicht grundlos ermordet worden. Es war allgemein bekannt, dass sie nicht nur mit Liebestränken und Glücksbringern, sondern auch mit schwarzer Magie, Hexereien und Flüchen Geschäfte gemacht hatte.

Einige Zuschauer trugen einen rubinroten Kronen-Charm als Anhänger. Er war das Mitgliedszeichen des sogenannten magischen Adels. Äußerlich ließen sich dessen Mitglieder nur schwer einordnen, bis auf die Vampire, die im Schatten der schmiedeeisernen Balkone lauerten und leicht zu erkennen waren. Ansonsten konnten sie alles Mögliche sein – Hexendoktoren, Cajou-Priester, Beschwörer, sogar Abkömmlinge, in deren Adern noch das echte Legba-Blut der Cajou-Geister floss.

Einige der Zuschauer kannte Jude. Dort drüben stand Doktor Herman, ein berühmter Hexendoktor, die lange Mähne in kunstvollen Knoten hochgesteckt. Zwischen den Knoten trug er seine vielen *Gris-Gris* – kleine, mit Pülverchen gefüllte Beutel, – sowie getrocknete Eidechsen, Tierknochen und sogar einen winzigen Eulenkopf. Er war dafür bekannt, dass er den Eulenkopf auf Leute zu werfen pflegte, die ihm missfielen, daher marschierte Jude möglichst zügig an ihm vorüber.

Sie gingen die Straße entlang und jeder Schritt fiel Jude zunehmend schwer. Die Hitze war mörderisch – ihr Hemdkragen schien sie regelrecht zu würgen. Ihr Magen knurrte, und sie fühlte sich schwach und dünn wie ein Bleistiftstrich, der allmählich ausradiert wird. Als sie in Richtung Cadence Square abbogen, wo sich der Markt befand, nahm ihre Schwäche noch zu. In der feuchten Luft roch es betäubend nach Pekannüssen und klebrigen, goldfarbenen, köstlichen Pralinen, gefüllt mit Kokosnüssen und karamellisiertem Popcorn.

Judes Wut hatte sie vorangetrieben. Jetzt erlosch sie mit einem Mal wie ein Feuerwerk, das alle Farben und Funken versprüht hat und sich in einer dünnen Rauchspur auflöst. Schweiß tropfte ihr in die Augen und sie nahm ihre Umgebung nur noch verschwommen wahr. Der Boden schwankte, und ihre Beine verloren jede Kraft. Alles wurde plötzlich ganz langsam, dehnte sich wie geschmolzener Teer, und Jude sank auf die Knie.

Sofort war Sharkey neben ihr und zog sie am Kragen hoch.

Er schob sie neben sich in die Reihe und hielt ihr den Arm als Stütze hin.

»Hast du heute schon was gegessen, Jude?«, fragte er und beugte sich dicht zu ihr, um die Musik zu übertönen.

Jude schüttelte den Kopf. Sie wusste es nicht. Sie konnte nicht mehr klar denken.

»Du hättest mich ja vielleicht mal um Hilfe bitten können«, schnauzte Sharkey. »Was meinst du, schaffst du es noch bis zum Friedhof? Wenn du irgendwie durchhältst, kriegst du zumindest dein Geld. Ist ja nicht mehr weit.«

Jude nickte. Das Geld brauchte sie unbedingt. Sie musste einfach durchhalten.

Sie konnte nicht einmal mehr sprechen, und die Trompete baumelte an ihrer Hand. Genauso saft- und kraftlos wie Jude selbst, die völlig am Ende war.

Es schien Ewigkeiten zu dauern, bis sie den St.-Clémence-Friedhof erreicht hatten, wo Ivory Monette im Grab der Familie zur letzten Ruhe gebettet werden sollte. Das Tor am Friedhofseingang war bereits zu sehen. An dem schmiedeeisernen, drei Meter hohen Doppeltor hing ein dichter Teppich aus Gris-Gris-Beuteln, Charms und Cajou-Puppen. Die Gaben sollten das Böse abhalten oder die Toten zum Schweigen bringen, oder es waren Geschenke, mit denen man die Geister freundlich stimmen wollte. Sie hatten allesamt unterschiedliche Formen, Größen und Farben: ein bunt zusammengewürfeltes Sammelsurium aus Hexerei und Cajou. Jude seufzte erleichtert auf. Sie waren beinahe am Ziel angelangt.

Doch als der Bandleader am Anfang der Prozession durch das Tor schritt, ertönte ein scheußlicher, markerschütternder Schrei. Er durchschnitt die Musik wie ein Messer, die Musiker blieben zögernd stehen und verstummten allmählich, bis schließlich nichts mehr zu hören war außer diesem Schrei, krank, verzehrt von Qual und Wut, ein flammendes Inferno des Hasses.

»Um Himmels willen, wo kommt das denn her?«, stieß jemand hervor.

Alle blickten sich auf der Suche nach einem Schuldigen um. Die meisten wandten sich sofort dem Kutschwagen zu, als sei Ivory Monette noch gar nicht tot, sondern mit einem Mal in ihrem mit Samt ausgeschlagenen Gefängnis erwacht. Aber der Schrei kam nicht aus dem Sarg. Er kam vom Tor.

»Da drüben!«, schrie Sharkey.

Die Blicke der Trauernden folgten der Richtung seines ausgestreckten Zeigefingers. Er wies auf eine am Tor befestigte Puppe, unverkennbar ein Abbild von Ivory Monette selbst. Die Puppe war etwa so groß wie Judes Hand und aus einem mit bunten Perlen und Knöpfen verzierten Stoffbeutel zusammengenäht. Um den Kopf hatte sie mehrere farbige Turbane gewickelt, sie trug einen langen, fließenden Rock und in den Ohren große Kreolen. Normalerweise hatten Cajou-Puppen keine Hände, sondern nur unförmige Klumpen, doch diese Puppe hatte sogar Finger, an denen Dutzende winzige Ringe funkelten. Dass jeder diese Puppe sofort als Abbild von Ivory Monette erkannte, lag jedoch vor allem an der großen weißen Schlange auf ihren Schultern.

Die Frauen der Familie Monette waren seit Generationen Cajou-Queens in Baton Noir. Alljährlich zum Fest der Cajou-Nacht wählte ein magisches Schlangenpaar – es hieß, die beiden seien Geschöpfe der Geisterwelt und die irdischen Vertreter von Daa, dem Schlangengott und Himmelsvater, der einst die Welt erschaffen hatte – eine Einwohnerin der Stadt zur Queen. Obwohl Daa sich bereits vor langer Zeit aus der Welt zurückgezogen und den Legba die Herrschaft überlassen hatte, ernannte er nach wie vor ein menschliches Wesen zur Queen; nach ihrer Krönung durfte sie unmittelbar mit den Legba kommunizieren.

Für gewöhnlich hatte eine Cajou-Queen das Amt ihr Leben lang inne, und genauso war es auch im Fall von Ivory gewesen. Die Zeremonie in der Cajou-Nacht war eine reine Formsache. Ivory hatte das Schlangenpaar besessen, bis die schwarze Schlange vor zwanzig Jahren auf geheimnisvolle Weise verschwunden war. Seit Jude sich erinnern konnte, hatte Ivory sich nur mit einer Schlange in der Öffentlichkeit gezeigt, einer über drei Meter langen Albinopython namens Beau. Genau diese Schlange wand sich um die Schultern der Puppe.

Cajou-Puppen waren unbelebte Objekte. Das wusste jeder. Sie führten kein eigenes Leben. Nichtsdestotrotz hing diese Puppe von Ivory Monette dort oben mit hervorquellenden Augen am Tor und aus ihrer Kehle ertönte ein lauter, durchdringender und sehr lebendig klingender Schrei.

Erschrocken murmelnd wichen die Trauernden vom Friedhofstor zurück und entfernten sich so weit wie möglich von dieser seltsamen, dunklen Magie.

»Was machen wir jetzt?«, fragte einer der Musiker.

»Wir gehen weiter!«, rief Benny, der Bandleader, von der Spitze des Zuges.

Er drehte sich um und stapfte entschlossen durchs Tor, geradewegs an der schreienden Puppe vorbei. Ein kurzes Zögern, dann spielte auch die Band wieder weiter und folgte ihm. Die Musik übertönte zwar die grässlichen Schreie, aber sie waren immer noch vernehmbar.

Als Jude neben Sharkey durch das Tor marschierte, bemerkte sie, dass die Augen der Puppe aus aufgenähten, leuchtend grünen Knöpfen bestanden. Als sich ihr Blick mit dem der Puppe kreuzte, schienen die Knopfaugen größer und größer zu werden, bis Jude nur noch in diese Augen sah, die ihr gesamtes Blickfeld ausfüllten. Alles andere verschwand, der Friedhof, die Band, die Puppe, die Tore – die ganze Welt löste sich einfach auf wie Nebel, bis nur noch Jude und die Puppe zurückblieben und sich anstarrten.

Dann endlich klappte der Mund der Puppe zu und ihr Schrei verstummte abrupt.

Kapitel 2

Unter den alten Bäumen mit tief hängenden Zweigen kam Jude auf dem staubtrockenen, krümeligen Boden des Friedhofs wieder zu sich. Baton Noir bestattete seine Toten oberhalb der Erde, in dicht aneinandergereihten steinernen Krypten und Marmorgräbern. Unter den ausladenden Zweigen war es kühler und das Atmen fiel ihr leichter. Sie sog die Luft in gierigen Zügen ein.

»So ist es gut«, sagte Sharkey, und Jude merkte, dass er neben ihr kniete. »Immer schön langsam und tief atmen.«

Er half ihr, sich aufzusetzen, und der Baumstamm an ihrem Rücken fühlte sich breit und beruhigend fest an.

»Was ist denn passiert?«, fragte Jude. »Wo sind alle anderen?«

»Du bist aus den Latschen gekippt, das ist passiert«, gab Sharkey zurück. »Die anderen sind gerade dabei, Madame in ihre Krypta zu legen, ehe sie aus dem Sarg krabbeln und wieder alle verhexen kann. Hier, trink einen Schluck.«

Er reichte ihr eine Flasche mit süßem, eiskaltem Tee. Jude gehorchte und ließ die Flüssigkeit dankbar durch ihre Kehle rinnen.

»Hat die Puppe gerade wirklich geschrien?«, fragte sie und senkte die Trinkflasche. »Oder hab ich das bloß geträumt?«

»Nein, sie hat wirklich geschrien«, antwortete Sharkey. »Das war das Grusligste, was ich je gesehen habe.«

»Was hat das zu bedeuten?«, fragte Jude.

Sharkey fegte die Frage mit einer ungeduldigen Handbewegung beiseite. »Keine Ahnung. Wen interessiert das überhaupt? Du bist mir gerade wichtiger. Geht's dir besser?«

Jude nickte. Es ging ihr *tatsächlich* besser. Der schattige Platz, der süße Tee und die Stille hatten dazu beigetragen, dass sie sich wieder beruhigte, obwohl sie sich fühlte, als hätte sie eine schwere Grippe überstanden.

»Ich hab gestern was für dich besorgt«, sagte Sharkey und fischte einen kleinen Stoffbeutel aus der Hosentasche, den er ihr überreichte.

»Das ist hoffentlich nicht das, was ich befürchte«, erwiderte Jude und musterte den Beutel skeptisch.

Da Sharkey kein Wort sagte, zog sie die Bänder auseinander und schüttelte das kleine Objekt darin auf die Hand. Es war ein zierliches Silberarmband mit einem kleinen, schneeflockenförmigen Anhänger.

»Ein Charm für einen kühlen Kopf«, sagte Sharkey mit vielsagendem Unterton. »Für Hitzköpfe wie dich, die ihre Wut nicht im Griff haben.«

Jude verdrehte die Augen. »Ich weiß, was es ist.« Sie schob ihm das Silberarmband wieder zu. »Ich trage keine Cajou-Charms. Das ist doch allgemein bekannt.«

Sie besaß tatsächlich als einziges Mitglied der Done & Dusted Brass Band keinen einzigen musikalischen Charm. Ab und zu hörte sie einen ihrer Mitspieler murmeln, das sei doch alles bloß Theater und irgendwo hätte sie bestimmt einen Charm versteckt, vielleicht in ihr Jackenfutter eingenäht, verborgen in den Tiefen ihrer Tasche oder in die Hose gestopft. Aber Jude machte sich nun mal nichts daraus, was andere dachten. *Sie* wusste, dass ihr musikalisches Können nur mit ihr selbst und nichts anderem zu tun hatte, und damit war die Sache erledigt.

»Weißt du, Jude, du selbst bist dein schlimmster Feind«, sagte Sharkey.

»Na klar.«

»Ich bin doch kein Idiot«, sagte er. »Natürlich ist dieser kleine Anhänger allein keine große Hilfe. Aber schaden kann's auch nicht.«

Jude schwieg. Die unterdrückte Wut, die seit acht Jahren in ihr schwelte, hatte seit einiger Zeit zugenommen, ohne dass sie es bemerkt hatte. Wie Wasser kurz vor dem Überkochen stieg ihr Groll immer unkontrollierbarer an die Oberfläche. Sie ließ sich auf Schlägereien ein, die sie nicht gewinnen konnte. Sie holte sich Schrammen und eine blutige Nase, und es war ihr egal.

Sharkey musterte sie prüfend. »Am liebsten würde ich diesem Leeroy Lamar den Hals umdrehen.«

»Das lass mal lieber bleiben«, erwiderte Jude müde. »Ich war schon wütend, bevor er aufgetaucht ist. Er kann nichts dafür.«

Er ist doch nicht durch und durch schlecht, meldete sich eine leise, verräterische innere Stimme. *Bei ihm hatte ich das Gefühl, jemand Besonderes zu sein.*

Im Grunde genommen war das eigentlich das Allerschlimmste. Dieses Durcheinander von Gefühlen, das sie Leeroy gegenüber manchmal empfand, ein Gemisch aus Zuneigung und dumpfer, schmerzhafter Erniedrigung. Es war so schwer, auch jetzt noch, sich einzugestehen, wie vollständig sie sich in ihm getäuscht hatte.

»Aber eine echte Hilfe war er auch nicht gerade, oder?«, knurrte Sharkey. »Mehr so der richtig miese Stinkstiefel.«

Dieser Typ bricht dir das Herz, wenn du nicht aufpasst,

hatte Sharkey sie gewarnt, als Jude anfing, sich regelmäßig mit Leeroy zu treffen. Womit er absolut recht gehabt hatte.

»Ich würde liebend gern eine Beschwörungskugel besorgen und sie durch seinen Vorgarten rollen, aber das willst du ja nicht.«

»Nein.« Jude lächelte schwach. »Keine Beschwörungskugeln.«

Sharkey lächelte zurück und legte ihr aufmunternd eine Hand auf die Schulter.

»Jedenfalls muss sich was ändern, meine Schöne«, erklärte er. »Sonst zieht es dich immer tiefer runter, an einen richtig unguten Ort. Du musst unbedingt damit aufhören, dich ständig zu prügeln und so böse auf die ganze Welt zu sein.«

»Ich weiß«, gab Jude zurück. »Ich will mich ja auch ändern. Das ist eben ... es ist eben bloß viel schwieriger, als ich gedacht habe.« Sie sah sich selbst, so wie Sharkey sie jetzt sehen musste, und fühlte sich schrecklich, wie etwas Aufgebrauchtes und wieder Ausgespucktes. Plötzlich fiel es ihr sehr schwer, Sharkey anzusehen, aber er hob ihr Kinn an und sie konnte seinem Blick nicht ausweichen.

»Kein Grund, sich zu schämen, Süße«, sagte er sanft. »Nicht vor mir. Ich kann genauso stur sein wie du, wenn's drauf ankommt. Ich lass einfach nicht zu, dass dich alles so runterzieht, verstanden? Kommt nicht infrage.«

»Ich will es ja auch nicht«, sagte Jude so leise, dass sie kaum zu verstehen war. »Sofia hat mir ein paar Übungen gezeigt ...«

»Na, ist doch super«, erwiderte Sharkey. »Aber das allein reicht nicht. Damit sage ich dir wahrscheinlich nichts Neues. Jude Lomax, du brauchst jede Hilfe, die du kriegen kannst, und darum lässt du dir jetzt schon mal von mir helfen.«

Er drückte ihr den Schneeflocken-Charm in die zitternde

Hand. »Sieh mich an», befahl er und musterte sie mit seinen dunkelbraunen Augen. »Ich flehe dich praktisch auf Knien an, diesen Charm zu tragen. Wenigstens mir zuliebe, auch wenn du es eigentlich nicht willst.«

Zu ihrer eigenen Überraschung nahm Jude das Geschenk an. Sie nahm es einfach an. Das hätte sie wirklich nie und nimmer gedacht. Aber schließlich war ja so einiges nicht nach Plan gelaufen.

Sie schob das Armband in ihre Tasche. »Ich denke drüber nach«, versprach sie.

Sharkey nickte. »Das muss wohl fürs Erste reichen.«

Auf der anderen Seite des Friedhofes kam Bewegung in die Menge, der Trauerzug löste sich gerade auf. Die Beerdigung war vorbei. Sharkey lief hinüber, holte sich bei Benny die Gage für sie beide ab und spurtete wieder zu ihr zurück. Jude spürte sämtliche Knochen in ihrem pochenden Körper, eine Erinnerung an die frühmorgendliche Prügelei. Sie fühlte sich hundeelend, aber zumindest stand sie wieder auf den Füßen, und das war doch schon mal ein Anfang.

»Wie wär's mit einem späten Mittagessen?«, fragte Sharkey und deutete mit dem Kopf zum Dead Duck, einem Café auf der gegenüberliegenden Straßenseite.

Als sie durchs Friedhofstor gingen, hielt Jude nach der Puppe der Cajou-Queen Ausschau, aber sie hing nicht mehr am Gitter. Sie fragte Sharkey, was mit ihr passiert war, doch er zuckte nur die Achseln.

»Wahrscheinlich hat irgendein böser Geist sie geklaut«, sagte er. »Oder jemand aus der Familie hat die Puppe mitgenommen. Vielleicht bekommt sie einen Ehrenplatz auf dem Kaminsims, damit sie nicht vergessen wird.«

Jude wusste kaum etwas über die Familie von Ivory Monette,

höchstens dass Ivory eine Tochter hatte, die nichts von Cajou hielt und Baton Noir den Rücken gekehrt hatte; Ivorys Enkelin, Charity Monette, wohnte allerdings noch in der Stadt.

Im Dead Duck ließen sie sich an einem Fensterplatz nieder und bestellten Kaffee und Krapfen.

»Du hast heute Morgen ganz schön was abgekriegt«, stellte Sharkey nach einem kritischen Blick fest.

Jude zuckte die Schultern und befühlte ihren Wackelzahn mit der Zunge. War er auf magische Weise inzwischen wieder fest verwurzelt? Nein, der Zahn saß noch genauso locker und die Berührung verursachte einen kurzen stechenden Schmerz.

»Nicht schlimmer als sonst«, gab sie zurück.

»Dein Vermieter ist ein richtiger Dreckskerl«, sagte Sharkey.

»Stimmt.«

»Hättest du gestern Abend nicht für das Monster von Moonfleet Manor spielen sollen?«

Jude rollte die Augen. »Musst du ihn immer so nennen?«

»Wieso? Der Name trifft doch voll ins Schwarze.«

Das Moonfleet Manor hatte einen schlechten Ruf in Baton Noir. Es war allgemein bekannt, dass die gesamte Familie Majstro, der das Anwesen gehörte, verrückt war. Angeblich floss in den Adern der Familienmitglieder das Blut eines kalten Legba, und zwar nicht das irgendeines Legba, sondern das Blut von Krag höchstpersönlich.

Zu behaupten, die warmen Legba wären die Guten und die kalten Legba die Bösen, hieße die Sache zu sehr zu vereinfachen, aber für Neuankömmlinge in Baton Noir war diese Erklärung zuerst einmal ein guter Ausgangspunkt. Während manche behaupteten, alle Legba seien Cajou-Geister, meinten andere, ehe die Welt gottlos wurde, seien die warmen Legba ursprünglich Engel und die kalten Legba Teufel gewesen.

Krag herrschte über die kalten Legba, und die Bewohner von Baton Noir nahmen sich vor seinen Abkömmlingen in Acht: Eine Prophezeiung besagte, dass Krags Abkömmlinge eines Tages die apokalyptischen Reiter losschicken und das Ende der Welt herbeiführen würden.

Die Majstros waren eine sonderbare und bösartige Familie, das ließ sich jedenfalls nicht leugnen. Fünfzig Jahre zuvor hatte eine Polizeirazzia entsetzliche Untaten ans Licht gebracht. Grausam verstümmelte Menschen auf dem Dachboden – manche davon noch lebend und atmend, obwohl man einigen von ihnen, Opfer makabrer Experimente, die Glieder abgetrennt und anderen zusätzliche Gliedmaßen angenäht hatte. Violetta Majstro war damals für diese Verbrechen gelyncht worden, aber als man die Gräueltaten entdeckte, hatten noch andere Mitglieder der Familie in Moonfleet Manor gewohnt. Da die Majstros auf höchst seltsame Weise alterten, ließ sich nur schwer sagen, wie viele von ihnen überhaupt noch am Leben waren.

Es bestand nämlich nicht nur die Möglichkeit, dass die Nachkommen ungewöhnlich lange lebten, sondern auch der Alterungsprozess selbst schien zum Stillstand zu kommen. Dieser Stillstand konnte in jedem Alter zwischen fünf und neunzig Jahren eintreten und mehrere Jahre dauern. Deswegen ließ sich das wahre Alter der Familienmitglieder kaum bestimmen.

André Majstro, auch als das Phantom von Moonfleet bekannt, war mittlerweile wahrscheinlich der einzige Bewohner des Hauses. Es hieß, er sei entstellt und missgestaltet, und er ließ sich kaum je in der Öffentlichkeit sehen, was ihm seinen unschönen Spitznamen eingetragen hatte. Nicht einmal Jude hatte ihn bisher zu Gesicht bekommen, obwohl sie seit einem Monat regelmäßig in Moonfleet Manor Trompete spielte.

Ihr Vater hatte getobt, als sie das Angebot erhielt. »Denk

nicht mal dran, dort hinzugehen«, hatte er gesagt. »Diese Leute sind mit dem Teufel im Bund! Er will bestimmt irgendwas von dir. Wie hat er überhaupt deine Adresse rausgekriegt?«.

»Er sagte, er hätte unsere Band spielen hören und Benny um meine Adresse gebeten«, hatte Jude erwidert.

»Du gehst da jedenfalls nicht hin, Jude«, hatte ihr Vater gesagt. »Nicht, solange du unter meinem Dach wohnst.«

Jude hatte natürlich klein beigegeben und es ihm versprochen, doch anschließend flunkerte sie ihrem Vater etwas von einem anderen Job vor und begab sich auf direktem Weg nach Moonfleet Manor. Selbst wenn sie schon jede Menge Fehler in ihrem Leben gemacht hatte, würde sie nie so dumm sein, bezahlte Arbeit abzulehnen.

»Jedenfalls kommen wir mit der Gage hier erst mal über die Runden«, sagte Jude jetzt und nahm die Tüte mit dem Geld aus ihrer Tasche.

Sie rechnete bereits fieberhaft aus, wie viel Geld sie brauchten, um bis zur Cajou-Nacht in ein paar Tagen durchzuhalten. Sie – und jeder Musiker in der Stadt – würde dann reichlich Arbeit haben.

»Wie hoch war eigentlich die Gefahrenzulage?« Der Umschlag war praller gefüllt als sonst.

»Noch mal die Hälfte obendrauf«, erwiderte Sharkey. Er zog eine Nagelfeile aus der Tasche und bearbeitete seine bereits makellosen Nägel. »Ivory Monette hat extra verfügt, dass wir spielen sollen.«

»Wirklich?«

Jude war überrascht. Natürlich waren sie eine gute Band, keine Frage, aber mit Combos wie der Ruby Red Brass Band oder der Oke Poke Marching Band oder den Drunken Devils konnten sie es nicht aufnehmen.

»Vielleicht hatte sie so eine Ahnung, dass die andern Jungs kalte Füße bekommen könnten?«, erklärte Sharkey. »Dass sie vielleicht Angst haben, mit einem Fluch belegt oder verhext zu werden? Bands wie wir, die nicht besonders gut im Geschäft sind, lassen sich schneller von einer Gefahrenzulage locken.«

»Wahrscheinlich hast du recht.«

Jude betrachtete den Umschlag in ihrer Hand. Nachdem sie mit eigenen Augen gesehen hatte, wie diese Puppe zum Leben erwacht war, kam ihr jetzt zum ersten Mal der Gedanke, dass man über die Vorstellung, aus dem Grab heraus verhext zu werden, vielleicht besser nicht spotten sollte.

»Ich zahle Sidney sofort die Miete«, sagte sie und stopfte den Umschlag wieder in ihre Tasche. »Sonst fordert er bloß noch mehr Zinsen.«

»Ich komme mit.« Sharkey stand auf.

»Das musst du nicht.«

»Ich hab heute sowieso nichts mehr vor«, erklärte Sharkey mit fester Stimme. »Ich komme mit.«

Sie gingen gemeinsam zum Fountain District, einer der besseren Gegenden mit eleganten, weißen Häuserreihen und gepflegten Vorgärten. Sharkey wartete vor dem Haus, die Hände in den Taschen, während Jude dem Butler ihres Vermieters, der keine Miene verzog, die rückständige Miete überreichte.

Als sie wieder auf die Straße trat, bemerkte sie einen Mann; er stand ein paar Meter entfernt an einen Laternenpfahl gelehnt. Obwohl es Nachmittag war, trug er elegante schwarze Abendkleidung, einen Zylinder und eine dunkel getönte Brille. An seiner Brusttasche hing eine Uhrenkette, in der einen Hand hielt er einen Gehstock, dessen Griff wie der Kopf eines Schakals geformt war, und in der anderen eine Zigarette. Obwohl seine Augen hinter den dunklen Brillengläsern nicht zu erkennen waren, hatte sie das untrügliche Gefühl, er würde sie durch den Dunst des Zigarettenrauchs beobachten. Als Judes Blick sein Gesicht streifte, verzog er den Mund langsam zu einem genüsslichen Lächeln.

Judes Nacken prickelte plötzlich.

»Wie lange steht der schon da?«, fragte sie.

»Wer?«

»Der Mann dort drüben in dem feinen ...« Jude verstummte. Bis auf eine letzte Spur Zigarettenrauch war von dem Fremden nichts mehr zu sehen. »Oh. Er ist verschwunden.« Sie blicke sich suchend auf der Straße um, aber der Mann war wie vom Erdboden verschluckt. »Da drüben stand gerade noch jemand, der wie Baron Lukah verkleidet war.«

Sharkey sah skeptisch aus. »Warum sollte sich jemand als Baron Lukah verkleiden?«

Der Baron war der wahrscheinlich berühmteste kalte Legba von allen, der Legba des Todes. Er wurde stets in Abendkleidung, mit Zylinder und dunkel getönter Brille dargestellt. Er rauchte, war ein Liebhaber des heimischen Whiskeys und trug immer eine Taschenuhr bei sich, um im Blick zu haben, für wen die Zeit auf Erden abgelaufen war.

Seit der Schlangengott verschwunden war, beherrschten die eineiigen Zwillinge Ollin und Krag die Welt. Ollin war der Prinz der warmen Legba und kontrollierte die Geister des Tages, während Krag über die kalten Legba und die Geister der Nacht befahl. Krag war bekannt als der böse Meister der Wegkreuzungen, und ihm war es zuzuschreiben, wenn Pech, Unglück, Zerstörung, Ungerechtigkeit und Leid Eingang in die Welt der Menschen fanden.

Krag und Ollin wurden immer als zwei alte schwarze Männer in abgewetzten Anzügen und mit breitkrempigen Strohhüten abgebildet. Jeder hielt eine dampfende Pfeife in der Hand, an der er genüsslich zog. Auf Gemälden wurden sie meist an den jeweils gegenüberliegenden Seiten einer spirituellen Wegkreuzung gezeigt.

Einer der wenigen Unterschiede des Zwillingspaars bestand darin, dass Ollin häufig in Begleitung eines älteren Hundes mit grauer Schnauze auftauchte. Hunde waren Ollin heilig. Auf Krags Schulter saß eine Eule, und hin und wieder hielt er eine Peitsche in der Hand, um die Pferde der Apokalypse im Zaum zu halten, deren Reiter eines Tages den Untergang der Welt herbeiführen würden.

Jude staunte, dass jemand in Baton Noir dreist genug war, sich als Baron Lukah zu verkleiden. Auf dem Weg zur Straßenbahn versuchte sie kopfschüttelnd, ihr Unbehagen zu überwinden, aber das eigenartige Prickeln auf ihrer Haut wollte nicht nachlassen. Wie immer war die Straßenbahn im Bereich der Bürger dicht besetzt, und es blieb ihnen nichts anderes übrig, als sich zwischen die anderen Passagiere zu drängen, bis Judes Gesicht praktisch unter der Achsel eines hoch gewachsenen Mannes eingeklemmt war. Sie warf einen neidischen Blick zum für den Adel abgetrennten Bereich hinüber; dort gab es nicht nur reichlich Sitzplätze, sondern auch viel weniger Passagiere.

Manchmal, wenn Jude Streit suchte, setzte sie sich in den Adelsbereich, um gegen die Trennung in den Straßenbahnen zu protestieren. Sie hatte schon oft genug beobachtet, wie eine gebrechliche alte Dame die Haltestange umklammerte und zitternd versuchte, irgendwie auf den Beinen zu bleiben, während vollkommen gesunde, kräftige Vampire, Hexen oder Legba-Abkömmlinge sich auf ihren Sitzen lümmelten und im Traum nicht daran dachten, der alten Dame ihren Platz anzubieten. Es war schwer, deswegen nicht in Wut zu geraten, zumindest für

Jude. Und sie konnte auch nicht verstehen, warum sie anscheinend als Einzige so empfand.

»So ist es nun mal« sagte Sharkey jedes Mal, wenn sie darauf zu sprechen kam. »Es ist doch total sinnlos, sich deswegen verrückt zu machen.«

Im Hurricane Quarter verabschiedeten sie sich an der Haltestelle voneinander.

»Bis morgen in der Probe«, sagte Sharkey und umarmte sie. Wegen des anstrengenden Auftritts hatte Benny die heutige Probe abgesagt, aber von morgen an würden sie jeden Abend proben und sich auf die Cajou-Nacht vorbereiten. »Und pass auf dich auf, ja?«, fügte er hinzu.

Jude winkte ihm zum Abschied und ging dann den Moonshine Boulevard entlang nach Hause. Hier war Dauerpartyzone, aber so kurz vor der Cajou-Nacht herrschte noch mehr Betrieb als sonst. Besucher von weither kamen wegen dieser Feier in die Stadt, und die Ersten trafen gerade ein.

An einer Straßenecke spielte eine Bläsercombo und Einwohner und Touristen tanzten auf der Straße zur Musik; Nachtschwärmer auf den schmiedeeisernen Balkonen der Bars, die die Straßen säumten, sangen lautstark mit, und in den Ritzen des Kopfsteinpflasters lagen überall kleine Plastikperlen. Sie verstopften die Abflüsse oder baumelten, angeordnet in regenbogenfarbenen Schnüren, an den schwarzen Laternenpfählen und den Bronzestatuen berühmter Jazzgrößen.

Offenbar gab es nichts Schöneres für Betrunkene, als überall Perlenschnüre aufzuhängen.

Jude legte einen Zwischenstopp im Lebensmittelladen ein und kaufte die Zutaten für Gumbo, das Lieblingsgericht ihres Vaters. Ihre winzige Wohnung lag direkt über einem Gumbo-Restaurant in einer Reihe einfacher, zweistöckiger Häuser, allesamt altersschwach und vernachlässigt. Die Fensterläden hingen halb verrottet in den Angeln, die Stufen am Eingang waren heruntergetreten und die Perlenschnüre über dem Türsturz ausgebleicht und grau. Die Wohnung war klein und der schmale, rostige Balkon der vor einem Fenster klebte, war höchstwahrscheinlich absturzgefährdet. Trotz allem war es ihr Zuhause, und als sie die wackelige Holztreppe hinaufstieg, überkam Jude eine gewisse Zufriedenheit. Immerhin hatte sie es geschafft, dass sie auch für den nächsten Monat ein Dach über dem Kopf hatten.

An der Wohnungstür stand – wieder einmal – ein Karton mit Essen. Ohne Nachricht. Es lag niemals eine dabei. Der Karton stammte von ihrem Schutzengel, jenem geheimnisvollen Wohltäter, der ihr in den vergangenen acht Jahren, seit dem Unfall ihres Vaters, immer wieder geholfen hatte. Jedenfalls beharrte ihr Vater darauf, es als Unfall zu bezeichnen, obwohl es in Wirklichkeit alles andere als ein Unfall gewesen war.

Zuerst hatte der Unbekannte nur Essen geschickt, und zwar immer dann, wenn sie es am nötigsten brauchten. Im Lauf der Jahre fanden sich auch andere Dinge in den Kartons: Notenblätter, Bücher und kleine Plastiktrompeten, die an orangefarbenen Cajou-Perlenketten baumelten. Gerade so, als wüsste der Schutzengel bestens über Judes Vorlieben Bescheid und versuchte, ihr Geschenke zu machen, die ihr besonders gefielen.

Wer auch immer ihr Wohltäter war, Jude hatte ihn oder sie niemals gesehen. Die Pakete wurden an die Tür gelegt, wenn sie nicht zu Hause war oder in der Nacht. Manchmal, wenn sie auf ihrem Balkon saß und Trompete spielte, war sie überzeugt davon, dass es jemanden gab, irgendwo unten auf der Straße, gerade außer Sichtweite, der sie just in diesem Augenblick beobachtete …

Sie hob den Karton auf und schob die Tür mit der Schulter auf. »Rate mal, was es zum Abendessen gibt?«, rief sie.

Noch in der Tür blieb sie stehen und blickte entsetzt ins Zimmer. Ihr Herz schlug viel zu schnell, hämmerte gegen ihre geprellten Rippen und eine nur allzu bekannte dunkle Ahnung kroch mit langen Spinnenfingern an ihrem Rückgrat entlang. Sie schauderte.

War es so weit?

War heute der Tag, an dem es passieren würde?

In der Küche herrschte ein wüstes Durcheinander, ein zerbrochener Becher mit blutigem Henkel lag auf dem Boden und ein dunkler Kaffeefleck breitete sich allmählich auf dem abblätternden Linoleum aus. Ein paar dicke Fliegen brummten träge um den vollgestopften Mülleimer. In der Wohnung war es still. Viel zu still. Die Fliegen schienen das einzig Lebendige hier zu sein, sie hatten sich zahlreich eingestellt zum Festmahl für einen Toten, den Jude im nächsten Zimmer zu entdecken fürchtete. Am liebsten hätte sie sich umgedreht und wäre zur Tür hinausgestürzt. Einfach hinaus, weg von hier, die Treppe hinunter, um es niemals sehen zu müssen.

Stattdessen zwang sie sich, die Küche zu betreten. »Pa?«, rief sie.

Noch immer war nichts zu hören außer der betäubenden Stille und dem dumpfen Summen der Fliegen. Jude stellte den Karton mit Essen und ihre Einkaufstasche ab und ging widerstrebend den kurzen Flur entlang, der ihr mit einem Mal endlos erschien.

Als sie das Wohnzimmer betrat, saß ihr Vater zusammengesackt in seinem Sessel. An seiner Kleidung klebte Blut und Jude durchfuhr ein glühend heißer Schock. Einen Augenblick lang war sie überzeugt, dass er tot war, es tatsächlich getan hatte.

Dann bemerkte sie, dass er atmete, an die Wand starrte und mit der einen, locker in seinem Schoß liegenden Hand, die ihm geblieben war, Blut über seinen verschossenen Morgenmantel schmierte. Also noch nicht tot, immerhin. Sie hatte schreckliche Angst, er würde eines Tages allem ein Ende machen, aber zumindest für heute konnte sie offenbar aufatmen.

Sein langes Haar war ungekämmt und er hatte sich nicht rasiert. Ihr Vater war eigentlich ein großer Mann, aber seit seinem Unfall saß er häufig klein zusammengekauert da. Als er vor acht Jahren in den Sumpf gesprungen war, hatte ihm ein Alligator den rechten Arm unterhalb des Ellbogens abgebissen und ein großes Stück aus seinem rechten Oberschenkel. Als man ihn aus dem Wasser gezogen hatte, fehlten zwei Finger an seiner Linken und von einem Ohr zog sich eine tiefe Wunde bis zum Schlüsselbein.

»Geht nie zu nah ans Ufer«, hatte er Jude und ihren kleinen Bruder Daryl immer gewarnt, damals, als sie noch am Rand der Firefly Swamps wohnten. »Ihr könntet ins Wasser fallen. So ein Alligator ist ja bildschön, aber es ist auch ein wildes Tier und kann euch in Stücke reißen.«

Jude und Daryl waren daher immer sehr vorsichtig gewesen, und es hatte nie einen Unfall gegeben. Bis zu jenem Tag, als Jude neun Jahre alt wurde und der Fremde zu ihnen kam. Manchmal hörte Jude seine Stimme noch im Kopf.

»Na so was! Hat da etwa jemand Geburtstag?«

Sie musste nur die Augen schließen, und sie war wieder dort, in ihrem alten Zuhause. Sie spürte den moosigen, alten Baumstamm, an den sie sich lehnte. Sah die Glühwürmchen leuchten, deren schöner goldener Glanz das trübe Wasser schimmern ließ, roch den Duft der Garnelen auf dem Grill. Sie hörte, wie Daryl am Ende des Bootssteges ihren Namen rief …

Jude schüttelte den Kopf und versuchte, die Erinnerung zu verscheuchen, während sie sich ihrem Vater zuwandte. Er hatte sein Leben lang als Alligator-Tourguide gearbeitet und diese Tiere geliebt. Früher war er groß und stark gewesen und hatte unbesiegbar gewirkt. Jetzt war sein Körper von Narben gezeichnet, er war vorzeitig ergraut und litt ständig unter Schmerzen, gegen die nur die grüne Fee, der Absinth, helfen konnte. Trotzdem wussten Jude und ihr Vater, dass es für sie noch schlimmer hätte kommen können. Daryl hatte nicht so viel Glück gehabt. Alles, was von ihm übrig war, lag schon seit Langem auf dem Grund des Sumpfes.

»Pa?«, fragte Jude von der Tür aus.

»Ich brauch deine Hilfe nicht«, knurrte er. »Lass mich in Ruhe.«

Sie machte einen vorsichtigen Schritt auf ihn zu und sagte, möglichst ruhig: »Ich könnte wenigsten deinen Verband …«

»Ich hab gesagt, ICH BRAUCH DEINE HILFE NICHT!«, brüllte er, griff nach einem Glas in der Nähe und schleuderte es so schnell in Judes Richtung, dass sie sich instinktiv duckte.

Ihre Rippen protestierten und sie schnappte nach Luft, so heftig schoss der Schmerz durch ihre rechte Seite. Nur undeutlich nahm sie wahr, wie das Glas am Türrahmen über ihr zersplitterte. Sie wollte sich aufrichten, und es fühlte sich an, als bohrte sich eine Rippe durch ihre Haut. Alles tat ihr weh. Nicht zuletzt ihr Herz, jedes Mal, wenn ihr Vater derart auf sie losging. Vor dem Anschlag hatte er kaum je auch nur die Stimme gehoben.

»Stell dich doch nicht so an«, grunzte er in seinem Sessel. »Das Glas hat dich ja nicht mal gestreift.«

Jude biss die Zähne zusammen und versuchte ein zweites

Mal, sich aufrecht hinzustellen. Diesmal beschwerten sich ihre Rippen nicht. Trotzdem hütete sie sich vor raschen Bewegungen und lehnte sich an die Tür, um wieder zu Atem zu kommen. Ihr Vater musterte sie von seinem Sessel aus und bemerkte die Platzwunde an ihrer Lippe.

»Schon wieder eine Schlägerei?«, sagte er grummelnd. »Das bringt doch nichts, Jude. Du solltest es lassen.«

»Dir ist das doch sowieso egal«, gab sie zurück.

Sie humpelte in die Küche zurück. Obwohl ihre Schultern und die Seiten höllisch wehtaten, leerte sie den Mülleimer, verscheuchte die Fliegen und öffnete das Fenster. Mühsam kniete sie sich nieder und machte den Boden sauber. Der Kaffeefleck ging nicht mehr weg, aber das Linoleum hatte ohnehin so viele Flecken, dass es darauf auch nicht mehr ankam. Sie kochte das Gumbo, das sie schweigend in der Küche aßen.

Nach dem Essen räumte Jude auf und steuerte auf ihr Zimmer zu. Sie war schon fast an der Tür, als sie die Stimme ihres Vaters hörte.

»Das stimmt nicht«, sagte er heiser und räusperte sich, bevor er hinzufügte: »Es ist mir nicht egal, meine ich.«

Jude drehte sich um. Er stand in der Küchentür und starrte auf den Boden, statt sie anzublicken.

»Du bist mir nicht egal«, wiederholte er.

»Ich weiß«, sagte Jude. »Ist schon okay.«

Dabei war es überhaupt nicht okay, aber manchmal war es eben besser, nicht die Wahrheit zu sagen. In letzter Zeit hatte sie immer häufiger den Eindruck, dass ihr Vater sich nicht nur möglicherweise, sondern ziemlich wahrscheinlich, mehr oder weniger sicher irgendwann umbringen würde. Es war wie ein Dampfzug, der auf sie zugerast kam, und dem sie nicht ausweichen konnte. Sie spürte den Zug unaufhaltsam näherkommen, bis in ihre Knochen hinein. Niemand konnte auf Dauer in diesem Zustand leben, und die neue Medizin, die Sofia ihr gegeben hatte, konnte ihm auch nicht helfen. Eines Tages würde es geschehen. Nur wie, das wusste sie nicht. Würde er sich erhängen? Sich mit Absinth zu Tode trinken? Oder sich irgendwie ein Gewehr besorgen? Sie hatte solche Angst davor, dass ihr Vater eines Tages nicht mehr da sein würde und sie, Jude, dann schuld daran wäre, weil sie ihm nicht hatte helfen können. Dann wäre sie ganz allein. Dieser Gedanke beängstigte sie am meisten.

Sie schloss die Tür hinter sich und war froh, für eine Weile allein zu sein. Ihre Zimmereinrichtung bestand lediglich aus einem Schrank, einem schmalen Bett, einer kleinen Kommode und einem Spiegel. Mehr Platz gab es nicht.

Bevor sie sich schlafen legte, fischte Jude ein Foto unter dem Kissen hervor, das sie wie einen Schatz hütete. Sie betrachtete das Bild eine Weile. Es verblasste allmählich, aber dieses Bild war das einzige, das sie von ihrem Bruder besaß – von damals, als sie alle noch glücklich gewesen waren. Die Erinnerung daran war so weit entfernt und beinahe unwirklich, dass Jude von Zeit zu Zeit das Foto ansehen musste, um sich davon zu überzeugen, dass es nicht nur ein Traum gewesen war.

Dann plumpste sie auf ihr Bett und schlief wie eine Tote, bis die Sonnenstrahlen sie weckten. Ihre Lider schienen wie festgeklebt zu sein, es kostete sie Mühe, die Augen zu öffnen. Ihr ganzer Körper schmerzte von der gestrigen Schlägerei, und während der Nacht war es offenbar noch schlimmer geworden. Sie setzte sich langsam auf und kletterte in Zeitlupe aus dem Bett, ganz vorsichtig, als wäre sie aus Glas.

Das Anziehen war noch mühsamer, und es dauerte volle zehn Minuten, bis sie sich endlich in ihre Latzhose hineingekämpft hatte. Während sie mit zitternden Händen die Träger befestigte, bewegte sich etwas in der Hosentasche. Als sie nachsah, spitzte ein kleiner Kopf mit Turban daraus hervor.

Mit einem Aufschrei zog Jude die Puppe der Cajou-Queen heraus und schleuderte sie quer durchs Zimmer auf ihr Bett.

Kapitel 3

Die Puppe lag reglos auf der Decke. Nachdem mehrere Minuten vergangen waren, ohne dass irgendetwas geschah, kam Jude vorsichtig näher und starrte auf das entsetzliche Ding.

Es sah noch genauso aus wie gestern am Friedhofstor, nur dass es nicht mehr wie am Spieß schrie. Jude streckte vorsichtig die Hand danach aus. Instinktiv hätte sie die Puppe am liebsten aus dem Fenster geworfen, sie verbrannt oder in den Mülleimer gestopft. Doch schon von gewöhnlichen Puppen geht ein bestimmter Zauber aus, von schreienden ganz zu schweigen, und Jude wollte es auf keinen Fall riskieren, mit einem Fluch belegt zu werden. Sofort fiel ihr Sofia ein, Hexe, Heilerin und ihre Freundin. Wenn irgendjemand ihr helfen konnte, dann sie.

Jude nahm die Puppe in die Hand. Und dann explodierte etwas in ihrem Kopf.

Sie ließ die Puppe fallen, taumelte keuchend rückwärts. Das Zimmer schien davonzuwirbeln und mit einem Mal war sie wieder in ihrem Zuhause in den Firefly Swamps. Der Abend war schwül, sie stand auf dem blutbespritzten Holzsteg und starrte wie gebannt auf den abgetrennten Arm, der auf den Planken lag – den einzigen Körperteil von Daryl, den sie hatten finden können.

»Komm schon«, sagte Mr Treventi, ihr Musiklehrer, und zog sie an der Hand. Seine Stimme bebte und Tränen rollten ihm über die Wangen. »Komm weg von hier.«

Der Sumpf verschwand, und sie sah das vernarbte Gesicht ihres Vaters vor sich, der ihr sagte, dass sie das Stipendium für die Musikakademie nicht antreten könne. Dann war sie zehn Jahre alt, spielte für ein paar Pennys auf der Straße Trompete, und dann elf. Sie machte ihren Vater sauber, der zu betrunken gewesen war, um es rechtzeitig auf die Toilette zu schaffen, hielt seine schweren, stinkenden, feuchten Hosen in den Händen …

Sie sah sich mit siebzehn Jahren, Leeroy starrte sie an, seine Augen glitzerten in der Dunkelheit, und auf dem kleinen Balkon an ihrem Zimmer drängte er sich viel zu dicht an sie. »Du undankbares Miststück«.

Stöhnend kniff Jude die Augen zusammen. Es war, als zerrte eine unbestimmte Kraft diese Erinnerungen aus ihr heraus, als wären da Finger, die in ihrem Geist suchten, wühlten und über den schmerzlichsten und scheußlichsten Erinnerungen verharrten. Den unerträglichen Erinnerungen, die Jude tief in ihrem Innersten verbarg.

Wut und Groll stiegen in ihr auf, und sie setzte sich mit ihrem Geist gegen die unsichtbare Kraft zur Wehr, versuchte, das Fremde, das sich irgendwie einen Weg in ihr Inneres gebahnt hatte, zu fassen. Dann verspürte sie eine Überraschung, einen Schock, den jedoch nicht sie selbst, sondern ein fremdes Wesen empfand, gefolgt von einer verwirrenden Vielzahl rasch aufscheinender Bilder und Empfindungen: Lange weiße Finger hielten einen Diamantring fest umklammert; ein inniger, heimlich getauschter Kuss in einem verrauchten Zimmer, laute Jazzmusik brandete auf; indigofarbene Blütenblätter; und der tödliche Schmerz, als eine Klinge sich in Fleisch bohrte.

Dann, plötzlich, das Gefühl eines heftigen geistigen Rucks, als hätten zwei Hände sie entschlossen von sich weggeschoben. Jude stand wieder in ihrem Zimmer, schwankte vor und zurück, und ein Herzschlag, der nicht von ihrem eigenen Herzen stammte, hämmerte in ihrer Brust. Und hinter Judes eigenen Augen starrte ein anderes Augenpaar hervor.

Sie blickte in den Spiegel über ihrer Kommode. Eine alte, bleiche Frau sah ihr in die Augen. Sie trug ein blutgetränktes blaues Abendkleid, einen kunstreich verschlungenen Turban und große goldene Kreolen in den Ohren. Auch die langen weißen Abendhandschuhe waren blutbespritzt, ihr Gesicht war faltig und sie hatte die Lippen zu einem dünnen Strich zusammengezogen.

»Du …«

Die heisere Stimme der alten Frau brach, und sie hustete, bevor sie erneut ansetzte. »Du wirst … mir helfen … Jude Lomax.«

»Was zum Teufel wollen Sie von mir?« Jude spürte, wie die Farbe aus ihrem Gesicht wich. »Und wie … wie sind Sie überhaupt hergekommen?«

»Ich bin umgebracht worden«, erwiderte die Cajou-Queen und Blut tropfte von ihren Lippen. »Und du musst herausfinden, wer es getan hat.«

Jude packte die Puppe und stürmte aus dem Zimmer. Im Flur machte sie gerade lange genug halt, um in die Gummistiefel zu steigen, und jagte dann die Straße entlang, direkt zur Mojo Alley – einem verwinkelten, schmalen, gewundenen Gässchen, in dem die besten Hexendoktoren und Cajou-Spezialisten ihre Waren und ihr Wissen zum Kauf anboten. Jude hatte dieses Gässchen lange gemieden, aber in letzter Zeit hatte sie sich aus lauter Verzweiflung über den Zustand ihres Vaters häufiger dorthin gewagt. Normale Schmerztabletten und Medizin halfen ihm nicht mehr, und Jude ertrug es einfach nicht, wenn er sich vor Schmerzen wand. Also hatte sie magische Hilfe gesucht. Und Sofia kennengelernt.

Sie raste die Straße hinunter, so schnell es ihre geprellten Rippen zuließen, und riss die Tür zu Madam Zombies Kräuterladen derart heftig auf, dass die Türglocke scheppernd protestierte.

Der Holzboden in dem kleinen, dunklen Ladenraum war leicht schief, und es roch durchdringend nach den Kräutern, Pulvern und Tinkturen, die sich an den Wänden reihten. Sofias magisches Tier, ein düsterer Rabe namens Benedict, hockte auf einem Totenschädel hoch oben auf dem Regal in der Ecke und spähte mit glänzenden Knopfaugen in den Ladenraum hinunter. Sofia selbst stand hinter der Theke und glücklicherweise war kein anderer Kunde zu sehen.

Sofia Moreau war eine atemberaubende Hexe. Das lag nicht nur an ihrer Größe, sondern auch an ihrem prächtigen schwarzen und goldfarbenen Haar, das ihr, in viele winzig kleine Zöpfchen geflochten, bis auf den Rücken reichte, sogar dann, wenn sie die Zöpfe zu einem Pferdeschwanz zusammenfasste. Ihre schokoladenfarbene Haut war makellos, die braunen Augen blickten immer fröhlich, und für eine so kurvenreiche Figur hätte Judy glatt jemanden getötet. Selbstverständlich baumelte auch ein Dutzend Charms an Sofias rechtem Ohr. Jude hatte Sofia noch niemals ohne diese Ohrringe gesehen und konnte sich nicht vorstellen, wie Sofia wohl ohne sie aussehen mochte.

Heute trug Sofia eine schwarze Corsage, die ihre üppigen Brüste und die Wespentaille ziemlich spektakulär zur Geltung brachte, und dazu eine schwarze Lederhose, so eng, als wäre sie aufgesprüht; die Stiefel mit den Stiletto-Absätzen machten sie noch größer, als sie ohnehin schon war. Eine prächtige

Sammlung magischer Charms hing an ihren vielen Halsketten, und der Cajou-Charm des magischen Adels baumelte an einem Ring, den sie oben an ihrem Ohr festgeklemmt hatte. Sofia war mit ihren achtzehn Jahren nur ein Jahr älter als Jude; da sie jedoch eine Hexe war und zum Adel gehörte, stand für Jude anfangs fest, dass sie Sofia aus tiefstem Herzen verabscheuen würde. Sie hatte beschlossen, alle Adligen zu hassen, weil es so am einfachsten war. Doch als sie Sofia allmählich besser kennenlernte, stellte sie fest, dass nicht sämtliche Mitglieder des Adels böse und gefährlich waren. Anders als der Fremde, der acht Jahre zuvor eines Abends in Judes Zuhause aufgetaucht war. Sein Kronen-Charm hatte in der Dämmerung blutrot geleuchtet.

»Ich bin ein Freund deines Vaters«, hatte er gesagt, aber Jude wusste sofort, dass er log, denn die einzigen Freunde ihres Vaters waren die Tiere im Sumpf oder die anderen Tourguides. Mit einem Adligen war ihr Vater bestimmt nicht befreundet. Falls er je herausfinden sollte, dass Jude mit Sofia befreundet war, würde er vor Wut einen Tobsuchtsanfall kriegen. Und wenn er wüsste, dass seine Medizin von einer Hexe stammte, würde er sich weigern, sie einzunehmen.

»Hallo, Jude«, sagte Sofia. »Was …«

»Du musst mir helfen«, platzte Jude heraus.

Sie zog die Puppe aus der Tasche und legte sie auf die Theke. Sofia warf nur einen kurzen Blick darauf, ehe sie rasch zur Tür ging und das Schild umdrehte, sodass »Geschlossen« darauf zu lesen war. Anschließend sperrte sie die Tür zu und kam zur Theke zurück.

»Wie kannst du nur!«, sagte sie, »wie kommst du bloß auf die Idee, mit der Puppe der ermordeten Cajou-Queen in der Tasche herumzulaufen?«

»Ich glaube, sie verfolgt mich«, sagte Jude. Sie erklärte, was bei der Beerdigung am Friedhofstor passiert war und wie die Cajou-Queen sie aus dem Spiegel in ihrem Zimmer angeblickt hatte. »Sie sagt, sie will herausfinden, wer sie umgebracht hat.«

Sofia sah fassungslos aus. »Du willst mich wohl auf den Arm nehmen? Jude, das ist schlimm. Richtig schlimm. Das ist eine Springpuppe.«

»Was heißt das?«

»Es ist ein besonders starker Zauber«, erwiderte Sofia. »Er wird dadurch ausgelöst, dass der Tote, den diese Puppe darstellt, in ihre Nähe kommt; dann springt sie in die Seele eines Lebenden.« Sie musterte Jude. »Warum hat die Puppe ausgerechnet dich gewählt? Hast du ihr irgendein Zeichen gegeben?«

Jude riss die Augen auf. »Ihr ein Zeichen gegeben?«, fragte sie. »Warum um alles in der Welt sollte ich das tun?«

»Schon gut, reg dich ab«, erwiderte Sofia. »Normalerweise würde ich erwarten, dass irgendeine Verbindung zwischen euch besteht. Irgendeine Beziehung.«

»Na ja, vermutlich habe ich die Puppe angesehen, aber das haben alle anderen auch getan.«

Sofia zuckte die Schultern. »Dann hast du einfach nur Pech gehabt, wie's aussieht.«

»Wie werde ich sie wieder los?«

»Überhaupt nicht.«

»Aber das muss doch irgendwie möglich sein! Kannst du sie nicht verbrennen oder so?«

»Das wäre keine gute Idee«, sagte Sofia. »Die Puppe hat ihren Auftrag erfüllt, und der Zauber ist nicht mehr wirksam. Sie ist bloß noch eine stinknormale Puppe. Darf ich sie behalten? Ich möchte sie mir gern mal genauer ansehen.«

»Also, ich will das scheußliche Teil bestimmt nicht.«

»Tut mir leid, dass ich dir nicht helfen kann.« Sofia steckte die Puppe in ihre Tasche. »Aber Ivory Monette wird erst dann verschwinden, wenn sie will, und keinen Augenblick früher.«

Kapitel 4

Jude verabschiedete sich von Sofia. Auf dem Heimweg ging sie zusehends schneller, als könnte sie der Puppe davonlaufen. Sie war überzeugt davon gewesen, dass Sofia ihr helfen konnte. Sie würde ihr eine Mixtur verabreichen oder einen Zauberspruch murmeln und irgendetwas tun, um das, was mit ihr passiert war, was immer es auch verdammt noch mal sein mochte, ungeschehen zu machen.

Sie war schon beinahe an der Haustür angelangt, als sie erschrocken Ivorys heisere, alte Stimme in ihrem Kopf krächzen hörte.

Deine Freundin hat völlig recht. Ich verschwinde nicht. Nicht bevor ich kriege, was ich will.

Sie hatte keine Möglichkeit, Ivory zum Schweigen zu bringen oder ihr zu entkommen.

Ich hab dir ein bisschen Zeit gegeben, um dich an den Gedanken zu gewöhnen, fuhr Ivory fort. *Aber jetzt, fürchte ich, müssen wir allmählich mal zur Sache kommen.*

Ohne auf sie zu hören, lief Jude in die Wohnung hinauf. Sie stürmte in die Küche, über den Flur in ihr Zimmer und warf die Tür hinter sich ins Schloss. Das Erste, was sie sah, war die dreieinhalb Meter lange Python auf ihrem Bett.

Eine ganze Weile lang starrten Jude und die Schlange einander nur an. Das Tier hatte einen breiten, flachen weißen Kopf, und die rosafarbenen Augen blinzelten kein einziges Mal, während Judes Herz rasend schnell klopfte. Sie blickte zum offenen Fenster und auf den Balkon. War die Schlange in der Regenrinne heraufgekrochen? Oder hatte sie einfach hier im Zimmer ihre Schlangengestalt angenommen? Schließlich war das Tier eine magische Cajou-Schlange, die Dienerin des Schlangengottes und Ursprung der Zauberkraft der Queen.

Das ist Beau, sagte Ivory.

»Das weiß ich«, blaffte Jude. Jeder in Baton Noir kannte diese Schlange. Das Tier schien die Gegenwart der Queen zu spüren, denn es entrollte sich, glitt langsam auf den Boden und kroch auf Jude zu. Jude blieb stocksteif stehen und wartete darauf, dass die Schlange jeden Moment zubiss. Stattdessen wand das Tier seinen langen Leib um Judes Bein, schlängelte sich an ihrem Arm empor und legte sich schließlich mit seinem ganzen Gewicht um ihre Schultern. Jude bekam kaum noch Luft. In ihrem Kopf redete Ivory leise und zärtlich auf die Schlange ein.

Da ist er ja, sagte sie. *Mein Augenstern. Ist er nicht bildschön?*

Vorsichtig klaubte Jude die Python von ihren Schultern und legte sie hastig aufs Bett zurück.

»Es tut mir leid«, stieß sie etwas atemlos hervor. »Selbst wenn ich wollte, könnte ich Ihnen nicht helfen. Ihr müsst jetzt beide gehen.«

Es klopfte an der Tür und ihr Vater rief: »Jude? Alles in Ordnung da drin?«

»Ja, alles bestens.«

»Machst du mal die Tür auf?«

Jude warf einen Blick auf die riesige Python auf ihrem Bett und eine leichte Panik stieg in ihr auf. Normalerweise hatten sie und ihr Vater kein Problem damit, lautstarke Unterhaltungen durch geschlossene Türen zu führen. Sie hatte keinen blassen Schimmer, warum sie ausgerechnet jetzt die Tür öffnen sollte. Sie schob die Schlange unters Bett, zog das Bettzeug bis auf den Boden und schickte ein Stoßgebet zum Himmel, dass sich das Tier in den nächsten fünf Minuten nicht von der Stelle rühren würde. Ihr Vater bekam zwar in letzter Zeit so einiges nicht mit, aber dass er eine riesige Cajou-Python nicht bemerken würde, war sogar für seine Verhältnisse eher unwahrscheinlich. Dann ging sie zur Tür und riss sie auf.

Ihr Vater stand wartend davor, einen Teller mit einem Sandwich in der Hand. Jude staunte, als er ihr den Teller hinhielt. »Hier, für dich«, sagte er.

Seit dem Unfall hatte er kein Essen für sie zubereitet, nicht mal eine einzige Scheibe Toast. Wegen des fehlenden Fingers hielt er den Teller ziemlich ungeschickt fest, und Jude bemerkte, dass seine Hand leicht zitterte.

Sie spürte Hoffnung in sich aufflackern, Hoffnung, die einer längst erloschen geglaubten Flamme entsprang, und streckte die Hand nach dem Teller aus.

Aber im nächsten Augenblick umfasste ein eiserner Griff ihr Handgelenk und eine fremde kalte Macht ergriff die Herrschaft über ihre Zunge. Jude schlug ihrem Vater den Teller aus der unbeholfenen Hand. Das Sandwich fiel auf den Boden und Jude hörte, wie sie Worte fauchte, die sie überhaupt nicht sagen wollte.

»Denkst du wirklich, ein Sandwich könnte alles in Ordnung bringen, was in den letzten acht Jahren schiefgegangen ist, du alter Esel? Da hast du dich getäuscht. Das macht Daryl auch nicht wieder lebendig. Es ändert nichts daran, dass er ohne dich noch am Leben wäre.« Sie spuckte ihm vor die Füße. »Geh zum Teufel.«

In der darauffolgenden furchtbaren Stille versuchte Jude vergebens, die Kontrolle über sich zurückzugewinnen. Schließlich gelang es ihr, die Cajou-Queen geistig abzuschütteln, aber es war zu spät. Sie starrte ihren Vater an und ihr war übel. Solche Gedanken hatte sie zwar manchmal gehabt, ganz im Geheimen in irgendeinem versteckten Zipfel ihres Geistes, aber es wäre ihr nie, niemals in den Sinn gekommen, sie laut auszusprechen.

Zuerst dachte sie, ihr Vater würde einen seiner schrecklichen Wutanfälle bekommen, sie anbrüllen und etwas nach ihr werfen. Er holte jedoch nur tief Luft, drehte sich um, ging wortlos zu seinem Zimmer und schloss leise die Tür.

Jude schmetterte die Tür zu und stöhnte ungläubig.

»Du Miststück!«, rief sie aus. »Weißt du eigentlich, wie lange ich auf diesen Moment gewartet habe? Ist dir klar, was du gerade getan hast?«

Du wirst mir helfen, ob du willst oder nicht, flüsterte Ivory.

»Woher weißt du das alles überhaupt?«

Ich bin in deinem Kopf, erwiderte Ivory. *Ich weiß alles, was du weißt. Ich sehe alles, was du gesehen hast. Du selbst hast mir mit deinen eigenen Gedanken verraten, wo du besonders verwundbar bist. Du denkst, das war besonders schlimm? Dann hast du keine Ahnung, was dir noch bevorsteht, Mädchen. Mag ja sein, dass du Haare auf den Zähnen hast, aber mir bist du nicht gewachsen. Nur ein kleiner, unachtsamer Augenblick und schon hat dein Vater Rattengift statt Milch in seiner Teetasse. Verstehen wir uns jetzt?*

Jude schlug so kräftig mit der Faust an die Wand, dass ein Stückchen Gips herausbröckelte.

»Aber was du von mir verlangst, ist einfach unmöglich. Ich kann doch keinen Mörder jagen. Ich spiele bloß Trompete, mehr nicht.«

Ich werde dir mit all meinen magischen Künsten helfen, sagte Ivory. *Ich beschütze dich, dir wird nichts passieren. Schalt mal deinen Kopf ein, Mädchen. Dabei könnte doch auch für dich was rausspringen. Ich habe nichts gegen einen kleinen Handel.*

»Du hast nichts, was mich interessiert.«

Ich könnte deinem Vater helfen, wisperte die Stimme.

Bei diesem Vorschlag überkam Jude eine tiefe, hoffnungslose Sehnsucht, aber sie überwand das Gefühl.

»Kannst du mir vielleicht seine fehlende Hand zurückgeben?« fragte sie. »Sein Haus? Oder seinen toten Sohn?«

Nein. Aber ich könnte seine Schmerzen lindern.

Jude schwieg. Wieder stieg Hoffnung in ihr auf, und diesmal ließ sie sich nicht unterdrücken. Konnte das wirklich wahr sein?

»Keine Macht kann das Schicksal überlisten«, sagte sie. Mit einem Mal war ihre Wut wie weggeblasen und sie fühlte sich völlig erschöpft. Sie ließ sich langsam auf den Boden sinken, kreuzte die Beine im Schneidersitz und lehnte sich an die Wand.

Da täuschst du dich, sagte Ivory. *Die Macht des Cajou ist größer als alles andere auf der Welt. Sie ist sogar größer als das Schicksal. Ich zeige dir mal, wozu Cajou fähig ist.*

Sie fing an, in Judes Kopf zu summen. Eine berückende, verwirrende Melodie erklang, die Beau dazu brachte, sich zu entrollen und an sie heranzukriechen. Jude war unwillkürlich fasziniert. Sie hatte Schlangen schon immer gemocht und dieses Exemplar war etwas Besonderes. Das Tier schlang sich um ihre Taille, wand seinen langen Leib immer und immer wieder um sie herum. Jude spürte, wie sich eine sonderbare Wärme in ihr ausbreitete und ihre Haut durchdrang, bis die Schmerzen in ihren Rippen nachließen, immer schwächer wurden und schließlich ganz verschwanden. Ihr Zahn wackelte nicht mehr, saß plötzlich fest in der Höhle, und es war eine unbeschreibliche Wohltat, mit einem Mal keine Schmerzen mehr zu empfinden. Jude fühlte sich federleicht, als wäre ein schweres, schwarzes Gewicht, das sie niedergedrückt hatte, unversehens von ihr genommen worden. Sie fühlte sich so leicht, als würde sie schweben.

Fühlt sich gut an, oder?, hauchte Ivory. *Und dabei hast du erst seit einem Tag Schmerzen. Die Schmerzen deines Vaters sind viel schlimmer als deine, und diese Last schleppt er seit acht Jahren mit sich herum. Stell dir nur mal vor, was für ein Geschenk du ihm damit machen würdest.*

Jude stockte der Atem, und bei der Aussicht, ihren Vater auf diese Weise von seinen Schmerzen zu befreien, überkam sie ein tiefes Glücksgefühl, das sie bis ins Mark erzittern ließ. Vielleicht war das ihre Chance, um endlich diesem auf sie zurasenden Zug zu entgehen. In einem Punkt hatte Ivory jedenfalls recht: Wenn etwas mächtig genug war, um den Lauf des Schicksals zu ändern, war es Cajou. Jude, die ihr ganzes Leben in Baton Noir verbracht hatte, war sich wohl bewusst, dass Cajou in den Händen eines talentierten Menschen wunderbare und unglaubliche Dinge vollbringen konnte. Und konnte es jemanden geben, der dafür mehr Talent hatte als die Cajou-Queen höchstpersönlich?

Ivory hatte ihr einen überaus gefährlichen Vorschlag gemacht, aber wenn irgendwas auf der Welt Jude dazu bewegen konnte, die Seiten zu wechseln und einen Handel mit den Teufeln des Cajou abzuschließen, war es die Hoffnung, ihrem Vater dadurch das Leben zu retten. Ihr Entschluss stand fest.

»Einverstanden«, sagte sie langsam. »Was soll ich machen?«

Oh. Ivory war anscheinend verdutzt und klang zum ersten Mal etwas unsicher. *Das, äh, hatte ich jetzt nicht erwartet … ich dachte, ich müsste zumindest einen deiner Freunde verhexen oder etwas in der Art, um meine Macht zu demonstrieren.*

»Da du mich nicht kennst, kannst du auch nicht wissen, was ich als Nächstes tun oder sagen werde«, erwiderte Jude.

Schon, aber hast du denn keine Angst?, erkundigte sich Ivory mit leicht verärgertem Unterton. *Ich bin ziemlich mächtig, weißt du, und…*

»Klar hab ich Angst«, gab Jude gereizt zurück. »Aber das spielt keine Rolle. Angst hatte ich schon oft genug. Sag mir einfach, was ich machen soll.«

Das hab ich dir schon gesagt. Du sollst meinen Mörder finden.

»Okay, aber was genau soll ich *machen*, wenn wir ihn gefunden haben? Falls nämlich Hexereien und Flüche im Spiel sind oder ich Leichen zerstückeln soll, kannst du die Sache vergessen. Ich bin keine Mörderin.«

Mach dich nicht lächerlich, sagte Ivory. *Sobald du den Mörder gefunden hast, zeigst du ihn natürlich an.*

Jude nagte nachdenklich an den Lippen. »Selbst wenn ein Wunder geschieht und ich tatsächlich deinen Mörder finde, woher soll ich wissen, dass du dich an unsere Absprache hältst?«

Ivory Monette brach in ein leises, gurrendes Lachen aus, das Jude in der Kehle kitzelte.

Das kannst du nicht wissen, sagte sie. *Wie auch? Wir müssen uns einfach gegenseitig vertrauen.*

Jude verdrehte die Augen. »Ich habe mir schon gedacht, dass du so was sagst.«

Sie überlegte fieberhaft. Konnte sie, durfte sie der Cajou-Queen trauen? Würde Ivory Wort halten? Sofia hatte ihr zwar nicht helfen können, aber das musste ja noch nicht bedeuten, dass niemand in Baton Noir in der Lage wäre, Ivorys Geist aus Jude zu bannen.

Dir ist schon klar, dass ich deine Gedanken höre?, schaltete sich Ivory ein und seufzte. *Glaub mir, meine Liebe, niemand auf der ganzen Welt kann dir helfen, mich loszuwerden. Ich stecke tief in dir drin. Niemand bekommt mich gegen meinen Willen hier raus.*

Jude überlegte weiter, ohne auf Ivory zu achten. Kein Zweifel, die Cajou-Queen besaß tatsächlich eine Macht, von der Jude nur träumen konnte. Tief in ihrem Innersten spürte sie sogar einen Anflug von Neid, wünschte sich beinahe selbst, so viel Macht zu besitzen. Die Gelegenheit dazu würde sich kein zweites Mal bieten, das war ihr klar.

Falls auch nur die leiseste Hoffnung bestand, ihren Vater zu heilen oder ihm zumindest wieder zu einem halbwegs normalen Leben zu verhelfen, durfte Jude sich diese Gelegenheit einfach nicht entgehen lassen.

»Gut«, sagte sie und hoffte, dass sie die richtige Entscheidung traf. »Abgemacht. Ich helfe dir und dafür hilfst du meinem Vater. Wo soll ich mit der Suche anfangen? Hast du einen Verdacht, wer an deinem Tod schuld sein könnte?«

Meine Liebe, ich bin die Cajou-Queen von Baton Noir und die Liste der Verdächtigen ist ellenlang. Ich habe immer befürchtet, es könnte eines Tages so kommen. Warum hätte ich wohl sonst die Springpuppe an das Friedhofstor hängen sollen? Ich will noch mal dorthin, wo es passiert ist, ins Blue Lady.

»Da komme ich ja nicht mal rein«, erwiderte Jude. »Eintritt nur für Adlige.«

Das spielt keine Rolle, sagte Ivory. *Du trägst ab sofort den Kronen-Charm. Er reagiert auf mich und leuchtet, als wärst du selbst adlig. Niemand erkennt den Unterschied. Ab jetzt hast du überall Zutritt.*

Jude zog die Nase kraus. Sie sah den Mann vor sich, der ihr Leben zerstört hatte: Er schlenderte ungerührt in die hereinbrechende Dämmerung der Firefly Swamps davon und sein Kronen-Charm leuchtete blutrot. Selbst wenn Jude nicht jedes einzelne Mitglied der magischen Kaste verabscheute, so war ihr doch das, wofür sie allesamt standen, zuwider. Die Vorstellung, selbst einen Kronen-Charm zu tragen, war abscheulich.

»Ich will aber keine von euch sein«, sagte sie.

Tja, da hast du wohl Pech gehabt, sagte Ivory. *Denn gerade in diesem Augenblick wirbelt mehr schwarze Magie durch dich hindurch als durch irgendjemand sonst in Baton Noir.*

»Super«, grummelte Jude.

Und doch: Falls ihr nichts anderes übrig blieb, als einen Pakt mit den Teufeln zu schließen, um ihren Vater zu retten, dann war Jude fest entschlossen, in ihren Gummistiefeln geradewegs bis in die feurigen Tiefen der Hölle zu marschieren.

Sie schlüpfte vorsichtig zur Tür hinaus und ließ Beau friedlich schlummernd auf ihrem Bett zurück. Sie trug die Reste des Sandwichs in die Küche und ging zum Zimmer ihres Vaters.

»Pa?«, fragte sie leise.

Wie erwartet, rührte sich nichts. Sie hatte ihm sagen wollen, dass sie es vorhin nicht so gemeint hatte und ihm nicht die Schuld gab. Was allerdings nicht ganz der Wahrheit entsprach. Insgeheim gab sie ihm durchaus ein wenig die Schuld an dem, was damals geschehen war. Denn hätte ihr Vater sich nicht mit einem Schwarzmagier angelegt, wäre Daryl immer noch am Leben. Der Mann hatte ihn in den Sumpf geworfen, um ihren Vater dafür zu bestrafen, dass er seine Schulden nicht bezahlt hatte. Das wussten sie beide. Es wäre nur hohles Gerede gewesen, wenn Jude etwas anderes behauptet hätte. Um die Sache noch schlimmer zu machen, hatte der Schwarzmagier unmittelbar danach die Stadt verlassen und war niemals für sein Verbrechen bestraft worden.

»Es tut mir leid«, sagte Jude durch die Tür. »Ich hab dich lieb.«

Mehr als du ahnst, fügte sie lautlos hinzu.

Als alles still blieb, wandte Jude sich um. Am besten konnte sie ihrem Vater helfen, indem sie Ivory half, und dafür benötigte sie einen Kronen-Charm. Also machte sie sich erneut auf den Weg zu Sofia.

Als sie in die Mojo Alley einbog, kam sie an einer ärmlichen Frau vorbei, die am Straßenrand Eimer mit Ziegelstaub verkaufte. Sie stand unmittelbar vor einem Laden, der Liebestränke anbot. Die Schaufensterdekoration bestand aus säuberlich angeordneten Reihen von Rinderherzen, gespickt mit Krötenfüßen und Skorpionbeinen. Sie hatten Schleifen umgebunden und waren großzügig parfümiert. Schaudernd fragte sich Jude, wofür diese Herzen wohl gut sein mochten.

Im Ladenfenster daneben stapelten sich Flaschen mit Cajou-Säure und verschiedene Körbe voller Beschwörungsbälle. Es waren faustgroße schwarze, zu Bällen geformte Wachsstücke, über und über mit Nadeln bespickt. Angeblich steckte in der Mitte ein Stück Menschenfleisch. Rollte man die Bälle um Mitternacht durch den Vorgarten oder Hinterhof eines Feindes, brachte das Unglück über sein Haus. Mitunter sah man die Kugeln auch auf den Stufen einer Haustür liegen.

Ein Schild in der Auslage wies eigens darauf hin, dass sich der Ladenbesitzer außerdem auf Schreckenszauber verstand, die schrecklichsten und bösartigsten Flüche überhaupt. Wer mit einem solchen Fluch belegt wurde, der erwachte eines Morgens mit einem schwarzen herzförmigen Hexenmal an einer beliebigen Körperstelle. Das Hexenmal hatte Ähnlichkeit mit einer Tätowierung; ein Schreckenszauber bewirkte, dass eines Tages die tiefsten Ängste des Opfers wahr wurden. Man konnte aber nie wissen, wann oder wo das passieren würde. Dieses schwarze

Hexenmal am Körper des Opfers pochte unermüdlich und erinnerte die Ärmsten stets daran, dass ihnen eines Tages etwas Entsetzliches geschehen würde.

Schnell lief Jude weiter zu Sofias Laden, und ihr fiel wieder ein, wie sie sich zum ersten Mal dort hineingewagt hatte. Der etwas kitschige Zombie vor der Ladentür hatte sie unwiderstehlich angezogen. Er sah richtig scheußlich aus, war allerdings sehr vornehm gekleidet, denn er trug einen Zylinder und eine Fliege mit kleinem Fledermausmuster – ein Zombie mit Fliege, wenn das kein Grund war, sich in einen Laden locken zu lassen …

Sie trat ein und ging direkt zur Theke.

»Da bist du ja schon wieder.« Sofia wirkte leicht besorgt. »Ist noch was passiert?«

»Nein, aber Ivory und ich haben … ähm, also wir haben eine Art Handel abgeschlossen.«

Sofias Braue wanderte skeptisch in die Höhe. »Glaubst du wirklich, du kannst ihr trauen?«

»Nein«, gab Jude zurück. »Aber ich nehme das Risiko in Kauf. Sie sagt, sie kann meinem Vater helfen.«

»Tja«, sagte Sofia nach kurzem Überlegen, »los wirst du sie ja sowieso nicht, dann hat es so vielleicht wenigstens sein Gutes. Was brauchst du?«

»Einen Kronen-Charm«, sagte Jude. »Ich muss ins Blue Lady.«

Sofia zog einen Kasten aus dem Regal und stellte ihn auf die Theke. Die Charms waren alle sehr teuer, glücklicherweise gab Sofia ihr einen umsonst.

»Bring ihn mir wieder, wenn alles vorbei ist.«

Sobald Jude den Charm an ihrem Armband befestigt hatte, leuchtete er rot, ein Anblick, an den sie sich bestimmt nie gewöhnen würde. Als würde man mitten im Kampf feststellen, dass man in der Uniform des Erzfeindes steckte.

»Ich kann dich ins Blue Lady begleiten«, schlug Sofia vor. »Dort kennen sie mich, Belle ist Stammgast.«

Belle war Sofias Freundin, eine zierliche, hübsche Hexe mit Porzellanteint und strahlend blondem, langem Haar. Ihr magisches Tier war eine Katze namens Dazzle und Belle besaß ein besonderes Talent fürs Wahrsagen.

Junge Mädchen suchten sie auf, um herauszufinden, wie ihr zukünftiger Liebster hieß oder in welchem Alter sie heiraten würden. Sie hatte Jude bereits mehrmals angeboten, ihr umsonst die Karten zu lesen, aber Jude fand die Vorstellung einer schicksalhaften und unentrinnbaren Zukunft zutiefst beängstigend und hatte das Angebot stets abgelehnt.

Trotzdem hatte Jude den Eindruck, dass Belle sie manchmal auf eine Weise scheel ansah, als könne sie auch ohne Hilfe der Karte in ihre Zukunft sehen. Das war kein angenehmer Gedanke, und Jude fühlte sich in Belles Gesellschaft daher immer etwas befangen. Außerdem missfiel es ihr, dass Belle nur Jazzkneipen und Clubs besuchte, zu denen ausschließlich der Adel Zutritt hatte.

»Wer kümmert sich denn so lange um deinen Laden?«, fragte Jude.

»Belle muss jeden Moment kommen, sie arbeitet sowieso heute Nachmittag«, sagte Sofia. »Sie hat einen eigenen Schlüssel. Bis sie hier ist, bleibt das Geschäft eben geschlossen.«

Sie sperrte ab und gemeinsam machten sie sich auf den Weg ins Blue Lady. Als sie auf dem Moonshine Boulevard waren, setzte leichter Nieselregen ein, und die Neonreklame blitzte blau-, rosa-, grün- und orangefarben in den Pfützen des holprigen Kopfsteinpflasters auf. Das Schild der Bar zeigte eine elegante Dame mit geschmackvollem blauem Hut, die lässig einen Sonnenschirm über die Schultern warf. Am Eingang hielten ein samtenes Seil und ein hochgewachsener Türsteher mit Untertanen-Charm unliebsame Besucher fern. Falls ein gewöhnlicher Bürger – die man im Allgemeinen als Lumpenpack bezeichnete – es irgendwie fertigbrachte, dass sich ihm ein Adliger zu Dank verpflichtet fühlte, erhielt er den Untertanenstatus, der mit diversen Vergünstigungen und besserer Behandlung verbunden war. So ziemlich jeder, der in Baton Noir irgendetwas zu sagen hatte, besaß Untertanenstatus, unter anderem der Bürgermeister, die Polizei und sämtliche Politiker. Die Stadt war korrupt bis ins Mark.

Der Türsteher musterte Jude arrogant von oben bis unten und sagte abweisend: »Zutritt nur für Adel.«

Sofia sah aus wie der Inbegriff einer Hexe mit ihren vielen Charms, der Corsage, dem traumhaften Haar und den magischen Dolchen im Bund ihrer schwarzen Lederhose. Jude hingegen trug nur ihr übliches Outfit: Latzhose, ein schäbiges, altes Hemd und dreckbespritzte Gummistiefel. Mit ihrem kurz geschnittenen roten Haar sah sie beinahe aus wie ein Junge, und von ihrem Ohr bis hinunter zum Nacken waren Noten tätowiert. Obendrein hatte sie jede Menge Sommersprossen und sah kein bisschen nach Cajou-Adel aus. Deswegen empfand sie eine diebische Freude, als sie dem Türsteher ihr Armband mit dem Kronen-Charm unter die Nase hielt.

Er sah sie überrascht an, entschuldigte sich hastig und war von einer Sekunde zur anderen wie ausgewechselt.

»Bitte verzeihen Sie, Ma'am«, sagte er. »Nichts für ungut.«

Im Club war es dunkel und verraucht, die Theke nahm beinahe die gesamte Länge der einen Wand ein, und am anderen Ende des Raums befand sich die leicht erhöhte Bühne. Dazwischen standen Tischchen und dunkelblaue Sitzecken mit kleinen, perlenbesetzten Lampen, die ein kühles, blaues Licht verströmten. Eine Reihe ausgestopfter Alligatorenköpfe schmückte die Wand hinter der Bar, und die typischen Plastikperlenschnüre der Cajou-Nacht baumelten an der Decke, der Beleuchtung und den Gemälden. Die Plastikperlen waren allesamt blau gefärbt, in jeder denkbaren Schattierung von leuchtendem Türkis bis zu tiefem Indigo. Blau war die Farbe der Hexen. Die Bar war schlecht besucht, die wenigen Gäste hielten sich an ihren Drinks fest und ihre Kronen-Charms leuchteten im Halbdunkel.

Wo ist es passiert?, fragte Jude lautlos.

Auf der Toilette, sagte die Cajou-Queen. *Glaube ich jedenfalls.*

Du glaubst es nur?

Ich kann mich einfach nicht genau erinnern. Alles ist so verschwommen. Bring mich dorthin, dann sehe ich mich um.

Jude seufzte. »Wo ist denn die Toilette?«, fragte sie Sofia.

»Dort drüben.« Die Hexe wies auf eine Tür an der gegenüberliegenden Seite.

Gemeinsam gingen sie durch einen Flur im rückwärtigen Teil des Clubs. An der Damentoilette war jedoch ein Schild mit der Aufschrift »*Außer Betrieb*« angebracht, und Absperrbänder der Polizei riegelten den Raum ab. Kurz entschlossen stieß Jude die Tür auf und duckte sich gemeinsam mit Sofia unter dem Absperrband hindurch. Dann knipste sie das Licht an und die beiden schnappten entsetzt nach Luft.

Die Toilette war ebenso verschwenderisch und luxuriös ausgestattet wie der Club. In einem riesigen Aquarium in der Ecke, das vom Boden zur Decke reichte, schwammen blaue Seepferdchen. Die blauen muschelförmigen Waschbecken wurden von ziemlich furchterregenden Meerjungfrauen getragen. Die Spiegel hatten Goldrahmen, Wände und Boden waren perlweiß. Zumindest waren sie das einmal gewesen.

Obwohl jemand eindeutig begonnen hatte zu putzen, war der große rote Fleck mitten auf den Bodenfliesen noch da, schockierend und surreal. Jude fühlte sich plötzlich wieder wie damals vor acht Jahren, als der Sumpf sich vom Blut ihres Bruders hellrot verfärbt hatte. Sie spürte Entsetzen, Abscheu und tiefe Verzweiflung und wäre am liebsten Hals über Kopf davongelaufen.

Geh näher heran, raspelte Ivorys Stimme in ihrem Kopf.

»Ist das nicht schon nah genug?«, ächzte Jude.

Die Cajou-Queen hielt eine Antwort für überflüssig und ergriff stattdessen Besitz von Judes Körper; sie ging mit ihr zu dem Blutfleck hinüber, bis die Gummistiefel mitten in der Lache standen. Daraufhin riss Ivory Judes Kopf mit einem Ruck zurück in Richtung Spiegel und zwang sie, hineinzublicken. Das fremde Gesicht der Cajou-Queen starrte sie an und ihr Mund war verzerrt und zuckte, als die Erinnerungen an jenen Abend mit einem Mal zurückkehrten.

Vor Judes Augen verwandelte sich das Spiegelbild. Sofia neben ihr verschwand und plötzlich war nur noch Ivory zu sehen. Der Blutfleck hatte sich in nichts aufgelöst. Hot Jazz drang gedämpft durch die Tür. Jude blickte aus Ivorys Augen, während die Cajou-Queen zum Waschbecken hinüberging, sich die Hände wusch und dann die weißen Abendhandschuhe überstreifte.

Mit einem Mal fiel die Tür leise ins Schloss und ein Schlüssel wurde umgedreht. Ivory wandte sich um, doch es war niemand zu sehen. Stirnrunzelnd ging sie zur Tür hinüber, versuchte sie zu öffnen und pochte dann mit den Fingerknöcheln dagegen.

»Hallo«, rief sie laut. »Ich bin noch hier drin!«

Keine Antwort. Stattdessen kam ein kleines Objekt durch einen Türspalt gerollt. Ivory blickte auf den Boden. Es war eine alte Goldmünze, stumpf und fleckig. Angst kroch in ihr hoch und sie spürte etwas Warmes über ihr Gesicht rinnen. Als sie die Hand hob und ihren Haaransatz betastete, klebte Blut an ihren Handschuhen.

Jude vermochte ihre eigenen Gedanken und Gefühle und die von Ivory nicht mehr voneinander zu unterscheiden, sie hatten sich zu einem großen, wirren Knäuel verschlungen. Langsam blickte sie zum Spiegel hinüber. Ein Netz aus feinen blutigen Linien lief über das Gesicht der Cajou-Queen, die Schnittwunden waren wie von Geisterhand entstanden. Vor Judes Augen bildete sich ein neuer Riss in der papierdünnen Haut und platzte auf.

Ivory starrte in den Spiegel, und dann durchtrennte etwas ihre Kehle. Sie sah keine Waffe, spürte nur, wie das Fleisch nachgab. Für einen Augenblick überwältigte sie maßloser Zorn, gefolgt von Angst und Qual, als ihr die Schmerzen mit einem Mal wie ein aufflackernder Lichtblitz zu Bewusstsein kamen. Es fühlte sich an, als hätte ihr jemanden den Schädel gespalten.

Blut strömte über Ivorys Gesicht, spritzte auf ihr blaues Abendkleid und die weißen Handschuhe, während sie taumelte, schwankte und spürte, wie die Kraft aus ihren Beinen wich.

Vor ihren Augen drehte sich alles, sie stürzte auf den weißen Marmorboden und mit ihrem Blut floss auch das Leben aus ihr.

Ihre Arme sanken schlaff auf die Seite, sie konnte sich nicht mehr rühren – konnte nichts anderes tun als daliegen und auf keinen Fall noch um Hilfe rufen. Ivory blickte wild um sich, aber niemand befand sich im Raum, da war nur die Goldmünze vor ihr auf dem Boden, die sie mit Schlangenaugen anzublitzen schien …

Ivory wollte nicht gehen. Sie wollte nicht sterben, auch wenn sie alt war, aber ihr Herz schlug langsamer, blieb stehen und stürzte in das tiefe Dunkel einer endlosen Nacht …

Kapitel 5

Mit einem Aufschrei taumelte Jude zurück und prallte gegen Sofia, die ihr beruhigend eine Hand auf die Schulter legte.

»Hey, alles in Ordnung? Du siehst kalkweiß aus.«

Jude schüttelte den Kopf. »Ich war … ich war bloß gerade dabei«, stieß sie hervor. »Als Ivory umgebracht wurde.«

Ohne auf eine Antwort zu warten, drehte sich Jude rasch um und ging in den Club zurück. Unmittelbar gefolgt von Sofia marschierte sie geradewegs zur Bar, zog sich einen Barhocker heran und beugte sich zu dem Barmann hinüber, einem kleinen, hektisch wirkenden Typ mit Untertanen-Charm am Handgelenk.

»Bring mir den stärksten Drink, den ihr habt«, sagte sie.

Er musterte sie zuerst skeptisch, doch dann wanderte sein Blick zu ihrer auf die Theke gestützten Hand mit dem Kronen-Charm.

»Kommt sofort«, sagte er.

Er goss ihr einen sehr starken Drink ein, und da sie sich im Blue Lady und nicht in irgendeiner Spelunke befanden, sah er es als seine Pflicht an, den Drink umständlich mit glitzernden Cocktailstäbchen zu garnieren.

»Das muss meinetwegen nicht sein«, sagte Jude, beugte

sich vor, nahm das Glas und stürzte den Inhalt in einem Zug hinunter. Das Brennen in ihrer Kehle war eine wahre Wohltat. Sie knallte das Glas auf die Theke. »Noch einen«, ordnete sie an.

Wozu soll das jetzt gut sein?, erkundigte sich Ivory in ihrem Kopf.

»Mir hilft's jedenfalls«, schnauzte Jude.

Der Barmann sah auf. »Entschuldigung?«

»Schenk mir einfach ein.«

Sofia kletterte auf den Barhocker neben Jude.

»Darf's auch was für dich sein, Sofia?«, fragte der Barmann, als er Judes Drink auf der Theke abstellte.

»Für mich einen Steamboat Slaughter«, bat Sofia. »Mit Eis.«

Jude spürte immer noch den Blutgeschmack hinten in der Kehle und wie sich der Tod mit gierigen, krummen Klauen nach ihr reckte. Sie spürte Risse in der Haut, Blut auf der Stirn, und schauderte. Diesen Augenblick würde sie wieder und wieder in ihren Träumen durchleben, das wusste sie genau.

Für mich war es auch nicht gerade angenehm, bemerkte Ivory. *Ich weiß gar nicht, worüber du dich so aufregst. Ich bin schließlich ermordet worden, nicht du.*

Jude beachtete sie nicht. Sie trank, diesmal langsamer, und konzentrierte sich darauf, gleichmäßig zu atmen. Sie wurde das Gefühl nicht los, dass an dem, was sie soeben gesehen hatte, irgendetwas nicht stimmte, dass da irgendetwas keinen Sinn ergab. Der Gedanke quälte sie, aber sobald sie versuchte, ihre Zweifel in klare Worte zu fassen, lösten sie sich wie Rauch auf.

Was ist passiert?, fragte sie Ivory. *Da war doch niemand! Wie bist du ums Leben gekommen?*

Jetzt kann ich mich wieder daran erinnern, erwiderte Ivory. *Diese Goldmünze, die hereinrollte, war eine Teufelsmünze.*

Jude hatte zwar schon von Teufelsmünzen gehört, aber noch

niemals eine gesehen. Teufel lebten bekanntlich im Sumpfgebiet, und wer einen Pakt mit ihnen schließen wollte, der ging nicht mehr an Wegkreuzungen – sondern zum Black Bayou. Dort suchte er den Wunschbrunnen des Teufels auf und bezahlte den Preis: einen Teil seiner Seele. Dafür gab ihm der Teufel eine der Münzen, mit der sich wunderbare und unaussprechliche Dinge vollbringen ließen. Man konnte die Münze nur einmal verwenden, dann verlor sie ihre Macht. Trotzdem waren solche Teufelsmünzen kostbar, nicht zuletzt weil sie Hexereien und Flüche abwehrten.

»Sag mal, Harry«, erkundigte sich Sofia beiläufig und rührte das Eis in ihrem Cocktail um, »hattest du eigentlich an dem Abend Dienst, als Ivory Monette umgebracht wurde?«

Er schüttelte den Kopf. »Nein, aber Frank hat mir alles erzählt«, sagte er eifrig und beugt sich vertraulich zu ihr hinüber. »Die Cajou-Queen ging zur Toilette und kam nicht mehr zurück. Ihre Enkelin hat sich irgendwann Sorgen gemacht und ist ihr nach, aber die Tür war verschlossen. Sie mussten einen Vampir holen, um sie aufzubrechen, und dann haben sie sie gefunden, wie sie dort in ihrem Blut lag.«

Wer war denn noch hier an diesem Abend?, fragte Jude Ivory und nahm einen Schluck. *Mit wem warst du zusammen? Hast du jemanden hier gesehen, den du nicht erwartet hast?*

Dreh dich um, erwiderte Ivory. *Vielleicht kann ich mich daran erinnern.*

Jude rutschte auf ihrem Sitz herum, bis sie mit dem Rücken zur Bar saß und einen guten Überblick über den Raum hatte. Sie spürte den Geist der Cajou-Queen in die Vergangenheit zurückwandern, und mit einem Mal veränderte sich die Szenerie. Der Club war nicht mehr leer, sondern gut gefüllt, genau wie am Abend des Mordes.

Jude saß jetzt nicht mehr an der Bar, sondern an einem Tisch in der Nähe der Bühne, und sie hielt eine lange Zigarettenspitze zwischen den behandschuhten Fingern. Blauer Rauch von vielen Zigarettenspitzen und Zigarren stieg kräuselnd auf. Auf der Bühne spielte eine Jazzband und ihr gegenüber saß eine junge Frau. In ihrem mit pfirsichfarbenen Perlen bestickten Cocktailkleid, das genau zu ihrem Teint passte, wirkte sie eher gelangweilt. Sie war auffallend zierlich und ihr üppiges unordentlich hochgestecktes hellblondes Haar war mit Cajou-Charms verziert.

Meine Enkelin, flüsterte Ivory. *Charity. Dieser Versager neben ihr ist ihr Freund, Wade.*

Der junge Mann hatte hellbraunes Haar, blasse Augen und einen leeren Gesichtsausdruck. Er wirkte dünn und krank, und seine geisterhaft bleiche Haut hatte einen grauen Ton. Er sah überhaupt nicht gut aus.

Er leidet an Schwindsucht, sagte Ivory, die Judes Überlegungen hörte. *Er hat nicht mehr lange zu leben, soweit ich das sehe. Ich habe die beiden zu Charitys Geburtstag eingeladen, sie ist letzte Woche sechzehn geworden.*

Die laute Musik übertönte alles, aber mit Ivorys Augen blickte Jude sich aufmerksam um. Mit einem Mal keuchte die Cajou-Queen auf. Offenbar hatte sie etwas bemerkt. Jude spürte, wie Ivorys Herz schneller schlug und tiefer Kummer in ihr aufstieg. Ein Gefühl, das Jude nur allzu gut kannte, denn seit Daryls Tod hatte ihr Vater ihr schon mehrmals das Herz gebrochen; es überraschte sie jedoch, dass es offenbar jemanden gab, der dasselbe Gefühl in der Cajou-Queen auszulösen vermochte.

Ja, sagte Ivory, *er war an diesem Abend hier. Jetzt erinnere ich mich.*

Wer?, fragte Jude.

Etienne Malloy.

Der Mann, den Ivory fixierte, war groß, hatte eisblondes, straff zurückgekämmtes Haar, hohe Wangenknochen und blaue Augen. Sein dunkler Anzug hatte wahrscheinlich mehr gekostet, als Jude in einem Jahr verdiente. Dem Anschein nach war er nicht älter als dreißig, aber der Anschein hatte in Baton Noir nicht viel zu sagen. Er sah umwerfend gut aus.

Wer ist das?, fragte Jude.

Er war meine große Liebe, erwiderte Ivory.

Die abgrundtiefe Verzweiflung der Cajou-Queen war schwer zu ertragen. Jude spürte ein Ziehen tief in ihrem Inneren, als wolle sich dieses Gefühl hinauskämpfen.

Aber wenn er deine große Liebe ist, denkst du doch bestimmt nicht –, setzte Jude an.

Sieh ihn dir doch bloß an!, fiel Ivory ihr gereizt ins Wort. *Er ist ein Vampir. Ich bin ein Mensch. Als ich nicht mehr jung und schön war, hat er mir einfach den Laufpass gegeben und ich … ich konnte mich nicht damit abfinden. Er hat mir das Herz gebrochen, weißt du. Also hab ich mich gerächt und es ihm mit gleicher Münze heimgezahlt.* Sie seufzte. *Nein, Etienne Malloy hat allen Grund, mich zu hassen. Mehr als jeder andere.*

Etienne ließ den Blick suchend durch den Raum wandern. Als er Ivory sah, blickten seine Augen noch eine Spur kälter. Jude zuckte zusammen.

Dann wandte sich der Vampir um und verschwand. Ivorys Erinnerung verschwamm und sie waren wieder im halb leeren Blue Lady.

Hast du ihn an diesem Abend noch mal gesehen?, fragte Jude und drehte sich wieder zur Theke. *Ist er auf dich zugekommen? Hat er dich angesprochen?*

Nein, erwiderte Ivory ausdruckslos. *Aber er hasst mich abgrundtief. Er könnte es getan haben, da bin ich mir sicher.*

Sie brachen auf, und Jude erzählte Sofia, was geschehen war. Als sie zu der Geschichte mit Etienne Malloy kam, blieb die Hexe abrupt stehen.

»Etienne Malloy?«, wiederholte sie ungläubig.

»Kennst du ihn?«, fragte Jude.

»Er ist einer der gefährlichsten Vampire von Baton Noir», sagte Sofia.

»Na ja, Vampire sind meistens gefährlich.«

»Aber Etienne trägt keinen Menschlichkeits-Charm mehr.«

»Oh.«

Alle, die zu Vampiren wurden, verloren dadurch, dass sie immer wieder starben und anschließend ins Leben zurückkehrten, allmählich ihre Menschlichkeit und verwandelten sich in kalte und herzlose Abbilder ihres früheren Selbst. Sie behielten zwar ihre Erinnerungen, Vorlieben und Abneigungen bei, verloren aber ihre Seele und vor allen Dingen die Fähigkeit, Liebe zu empfinden.

Manche Cajou-Zauberer fertigten Menschlichkeits-Charms an; diese Charms verliehen den Vampiren einen Rest von Menschlichkeit oder verstärkten das, was ihnen noch davon geblieben war. Viele Vampire trugen die Charms und behaupteten, das Leben sei interessanter und aufregender, wenn man vor Leidenschaft brenne; vereinzelte Vampire löschten den Rest an Gefühl jedoch lieber ganz aus und zogen aus unbekannten Gründen ein kaltes, beinahe erstorbenes Innenleben vor.

Es war meine Schuld, meldete sich Ivory plötzlich leise zu Wort. *Er hat seinen Menschlichkeits-Charm meinetwegen abgelegt.*

Am besten, du erzählst mir die ganze Geschichte, erwiderte

Jude lautlos. *Aber nicht sofort. Ich werde gleich in Moonfleet Manor erwartet.*

Moonfleet! Ivory war überrascht. *Von diesem Haus könnte ich dir ein paar ziemlich üble Geschichten erzählen! Da würde dir schlecht werden! Was hast du denn in diesem verfluchten Moonfleet verloren?*

Ich arbeite dort, sagte Jude. *Ich spiele zweimal pro Woche für André Majstro.*

Ach, tatsächlich?, sagte Ivory. *Na so was. Ich hab dich jedenfalls noch nie dort gesehen.*

Ich habe dich aber gesehen. Vom Eulenturm aus. Dort spiele ich immer für ihn.

Wahrscheinlich will das Phantom nicht, dass du sein Haus betrittst.

Warum warst du eigentlich in Moonfleet Manor?, wollte Jude wissen. Sie war schon immer neugierig gewesen.

Ivory war jedoch nicht sehr auskunftsfreudig. *Das geht dich überhaupt nichts an.*

Tja, ich muss sowieso los, sagte Jude. *Das passt dir zwar bestimmt nicht, aber ich kann es mir nicht leisten, auf einen bezahlten Job zu verzichten, Cajou-Queen hin oder her.*

Sie hatte damit gerechnet, dass Ivory protestieren würde, doch zu Judes Überraschung zeigte sie sich entgegenkommend.

Während du spielst, kann ich darüber nachdenken, wie wir bei Etienne vorgehen, sagte sie. *Wenn du mir eine Haarsträhne von ihm besorgst, könnte ich einen Zauber sprechen, der ihn zwingt, die Tat zu gestehen. Die meiste Zeit verbringt er allerdings in seinem Club, und dort kommt man nur mit Einladung rein.*

Jude konnte sich kaum vorstellen, wie sie je in den Besitz einer Haarsträhne des Vampirs gelangen sollte, selbst wenn sie es fertigbrächte, sich eine Einladung für seinen Club zu verschaffen.

Das lass mal meine Sorge sein, erklärte Ivory.

Jude zuckte die Achseln und verabschiedete sich von Sofia. Dann ging sie nach Hause, holte ihre Trompete und machte sich auf den Weg nach Moonfleet Manor.

Kapitel 6

Moonfleet Manor stand schon seit dreihundert Jahren im Fountain District, entworfen und erbaut von Wahnsinnigen – sonderbar, scheußlich und schön zugleich. Die Villa war zweifellos eines der eindrucksvollsten Gebäude in Baton Noir, aber auch eines der berüchtigtsten, und im Grunde genommen trotz all ihrer Pracht wertlos, denn niemand außer einem Mitglied der Majstros hätte nach allem, was dort vorgefallen war, in diesem Haus leben wollen. Sogar ein Privatfriedhof, auf dem die Gebeine der Majstros aus vergangenen Tage ruhten, gehörte zu dem Anwesen.

Der Friedhof grenzte an den Sumpf, und Jude konnte den Sumpfgleiter sehen, der am Ufer vor Anker lag, zusammen mit einem alten Raddampfer, der langsam vor sich hin rostete. Die Villa lag mitten in einem weitläufigen Gelände und saß wie eine fette Spinne zwischen den Nebengebäuden, von denen es etliche gab; unter anderem ein Gewächshaus, einen Aussichtspavillon und den hohen schmalen Eulenturm aus rotem Backstein. In den Wänden waren Nischen eingelassen, in denen die Eulen auf kleinen Vorsprüngen hockten.

Eulen waren in Baton Noir nicht sonderlich beliebt. Wegen ihrer Verbindung zu Krag konnte es ohne Weiteres vorkommen, dass die Einwohner der Stadt eine Eule verstümmelten, wenn sie einen solchen Vogel zu Gesicht bekamen. Selbst Menschen, die eine derartige Grausamkeit verabscheuten, nahmen die verletzten Eulen nicht in ihrem Zuhause auf, sondern legten sie stattdessen am Eingangstor von Moonfleet Manor ab, damit das Phantom sich um sie kümmerte.

Jude hatte nichts gegen Eulen, empörte sich aber insgeheim darüber, dass die Tiere ein besseres Leben führten als der größte Teil der normalen Einwohner von Baton Noir. Die Majstros waren schon immer überaus wohlhabend gewesen, und das Phantom schien der letzte Nachkomme zu sein. Er war in Pracht und Überfluss aufgewachsen und hatte wahrscheinlich nicht die geringste Ahnung davon, was es hieß, arm zu sein oder Not zu leiden. Dafür verabscheute Jude ihn fast ein bisschen, obwohl die Gage, die er ihr zahlte, der Grund dafür war, dass sie und ihr Vater noch ein Dach über dem Kopf hatten.

Als sie die Tür zum Eulenturm öffnete, stellte sie erleichtert fest, dass Paris nicht auf sie wartete, um sie wieder wegzuschicken wie beim letzten Mal. Das Erdgeschoß des Turms bestand aus einem einzigen kleinen, runden Raum. Auf den Steinplatten lag ein roter Teppich und in der Mitte stand ein Stuhl. Die polierten hölzernen Kerzenständer auf dem Teppich spendeten flackerndes Kerzenlicht, das tanzende Schatten an den Mauern entlang bis nach oben in die Dunkelheit warf.

Jude hörte die Eulen im Dunkeln leise rascheln, konnte sie aber nicht sehen, nur gelegentlich spiegelte sich ein Lichtstrahl in einem großen, runden Augenpaar wieder. Ein dekorativer Wandschirm stand mitten im Raum – kunstvoll bestickt mit dem Porträt von Papa Louis, dem Legba der Musik. Er gehörte zu den beliebtesten Legba und wurde als strahlender, glücklicher Mann dargestellt, obwohl seine Fingerspitzen von seinem unermüdlichen Klavierspiel bis auf die Knochen abgewetzt waren. Papa Louis spielte jedes erdenkliche Instrument, aber am liebsten saß er am Klavier. Der Musiker blickte strahlend vor Glück in die Welt hinaus, trotz der Knochen, die sich durch seine Fingerspitzen bohrten, und des Blutes an seinen Handgelenken.

Wenn Jude für ihn spielte, hörte das Phantom ihr hinter dem Wandschirm zu. Vermutlich gab es noch einen zweiten Eingang, oder er achtete sehr sorgfältig darauf, rechtzeitig vor ihr hier zu sein, denn sie hatte ihn kein einziges Mal in den Eulenturm kommen sehen. Rings um das Porträt von Papa Louis waren Netze in die Bespannung des Wandschirms eingearbeitet, durch die hindurch das Phantom sie erkennen konnte. Jedenfalls nahm Jude das an, obwohl sie selbst nicht mehr als einen kurzen Blick im Schatten auf ihn erhascht hatte. Sie kam einfach zur vereinbarten Zeit und fing an zu spielen. Das Phantom versuchte niemals, mit ihr zu plaudern, und wollte es wahrscheinlich auch nicht. Das war Jude gerade recht.

Ihr Blick wanderte kurz zum Wandschirm, aber wie immer konnte sie nichts erkennen, obwohl sie genau wusste, dass ihr Zuhörer sich dahinter befand. Sie spürte deutlich, dass er anwesend war und sie beobachtete, auch wenn er sie niemals begrüßte, wie jeder normale Mensch es getan hätte. Sie nahm die Trompete aus dem Instrumentenkoffer, setzte sich auf den Stuhl und fing an zu spielen. Warme, schimmernde Jazzklänge erfüllten den Eulenturm und stiegen langsam im Rund nach oben.

Anfangs hatte sich Jude davor gefürchtet, nach Moonfleet Manor zu kommen, aber inzwischen gehörten die Abende hier zu den schönsten in der Woche, und sie freute sich regelrecht darauf. Nur an den unsichtbaren Zuhörer an der anderen Seite des Wandschirms durfte sie nicht denken. Die Vorstellung, einem Abkömmling des legendären Prinzen der kalten Legba so nahe zu sein, hätte sie zu nervös gemacht.

Als Jude ungefähr eine Viertelstunde gespielt hatte, sprach das Phantom zum ersten Mal an diesem Abend.

»Halt.«

Jude ließ die Trompete in den Schoß sinken und wartete. Gelegentlich kam es vor, dass er ihr Spiel unterbrach und ein anderes Stück hören wollte oder ihr einen Rat gab, wie sie ihre Technik verbessern konnte. Jude hatte dasselbe auch jetzt erwartet, aber stattdessen sagte er:

»Was ist mit deinem Gesicht passiert?«

Im ersten Augenblick wusste Jude nicht genau, was er meinte, bis ihr die aufgeplatzte Lippe einfiel, an der Sidney Blue Sampson schuld war. So weit waren Beaus Heilkünste nicht gekommen.

»Oh, ich … ich hatte eine kleine Meinungsverschiedenheit mit meinem Vermieter«, sagte sie. »Wegen der Miete.«

»Bist du im Rückstand?«, fragte er ruhig.

»Manchmal.«

»Hast du dein Geld möglicherweise für unkluge Dinge ausgegeben, Jude?«

Das kam ebenfalls gelegentlich vor – dass er ihr persönliche Fragen stellte, zu Angelegenheiten, die ihn nichts angingen. Kurz nachdem sie angefangen hatte, für ihn zu spielen, hatte er sie gefragt: »Machen Prügeleien das Leben erträglicher für dich?«

An diesem Tag hatte sie tatsächlich die Beherrschung verloren und war in eine Rauferei geraten, aber das hatte nur an einer anzüglichen Bemerkung gelegen, zu der sich jemand berufen fühlte. Leider hatte sie sich den Finger verstaucht, als sie diesem Jemand einen Kinnhaken versetzte, was natürlich ihr

Trompetenspiel beeinträchtigte – und nur aus diesem Grund hatte das Phantom davon Kenntnis genommen oder sich überhaupt Sorgen gemacht. Als sie zu einer Erklärung ansetzte, hatte er ihr sofort das Wort abgeschnitten. »Ich bezahle dich dafür, dass du Trompete spielst und dazu in der Lage bist. Was du tust, wenn du hier weggehst, ist deine Sache, aber in Zukunft solltest du dich nicht prügeln, bevor du hierherkommst.«

Worte, über die Jude sich immer noch ärgerte und vor Empörung rot anlief, sobald sie daran dachte. Für wen hielt er sich eigentlich? Er hatte kein Recht, sich in ihr Leben einzumischen.

»Geld auszugeben ist im Augenblick eher schwierig«, erwiderte sie jetzt patziger als beabsichtigt. »Insbesondere, wenn man unbezahlt weggeschickt wird.«

Einen Augenblick lang herrschte völlige Stille, lediglich das raschelnde Gefieder der Eulen war zu hören. Schließlich antwortete das Phantom so leise, dass Jude die Ohren spitzen musste, um ihn zu verstehen.

»Wie bitte?«

Im Stillen verwünschte sie sich und ihre große Klappe. Hatte sie ihn jetzt verärgert? Was, wenn er sie wegschickte und ein für alle Mal entließ? Nirgendwo sonst verdiente sie ihr Geld so leicht und war so gut bezahlt.

»Entschuldigung«, sagte sie. »Also … ich komme natürlich sehr gern hierher, keine Frage. Aber beim letzten Mal habe ich mich eben auf das Geld verlassen, für die Miete und so …« Sie brach unsicher ab.

Wieder folgte eine zweite, etwas zu lang andauernde Stille. Jude wollte schon fragen, ob sie weiterspielen solle, als das Phantom endlich antwortete.

»Soll das heißen«, fragte er, »dass Paris dir letztes Mal dein Geld nicht gegeben hat?«

Jude spürte leise Gewissensbisse, weil das Mädchen vielleicht ihretwegen in Schwierigkeiten geraten würde, doch die verflogen rasch, als ihr Paris' herablassende Miene einfiel und sie wieder den kräftigen Tritt von Sidneys Stiefeln an ihren Rippen spürte.

»Ich habe jedenfalls kein Honorar bekommen«, sagte sie achselzuckend.

»Ich verstehe.« Die Stuhllehne knarrte, als hätte sich das Phantom gerade dagegengelehnt. »Bitte spiel weiter.«

Jude hob die Trompete und stimmte die Noten eines Ragtime-Stücks an, aber die leise Stimme des Phantoms unterbrach sie.

»Spiel Blue Bianca.«

Jude überlegte kurz, ob ein »Bitte« ihm ernstlichen Schaden zufügen würde, gehorchte dann aber. Sie hatte kaum zwei Takte gespielt, als er sie ein zweites Mal unterbrach.

»Nein. Nicht so. Spiel es so.«

Jude spürte ein aufgeregtes Kitzeln in ihrer Magengrube. Gespannt wartete sie auf das, was kommen würde.

Und dann hörte sie die Geige. Es klang hinreißend, makellos und mit einem Mal überkam sie ein Glücksgefühl. Das Phantom war nicht nur ein vollendeter Musiker, sondern er besaß außerdem eine Geige aus Ebenholz. Angeblich war sie früher das bevorzugte Instrument von Krag höchstpersönlich gewesen, und nur Menschen, in deren Adern das Blut der kalten Legba floss, konnten auf dem Instrument spielen; bis auf die zusätzliche Saite war die Geige kohlrabenschwarz. Während eine gewöhnliche Geige viersaitig war, besaß dieses Instrument eine fünfte, schneeweiß leuchtende – die berühmte Geistersaite.

»Das war wunderschön«, sagte Jude, als das Phantom zu spielen aufhörte. »Aber auf der Trompete kann ich das nicht spielen.«

»Und warum nicht?«, fragte das Phantom kühl. Manchmal schlug er ihr gegenüber diesen Ton an, und Jude fragte sich dann jedes Mal, ob er sie insgeheim nicht ausstehen konnte. Aber warum um alles in der Welt bat er sie dann, für ihn zu spielen? Vielleicht war er einfach kein Menschenfreund.

»Na ja … beispielsweise, weil ich keine Geistersaite habe. Deswegen kann ich nicht …«

»Du musst wie eine Musikerin denken, falls du eine bist», unterbrach er sie. »Überlege dir, wie du die Melodie für dein Instrument umsetzen könntest.«

Stirnrunzelnd suchte Jude nach einer Lösung, um die fehlende Geistersaite auszugleichen. Nach kurzem Nachdenken hatte sie eine Idee und spielte probeweise ein paar Noten.

»Nicht schlecht«, sagte das Phantom. »Spiel etwas langsamer, nur ein kleines bisschen.«

Jude folgte dem Rat und allmählich, mit ein paar Änderungen hier und dort, gelang es ihr, dass Stück umzusetzen, und ihr Spiel klang besser als je zuvor. Darin bestand ein weiterer Vorzug ihrer Abende in Moonfleet Manor. Wenn das Phantom Jude in dieser Weise unterrichtete, verbesserte sie sich als Musikerin.

Nach der Stunde sagte das Phantom: »Danke, Jude. Das reicht für heute.«

Sie packte ihre Trompete in den Koffer. Normalerweise hätte sie sich jetzt von ihm verabschiedet, ihr Geld in Empfang genommen – es lag immer in einem Umschlag an der Tür – und hätte dem Eulenturm den Rücken gekehrt. Heute hatte das Phantom offenbar andere Pläne.

»Dein Geld liegt dort drüben«, sagte er und fügte hinzu, »aber gib mir noch fünf Minuten. Komm dann zur Eingangstür des Herrenhauses und warte dort auf mich.«

Ehe sie antworten konnte, war hinter dem Wandschirm das

Geräusch einer sich öffnenden und schließenden Tür zu hören. Offensichtlich hatte das Phantom den Eulenturm durch den anderen Ausgang verlassen. Nachdenklich stand sie auf, wartete wie versprochen und trat dann hinaus ins sumpfige Gras, das sich unter ihren Gummistiefeln wie ein vollgesogener Schwamm anfühlte. Sie wohnten schon lange nicht mehr in Firefly Swamps, und die Gummistiefel waren eigentlich überflüssig geworden, aber Jude mochte die klobigen und irgendwie zuverlässig wirkenden Schuhe. Sie erinnerten sie außerdem immer an bessere Zeiten. An die Zeit, bevor der Fremde aufgetaucht und Daryl gestorben war, ehe die Alligatoren, die ihr Vater so liebte, ihn angegriffen und schwer verletzt hatten.

Wie immer schlug Jude einen weiten Bogen um den Cajou-Baum, als sie zur Villa hinüberging. Manche bezeichneten ihn als den Baum der Gehängten; als damals herausgekommen war, was Violetta Majstro auf dem Dachboden getan hatte, war sie von der aufgebrachten Menge aus dem Haus gezerrt und an diesem Baum gelyncht worden. Am nächsten Tag hatte man ihre Leiche vom Seil geschnitten und sie in der Familiengruft beigesetzt, aber es wurde gemunkelt, an dem Baum erschiene von Zeit zu Zeit eine Gehängte, und wenn man nur genau genug hinhöre, könne man auch den Strick in der Brise ächzen hören.

Jude hatte niemals etwas Derartiges gesehen und wusste auch, dass über Moonfleet Manor die wildesten Gerüchte im Umlauf waren. Es hieß sogar, ein Gefangener befinde sich nach wie vor auf dem Dachboden, ein armer, in Vergessenheit geratener Irrer, der dort herumtobe. Die Polizei hatte das Haus jedoch von oben bis unten durchsucht und anschließend versichert, dass man alle Gefangenen befreit – oder begraben – habe.

Nichtsdestotrotz mied Jude diesen Baum. Er hatte ausladende Äste und sah aus wie schwarzer Tintenfisch. Der Stamm steckte voller rostiger Nägel, krummer Nadeln und seltsamer schwarzer Federn, und man musste sich insbesondere vor dem Cajou-Efeu in Acht nehmen. Kam man ihm zu nahe, peitschte er geradewegs auf einen zu, reckte sich mit langen Fingern und versuchte alles zu packen, was in seine Nähe geriet.

Also nahm sie den Umweg an der Rückseite der Villa entlang. Das Gebäude wirkte imposant und abweisend. Die Vorhänge an den Fenstern im Erdgeschoss waren zugezogen, bis auf einen, der immer geöffnet war. Jude hatte mehrmals hineingespäht und der Anblick war stets unverändert: ein kleiner holzvertäfelter Salon mit einem Tisch in der Mitte. Auf dem Tisch lag eine Decke und ein einzelner Stuhl mit hoher Lehne stand daran. Der Tisch war immer für eine Person gedeckt. Messer und Gabel lagen neben einem Teller, auf dem sich eine seit Langem kalte Portion Congri befand. Daneben stand ein Glas mit dunkelrotem Wein.

Immer hatte es dort so ausgesehen, obwohl niemand je an diesem Tisch Platz zu nehmen schien.

Das Geisterzimmer, meldete sich Ivory so unversehens in ihrem Kopf, dass Jude erschrocken zusammenzuckte. Sie hatte die Cajou-Queen beinahe vergessen.

»Was meinst du damit?«, fragte sie.

Das Phantom muss den Tisch immer für einen Gast bereithalten, sagte Ivory. *Er ist für einen der Majstros bestimmt, ich habe vergessen, für welchen. Vielleicht für den alten Julian Majstro – ein Feinschmecker, soweit ich mich erinnere.*

»Und wenn der Tisch mal nicht gedeckt ist?«, fragte Jude unwillkürlich.

Dann gerät Julian angeblich außer sich, erwiderte Ivory. *Er nimmt das ganze Haus auseinander. Aber wenn man ihm einen Platz am Tisch bereithält, ist er vollkommen glücklich. Deswe-*

gen sind die Vorhänge auch zurückgezogen. Er schaut gern zum Fenster hinaus auf sein Grundstück.

Judes Blick wanderte wieder zu dem leeren Stuhl zurück. Einen Augenblick lang meinte sie beinahe, einen Umriss und zwei übereinandergekreuzte, magere Fußknöchel zu erkennen und hatte den verwirrenden Eindruck, als würde ein tiefroter Hausmantel blitzschnell über die Füße gezogen werden.

Sie blinzelte kräftig, aber als sie die Augen öffnete, war nur der leere Stuhl zu sehen. Kopfschüttelnd ging sie weiter am Haus entlang.

So nahe war sie dem Gebäude noch nie gekommen. Marmorsäulen flankierten den Eingang mit der massiven schwarzen Holztür, glatt und glänzend wie Öl. Jude setzte den Instrumentenkoffer auf den Stufen ab und blieb unschlüssig stehen.

Wie lange müssen wir denn noch warten?, beschwerte sich Ivory.

»Keine Ahnung«, sagte Jude. »Das hat er nicht verraten.«

Klopf doch mal an, schlug Ivory vor.

»Ich glaube, es ist besser, einfach zu warten«, erwiderte Jude.

Also warteten sie, aber aus den fünf Minuten wurden zehn und schließlich zwanzig.

Wahrscheinlich ist ihm irgendwas dazwischengekommen und er hat dich völlig vergessen, sagte Ivory.

Jude blickte suchend umher, als hoffte sie, das Phantom könnte ganz plötzlich wie aus dem Nichts auftauchen. Er hatte sie zwar tatsächlich gebeten zu warten, aber vielleicht hatte sie ihn falsch verstanden? Sie wollte nicht einfach verschwinden, ohne die Sache vorher zu klären, daher ergriff sie nach einigem Zögern den Türklopfer aus Metall und pochte gegen das polierte Holz. Sie hörte das Klopfen im Haus widerhallen, aber nichts rührte sich.

Warum gehst du nicht rein und suchst nach ihm?, schlug Ivory vor.

»Das wäre ihm bestimmt nicht recht«, erwiderte Jude. »Er hat mich noch nie hereingebeten. Außerdem ist die Tür verschlossen …«

Das lässt sich ändern.

Bevor Jude sie daran hindern konnte, hatte Ivory auch schon Besitz von ihrer Zunge ergriffen, drückte ihren Kopf mit einem Ruck ans Schlüsselloch und flüsterte: »*Skelekey.*«

Der Riegel schnappte dumpf klickend zurück, und die Tür schwang langsam auf. Magie knisterte bis in Judes Fingerspitzen hinein, ein unbestreitbar angenehmes Gefühl, süß und verführerisch wie ein Kuss. Es fühlte sich überhaupt nicht wie etwas Schlimmes oder Böses an, sondern einzigartig und wunderbar.

Das ist wahre Zauberkraft, flüsterte Ivory. *Alle Cajou-Leute zapfen diese Kraft an, aber in den Adern einer Queen fließt mehr davon, als sich irgendjemand vorstellen kann.*

»Das ist mir egal!«, erwiderte Jude, die sich die Herrschaft über ihre Zunge zurückerkämpft hatte. »Das hättest du nicht tun dürfen!«

Sie trat einen Schritt vor, um die Tür zu schließen, doch ihr Blick wanderte unwillkürlich in die Eingangshalle. Insgeheim hatte sie sich schon immer gewünscht, sich einmal in Moonfleet Manor umzusehen, obwohl sie sich zugleich davor fürchtete.

Sie blickte in die prunkvolle, dunkle Halle. In den Wandleuchtern brannten Kerzen, deren Licht sich dumpf schimmernd auf den absinthgrünen Bodenfliesen spiegelte. An der Decke hing ein gewaltiger Kronleuchter, der allerdings nicht brannte und so dicht mit Spinnweben überzogen war, dass er eher an einen Kokon erinnerte. Eine mächtige Doppeltreppe aus schwarzem Holz führte in breitem Schwung ins Obergeschoss. Aus dem Halbdunkel war ein Kind, ein Mädchen, zu hören, und es weinte; das Schluchzen schien ganz aus der Nähe zu kommen, als sitze das Mädchen im Dunkeln oben an den Treppenstufen.

Jude hätte nicht erklären können, warum das Geräusch sie derart aus der Fassung brachte oder warum sie eine Gänsehaut bekam und prickelndes Entsetzen über ihre Schädeldecke kroch. Sie war sich nur irgendwie sicher, dass *mehr* hinter diesem Geräusch steckte, dass nicht nur ein kleines Mädchen im Dunkeln weinte, sondern *etwas anderes*, etwas, dem sie unter allen Umständen aus dem Weg gehen wollte.

Hörst du das?, fragte sie Ivory.

Ja.

Wohnt ein Kind in diesem Haus?

Natürlich nicht, erwiderte Ivory. *Moonfleet ist nichts für Kinder.*

Jude räusperte sich. Es war doch lächerlich – geradezu aberwitzig, sich vor einem unglücklichen kleinen Mädchen zu fürchten. Am besten machte sie sich bemerkbar und fragte das Mädchen, ob alles in Ordnung war. Aber obwohl sie sich ein zweites Mal räusperte, brachte sie kein einziges Wort heraus. Die Vorstellung, zu sprechen, war ihr unerträglich.

Du darfst das Mädchen nicht rufen, sagte Ivory, *die ihre Gedanken las. Versuch bloß nicht, sie anzusprechen.*

Warum nicht?, fragte Jude.

Glaub mir einfach, erwiderte Ivory. *In diesem Haus gehen Dinge vor sich, von denen du lieber nichts wissen willst.*

Aber … vielleicht hat sie sich ja verletzt. Vielleicht braucht sie Hilfe?

Du kannst ihr nicht helfen, hauchte Ivory. *Das kann niemand.*

Wir sollten sowieso nicht hier sein, sagte Jude oder versuchte zumindest, es sich einzureden. Sie empfand leise Schuldgefühle, weil sie nicht einmal den Versuch unternahm, zu helfen, aber schließlich hatte sie genug eigene Probleme. Und außerdem war sie einfach feige und wollte lieber nicht allzu gründlich in die dunklen Schatten von Moonfleet Manor spähen.

Jude blickte sich ein letztes Mal in der Halle um und wandte sich gerade Richtung Eingangstür, als Ivory in ihrem Kopf aufschrie.

Nein, warte! Da drüben auf dem Tisch liegt ein Brief mit dem Logo von Club Fang.

Ich hab keine Ahnung, wovon du sprichst.

Club Fang!, gab Ivory ungeduldig zurück. *Etiennes Vampir-Jazzclub.*

Jude senkte den Blick und bemerkte erst in diesem Augenblick das Tischchen mit den elegant geschwungenen Beinen neben der Eingangstür. Ein Stapel Post lag darauf, und einer der Briefumschläge, der unten aus dem Stoß herausblitzte, trug tatsächlich ein rot aufgestempeltes Zeichen.

Warum sollte Etienne Malloy an das Phantom schreiben?, fragte Jude.

Ach, die beiden kennen sich schon ewig und sind gute Freunde. Oder sie waren es zumindest.

Wie alt ist das Phantom eigentlich?, erkundigte sich Jude und fragte sich, ob Ivory das wusste. Seine Stimme klang zwar jung, aber das hatte bei Abkömmlingen nicht unbedingt etwas zu bedeuten. Er konnte jedes Alter haben – alles zwischen zwanzig und zweihundert Jahren war möglich.

Keine Ahnung, sagte die Cajou-Queen. *Ich habe ihn vor fünfzig Jahren kennengelernt, also muss er mindestens fünfundsiebzig Jahre alt sein. Wahrscheinlich ist er so um die Hundert. Nimm jetzt den Brief. Vielleicht steht da was über mich drin.*

Jude verdrehte die Augen. *Ich glaube kaum, dass in dem Brief ein Geständnis–*

Weiter kam sie jedoch nicht, denn Ivory übernahm die Kontrolle über ihr Handgelenk, packte den Brief und stopfte ihn in Judes Tasche.

Kannst du vielleicht mal damit aufhören!, stieß Jude hervor.

Sie war gerade im Begriff, den Brief auf den Tisch zurückzulegen, als sich eine Tür in einem nahe gelegenen Flur öffnete und rasch auf den Fliesen näher kommende Fußschritte zu hören waren. Jude eilte zur Eingangstür, zog sie rasch hinter sich zu und sträubte sich diesmal nicht, als Ivory die Kontrolle über ihre Zunge übernahm und die Tür mit dem magischen Wort verschloss.

Jude heftete den Blick auf das dunkle Holz und war einen Augenblick lang überzeugt, dass das Phantom selbst auftauchen und irgendwie wissen würde, einfach indem er sie ansah, dass sie im Haus gewesen war und etwas mitgenommen hatte.

Ihr Atem stockte und ihr Herz hämmerte vor Aufregung, als das Schloss aufschnappte und die Tür geöffnet wurde.

Vor ihr stand jedoch nicht André Majstro, sondern Paris Wing.

Kapitel 7

Als Jude Paris zum ersten Mal gesehen hatte, war sie fasziniert, ja, beinahe hingerissen von ihr gewesen. Paris gehörte zu den Perlen, und Jude hatte nie zuvor eine Perle aus der Nähe gesehen. In Baton Noir gab es reichlich Schönheits-Charms und an hübschen Frauen herrschte daher kein Mangel, aber einige waren von Natur aus so überwältigend schön, dass sie auf Charms verzichten konnten.

Weil diese Frauen äußerst begehrt waren, versuchten bald alle Einwohnerinnen, ihre Schönheits-Charms im Kleiderfutter zu verbergen, um so zu tun, als wären ihre Reize naturgegeben. Im Gegenzug wurde eine besondere Cajou-Zeremonie eingeführt, und Amelia, die Legba der Schönheit, angerufen; sie musste dann entscheiden, ob eine Frau tatsächlich von Natur aus schön genug war, um als Cajou-Perle ausgezeichnet zu werden. Fiel Amelias Urteil positiv aus, erhielt die junge Frau einen perlenförmigen Charm. Während die Kronen-Charms rot leuchteten, schimmerten die Perlen-Charms makellos und rein. Wer eine Frau mit Perlen-Charm sah, der wusste, dass die Götter ihr Schönheit verliehen hatten, und deswegen galt sie in Baton Noir als etwas Besonderes.

Aber wie vieles andere in der Stadt hatten sich auch die Perlen im Lauf der Zeit in etwas Düsteres verwandelt. Das Haus der Perlen am Moonshine Boulevard warb als vornehmer Club, wo die Oberschicht sich zerstreuen konnte, aber jeder wusste, dass es sich dabei in Wirklichkeit um ein Bordell handelte. Die Perlen dort gehörten einfach nur zu den vielen Dingen, die diese Oberschicht besitzen konnte.

Manche Männer gingen ins Haus der Perlen, während andere, die besonders reich waren, sie lieber zu sich nach Hause bestellten. Manche ließen sie auch wie Ehefrauen bei sich wohnen. Jude wusste nicht recht, welche Absprache das Phantom mit Paris getroffen hatte. Manchmal war sie da und manchmal nicht, soweit Jude das beurteilen konnte. In jedem Fall hatte die Tatsache, dass Paris sich überhaupt in Moonfleet Manor aufhielt, Judes Respekt vor dem Phantom zunichtegemacht. Er bezahlte Paris dafür, dass sie zu ihm nach Hause kam und war damit Teil des Problems. Ein solches Verhalten war eine der Ursachen, warum hübsche junge Frauen in Baton Noir so schlecht behandelt wurden.

Doch leider hegte Paris eindeutig keine freundlichen Gefühle für Jude. Von Anfang an, seit sie sich zum ersten Mal am Eingangstor von Moonfleet Manor begegnet waren, hatte Paris keinen Hehl aus ihrer Abneigung gemacht. Jude, anfangs bemüht um eine freundschaftliche Beziehung, hatte das Kleid bewundert, das Paris trug. Daraufhin musterte die Perle sie so vernichtend, dass Jude zusammenzuckte.

»Tolle Latzhose«, sagte Paris dann. »Ich glaube, mein fünfjähriger Bruder hat genau die gleiche.«

Heute trug Paris ihren Perlen-Charm an einem hauchdünnen silbernen Halskettchen, und die weiß schimmernde Kugel lag genau in ihrer Halsgrube. Das honigblonde Haar war zurückgekämmt und zu einem komplizierten Zopf geflochten, der ihr bis auf die Schultern reichte. Sie hatte milchweiße Haut, einen makellosen Teint und tiefgrüne Augen – die Farbe der Kobolde und der Zauberei. Sie sah aus wie ein sehr seltener, schöner Schmetterling, und man vermochte sich nur schwer vorzustellen, wie jemand ohne das kleinste bisschen Magie derart umwerfend aussehen konnte, aber die Cajou-Perle war nicht zu übersehen.

Paris trug schwarze Jeans und eine ärmellose weiße Bluse. Die schlichte Kleidung unterstrich ihre Schönheit noch. Ein Perlenarmband schmückte ihr Handgelenk, und auch in den Zopf waren Perlen eingeflochten. Sie blickte Jude feindselig an.

»Tja«, sagte sie mit eisiger Stimme. »Hoffentlich bist du zufrieden mit dir. Er ist außer sich vor Wut.«

»Das ist deine Schuld«, gab Jude zurück. »Nicht meine. Das Geld gehört mir. Du hättest es nicht nehmen dürfen. Außerdem brauche ich es nötiger als du.«

Paris hatte inzwischen Judes aufgeplatzte Lippe bemerkt und verzog verächtlich das schöne Gesicht. »Da wäre ich mir nicht so sicher!« Ihr Blick wanderte zum Eingangstor am Ende der Auffahrt. »Du bist da draußen. Ich bin hier drin. Zusammen mit *ihm*.«

Sie schauderte, als sei allein der Gedanke an das Phantom ekelhaft. Natürlich, Paris gehörte wahrscheinlich zu den wenigen Menschen, die das Phantom überhaupt je gesehen hatten. Judes Neugier war einfach zu groß. »Sieht er denn wirklich so … so schlimm aus?«, platzte sie heraus.

»Noch viel schlimmer!«, blaffte Paris. »Und jetzt nimm dein Geld und hau ab.«

Sie zog ein Bündel mit Geldscheinen aus der Tasche, schleuderte es in Judes Richtung. Die Scheine flatterten verstreut auf der Veranda nieder.

»Er hat darauf bestanden, dass du doppelt so viel wie sonst

bekommst. Das zusätzliche Geld hat er übrigens von meinem Lohn abgezogen, nur zu deiner Information. Wenn du willst, kannst du ja noch mal nachzählen. Sicherheitshalber.«

Damit drehte sie sich auf dem Absatz um, ging ins Haus zurück und knallte die Tür hinter sich ins Schloss.

Seufzend ließ sich Jude auf allen vieren nieder und sammelte die Scheine auf.

So, so. Ivory lachte leise auf. *Paris mag dich wohl nicht besonders, was?*

Keine Ahnung, warum, sagte Jude und stopfte das Geld in ihre Tasche. *Ich habe ihr nie was getan.*

Mich konnte sie auch nicht leiden, falls dich das tröstet, sagte Ivory.

Es ist mir egal, ob mich die Leute mögen oder nicht, gab Jude zurück.

Sie steckte den letzten Schein ein und richtete sich auf. Sie spürte in ihrer Hosentasche den Brief, den Ivory sie vorhin hatte einstecken lassen, und spielte kurz mit dem Gedanken, ihn durch den Briefschlitz zurückzuschieben.

Vergiss es, sagte Ivory. *Es sei denn, du möchtest eine Stunde lang Kröten spucken.*

Aber das kannst du nicht machen!, rief Jude aus.

Darauf würde ich es an deiner Stelle nicht ankommen lassen.

Jude stöhnte leise. Dann drehte sie sich um und ging die Einfahrt hinunter. Sie hatte dabei ständig das Gefühl, beobachtet zu werden, und als sie einen Blick zurück zum Haus warf, hätte sie schwören können, dass sich einer der Vorhänge im ersten Stock leicht bewegte, als wäre jemand rasch vom Fenster zurückgetreten. Kopfschüttelnd trat sie auf die Straße und war froh, dem düsteren Moonfleet Manor den Rücken zu kehren.

Während des ganzen Heimwegs spürte sie den Brief förmlich in ihrer Tasche brennen. Sie wurde den Gedanken nicht los, dass das Phantom sehr genau wusste, wer den Brief an sich genommen hatte.

Sei doch kein Dummkopf, sagte Ivory. *Woher soll er das wissen? Er ist kein Zauberer, trotz allem, was die Leute sagen.*

Die Kräfte von Abkömmlingen zeigen sich auf merkwürdige Art, antwortete Jude. *Das weiß jeder. Hoffentlich hat es sich gelohnt, diesen Brief zu klauen. Wenn es bloß eine Einladung zum Geburtstag oder so was ist, werde ich echt sauer.*

Vampire verschicken keine Geburtstagseinladungen, sagte Ivory.

Aber es war eine Einladung. Jude war kaum in ihrem Zimmer, als sie auch schon ungeduldig den Umschlag aufriss; eine Karte aus festem Papier fiel heraus.

Etienne Malloy
gibt sich die Ehre, Sie und Ihre(n) Partner(in)
heute Abend zu einem Empfang im kleinen Kreis
einzuladen, bei dem zum ersten Mal eine wertvolle
Rarität präsentiert wird, die bald in diesem Lokal
versteigert werden soll.

Nur für geladene Gäste

Abendgarderobe
Blut und Kanapees
Beginn: 19.00 Uhr

Jude spürte, wie Ivory ganz aus dem Häuschen geriet.

Das passt ja perfekt, hauchte sie. *Auf der Einladung steht kein Name und die Veranstaltung findet heute Abend statt.*

»Du erwartest nicht im Ernst, dass ich dort hingehe?«, fragte Jude.

Warum denn nicht? Du hast schließlich eine Einladung. Bei diesem exklusiven Objekt handelt es sich bestimmt um die Teufelsmünze, darauf wette ich. Wie dreist von ihm!

»Heute Abend ist Probe, da habe ich keine Zeit. Bis zur Cajou-Nacht ist es nicht mehr lange und wir müssen –«

Was kümmert mich deine Probe!, fauchte Ivory. *Proben kannst du schließlich immer, aber das ist deine einzige Gelegenheit, in den Club Fang zu kommen. Die dürfen wir nicht ungenutzt verstreichen lassen. Ich brauche unbedingt eine Strähne von Etiennes Haar, um einen Wahrheitszauber zu sprechen.*

»Ich komme doch nie und nimmer an eine Strähne von …«

Niemand erwartet, dass du ihm die Haare ausreißt, fauchte Ivory. *Er hat seine Privatgarderobe im Club Fang. Du klaubst ein paar Haare aus seiner Bürste, das ist doch ganz einfach.*

Jude gab sich geschlagen. »Na schön. Ich schicke Sharkey ein Telegramm, dass ich mich nicht wohlfühle und heute nicht zur Probe kommen kann. Hoffentlich hat unser Bandleader kein Problem damit.«

Gut, sagte Ivory. *Dann müssen wir dich entsprechend vorbereiten, aber erst mal erkläre ich dir lieber genau, was dich erwartet.*

Du kannst es dir vielleicht kaum vorstellen, aber früher, als junge Frau, war ich eine echte Schönheit. Ich war schon von Natur aus nicht hässlich und habe dann mit Cajou nachgeholfen. Ich habe meinen Körper benutzt, um meine Kunst zu verfeinern, bis aus mir eine der atemberaubendsten Frauen von

Baton Noir wurde. Ich wollte die größte Cajou-Queen aller Zeiten werden, sogar noch mächtiger als meine Mutter vor mir. Also arbeitete ich an meinen magischen Kräften, förderte und vermehrte sie von Anfang an. Meine Mutter starb früh, und so wurde ich bereits mit neunzehn Jahren zur Cajou-Queen gekrönt.

Eines Abends, in einem der besten Clubs des Fountain Districts, begegnete ich Etienne Malloy zum ersten Mal. Eine Jazzband trat auf. Er sprach mich an, wir verliebten uns ineinander und wurden für eine Weile zu Seelengefährten. Ich liebte ihn sehr, so sehr, wie ich es nie für möglich gehalten hätte. Unsere Liebe brannte und leuchtete wie ein heller Stern. Ich dachte, Seelengefährte bliebe man bis in alle Ewigkeit – etwas anderes war für mich unvorstellbar.

Aber die Jahre vergingen, so ist es nun mal. Etienne ist als Vampir natürlich unsterblich. Er veränderte sich nicht und blieb so schön und vollkommen wie eh und je, während ich älter wurde, auch wenn ich mit allen Mitteln dagegen ankämpfte. Cajou-Magie ist stark und mächtig, aber selbst sie hat ihre Grenzen. Ich durchtanzte mein zweites Lebensjahrzehnt, wurde dreißig und schließlich vierzig. In der Fassade zeigten sich Risse, die ersten Fältchen ließen sich nicht mehr verleugnen. Mein Haar wurde langsam grau, und auch mein Körper, auf den ich immer so stolz gewesen war, verfiel und erschlaffte allmählich.

Zuerst behauptete Etienne, das sei ihm gleichgültig. Ich sei seine große Liebe und wir würden für immer zusammenbleiben. Und ich Idiotin habe ihm geglaubt. Bis ich eines Tages in unser Haus am Song Square kam und ihn mit dieser Schlampe Delilah im Bett entdeckte. Sie gehörte nicht mal zum Adel. Sie war nur irgendein Partygirl, das sich an Etienne herangemacht hatte. Aber sie war jung und schön, und ich war es nicht mehr. Ich musste mir eingestehen, wie dumm es von mir gewesen war, zu glauben, Etienne könne auf Dauer bei mir bleiben, wenn er unverändert jung aussah und ich allmählich älter wurde.

Ich zog noch am selben Tag aus, und Etienne machte keinen Versuch, mich daran zu hindern. Ich belegte Delilah mit einem Krankheitsfluch und ihr Haar fiel aus. Dabei hatte ich es eigentlich gar nicht auf sie abgesehen, sondern wollte nur Etienne verletzen. Sie bedeutete ihm aber nichts, und ich musste mich noch zehn Jahre lang gedulden, um mich zu rächen – bis er Jackie Jevais kennenlernte.

Jackie war eine schöne dunkelhaarige Vampirin, und als ich die beiden zum ersten Mal zusammen sah, wusste ich es sofort. Sie war anders als die Frauen vorher, sie bedeutete Etienne viel, und vielleicht würde er sie eines Tages sogar lieben. Als Vampirin würde sie außerdem immer jung und schön bleiben. Ich hätte am liebsten auf der Stelle zum Schlag ausgeholt, beherrschte mich jedoch. Ich wartete auf den richtigen Augenblick und ließ es geschehen, dass die Liebe der beiden wuchs, bis sie rettungslos ineinander verliebt waren. Dann endlich bestach ich einen ihrer Diener, der eine Haarsträhne von Jackie stahl und sie mir brachte.

Damals besaß ich zwei Cajou-Pythons. Beau hatte nämlich eine Schwester, eine schwarze Schlange namens Betty. Sie war mein Liebling. Mein Schatz. Aber diese Art von Magie verlangt einem eben manchmal Opfer ab, und daher musste ich meine Lieblingsschlange töten. Ich wusste, dass es meine Macht schwächte, wenn ich statt der zwei Cajou-Schlangen nur noch eine besaß, aber das war mir gleichgültig. Ich hätte vor nichts zurückgeschreckt. Also vergiftete ich die Schlange und aß ihr Hirn, während ich bei jedem Bissen schluchzte; anschließend zog ich ihr die Haut ab und beschwor meinen finstersten Zauber herauf.

Erst nach einigen Versuchen, viel Energie und Hingabe gelang es mir, eine lebendige Schlange, geboren aus schwarzer Magie, in Jackie hineinzuzaubern. Sie würde sie allmählich in sich spüren, wie sie sich unter ihrer Haut wand, sich in ihrem Magen zusammenrollte, von Jackies Nahrung feist und fett wurde, während Jackie selbst zusammenschrumpfte, hungerte und zum Skelett abmagerte.

Aber das war längst noch nicht alles. Die Schlange in Jackie wuchs und wurde stärker, so stark, dass sie schließlich in ihre Seele eindrang und Jackies Namen an sich riss. Die meisten Menschen wissen nicht, wie wichtig Namen sind, aber jeder von uns besitzt einen, und selbst ungeborene Babys tragen ihre wahren Namen bereits in ihrer Seele. Unser Name ist unsere Verbindung zur Welt. Ohne ihn wissen wir weder, wer wir sind, noch, wo wir hingehören. Innerhalb einer Woche wurde Jackie verrückt. Sie ging sogar auf Etienne los und wollte ihn mit einem Pflock durchbohren. Schließlich blieb ihm nichts anderes übrig, als sie ins Irrenhaus einzuweisen. Ich glaube, dort wütet sie immer noch, gequält und elend.

Etienne schloss sich in seinem großen Haus ein und zog sich für eine Weile in die verspiegelten Zimmer zurück. Mehrere Monate lang war er nirgends zu sehen, und ich machte mir allmählich Sorgen. Ich befürchtete, dass ich ihn zu tief verletzt haben könnte. Inzwischen bereute ich meine Tat, aber ich konnte nichts mehr daran ändern, obwohl ich es versuchte, wirklich alles versuchte. Wenn der Verstand eines Menschen einmal verloren ist, kann man ihn nicht mehr heilen. Die Risse bleiben für immer.

Nach einer Weile kehrte Etienne in die Gesellschaft zurück, aber ohne seinen Menschlichkeits-Charm. Er hatte ihn während seiner Zurückgezogenheit abgelegt und seither nie wieder getragen.

Etienne wusste, wer die Schuld trug, selbst wenn er es nicht beweisen konnte; es muss ihm klar gewesen sein, dass ich dahintersteckte. Wenn wir einander bei irgendeinem Anlass begegneten, las ich jedes Mal den Vorwurf in seinen Augen. Ich war überzeugt, dass er sich rächen würde. Tag für Tag, Monat für Monat, Jahr für Jahr wartete ich auf den vernichtenden Schlag, der jedoch niemals kam. Zwanzig Jahre vergingen, und ich glaubte allmählich, er wollte mich durch diese ständige Drohung, die über mir schwebte, foltern und quälen.

In diesem Jahr bin ich dann siebzig Jahre alt geworden. Vermutlich hat er beschlossen, es sei jetzt an der Zeit, Rache zu nehmen, ehe das Alter und der natürliche Lauf der Dinge ihm zuvorkommen konnten. So, nun weißt du alles. Ich habe ihn geliebt, und ich habe sein Leben zerstört und ihm den Rest Menschlichkeit genommen, den er noch besaß. Jetzt hat er sich endlich gerächt.

Die Cajou-Queen verstummte. Sie waren in Judes Zimmer und Jude saß im Schneidersitz auf ihrem Bett. Beau hatte sich auf ihrem Schoß zusammengerollt. Langes Schweigen herrschte.

Schließlich sagte Jude: »Ivory Monette, du bist wirklich eine sehr dumme Frau.«

So viel Offenheit war die Cajou-Queen nicht gewohnt.

Dumm?, fragte sie gereizt.

»Und naiv!«

Ich bin vielleicht heimtückisch und böse, aber ganz bestimmt nicht dumm und naiv. Das lasse ich mir von einer aus dem Lumpenpack nicht sagen!

Jude schüttelte den Kopf und blieb ganz ruhig »Du hast drei Leben zerstört, dein eigenes eingeschlossen. So hört sich das zumindest an. Nur weil irgendein Typ dir den Laufpass gegeben hat.«

Ihr eigener Anfall von Selbstmitleid nach dem Bruch mit Leeroy nahm sich daneben nicht mal halb so schlimm aus. Die Wut der Cajou-Queen wallte in Jude auf, zischte durch ihre Adern und brachte ihren Magen zum Brodeln.

Du sprichst über Dinge, von denen du keine Ahnung hast. Du weißt nicht, was es bedeutet, einen Seelengefährten zu haben. Jeder hat diesen einen Menschen, für den er die ganze Welt in Flammen legen würde.

»Jemanden zu lieben gibt einem noch lange nicht das Recht, Besitz von seinem Leben zu ergreifen«, sagte Jude. »Wer liebt, sollte nicht selbstsüchtig sein.«

Mein liebes, ahnungsloses Mädchen, es gibt nichts Egoistischeres als die Liebe. Vielleicht findest du das eines Tages ja selbst heraus.

Jude war da jedoch anderer Ansicht. Sie war vollkommen zufrieden mit dem, was sie hatte: ihre Musik, ihren Vater und diese dunkle Stadt. Mehr brauchte sie nicht. Wichtiger noch, mehr wollte sie überhaupt nicht. Ganz bestimmt nicht nach der gescheiterten Beziehung mit Leeroy.

»Meiner Meinung nach bedeutet Liebe nur jede Menge Ärger und unnötige Scherereien.«

Hat hier jemand nach deiner Meinung gefragt?, giftete Ivory. *Planen wir lieber den bevorstehenden Abend. Du brauchst in jedem Fall noch passende Kleidung, in Gummistiefeln kannst du jedenfalls nicht in den Club gehen. Hast du denn nichts anderes anzuziehen?*

»Leider nein.«

Dann musst du dir eben was kaufen, entschied Ivory. *Sonst lassen sie dich nicht in den Club. Ich weiß auch schon den richtigen Laden.*

Einen Augenblick lang spielte Jude mit dem Gedanken, sich rundheraus zu weigern. Die Geschichte von Etienne und Jackie war einfach abstoßend und hatte ihr wieder einmal deutlich gemacht, wie skrupellos die Cajou-Queen sein konnte. Sie wollte mit dieser Frau und ihrer schwarzen Magie nichts mehr zu tun haben. Sie wollte nicht in den Club eines gefährlichen Vampirs gehen und dort auch noch versuchen, ihm ein paar Haare zu stehlen.

Doch dann fiel Jude ihr Vater ein, der im Nebenzimmer langsam verfiel, von Schmerz, Vorwürfen und gebrochenem Herzen gezeichnet. Ivory hatte ihr einen Ausweg eröffnet und versprochen, ihm, dem bisher nichts geholfen hatte, zu helfen. Da wusste sie, dass sie trotz allem ins Ruby Quarter und genau in diesen Vampirclub gehen und eine Haarsträhne von Etienne stehlen würde. Sogar wenn sie dafür ein bescheuertes Kleid anziehen musste.

»Na gut.« Sie seufzte. »Sag mir einfach, wohin ich gehen soll.«

Kapitel 8

Ivory schickte Jude in die Gobelin Street, wo sich die schicksten Boutiquen und Läden der Stadt befanden.

Nimm Beau mit, sagte sie. *Dann wird sie glauben, dass ich wirklich hier bin. Gestohlen kannst du ihn nicht haben, sonst hätte er dich längst mit Haut und Haar verschlungen.*

»Sehr beruhigend«, erwiderte Jude.

Sie legte sich die riesige Schlange um die Schultern, machte sich auf den Weg und zog mehr als nur einige überraschte Blicke der anderen Passanten auf sich.

»Ich hoffe, diese Hexe ist dir was schuldig«, grummelte sie leise. »Von meinen paar Kröten kann ich mir in der Gobelin Street nämlich nicht mal einen Knopf kaufen.«

Keine Sorge, sagte Ivory.

Die Auslage des Geschäftes war mit Glaskugeln dekoriert. In jeder Kugel steckte eine kleine, traurige Sumpffee mit schlaff herabhängenden Flügeln und langsam erlöschendem Leuchten. Vermutlich sollten die gefangenen Feen einen hübschen Anblick bieten und Kunden anlocken, aber Jude fand die Idee eher deprimierend. Der magische Adel gab auf Feen ebenso wenig wie auf das Lumpenpack, und niemand hinderte einen Adligen, die kleinen Wesen aus einer Laune heraus zu fangen – nicht einmal, wenn es um etwas so Blödsinniges ging, wie die Auslage eines überteuerten Geschäftes aufzupeppen.

Jude öffnete die Tür zur Boutique und trat ein. Auf dem Marmorboden wirkten ihre Gummistiefel besonders groß und klobig. Sie hatte kaum die Tür hinter sich geschlossen, als die Hexe hinter der Theke auch schon einen spitzen Alarmschrei ausstieß.

»Diese Schlange würde ich überall erkennen – das ist Beau! Wie zum Teufel kommst du an die Schlange der Cajou-Queen?«

Jude setzte zu einer Antwort an, aber Ivory übernahm und die krächzende, raspelnde Stimme der alten Frau scheuerte in Judes Kehle wie Sandpapier.

»Hallo Marietta, ja, ich bin's! Ich fürchte, ich muss dich noch mal um einen Gefallen bitten. Bitte such ein Kleid für die Kleine hier raus, damit sie sich sehen lassen kann, wenn sie heute Abend ins Fang geht.«

Marietta war mittleren Alters und hatte ihr dunkles Haar zu einem straffen Haarknoten zurückgekämmt. Sie trug ein rotes Kostüm und den dazu passenden scharlachroten Lippenstift. Beim Anblick eines Zombies hätte sie nicht entsetzter aussehen können. Schmallippig bemerkte sie: »Ich schließe den Laden. Komm mit nach hinten.«

Dann führte sie Jude zu den Umkleidekabinen. Ihr Kronen-Charm, der an einem funkelnden Rubinarmband baumelte, war mindestens so prunkvoll wie der von Ivory. Jude bemerkte, dass ihre Finger leicht zitterten.

»Wie hast du das gemacht, Ivory?«, fragte Marietta. »Was ist das für ein Teufelswerk?«

»Das geht dich nichts an«, erwiderte die Cajou-Queen unfreundlich. »Ich rate dir, niemandem ein Sterbenswörtchen zu sagen. Sonst wirst du es bereuen, das schwöre ich.«

Marietta hob die Hand und sah kalkweiß aus. »Ich bitte dich. Du musst mir nicht drohen. Von mir erfährt niemand was.« Mit offensichtlichem Widerwillen musterte sie Jude von oben bis unten. »Das Mädchen muss natürlich einen Schönheits-Charm tragen.«

»Das Mädchen denkt nicht dran«, sagte Jude rasch und noch bevor Ivory sprechen konnte.

Ich will selbst entscheiden, was ich anziehe, warnte sie Ivory lautlos. *Sonst wird nichts draus.*

Na schön, erwiderte die Cajou-Queen. *Obwohl es ausgesprochen dumm von dir wäre, keinen Schönheits-Charm von Marietta zu tragen. Sie hat ein paar äußerst wirksame.*

Ist mir egal.

Schon Leeroy hatte vergeblich versucht, Jude davon zu überzeugen, dass sie einen Schönheits-Charm tragen sollte.

»Jede Frau in Baton Noir hat einen«, hatte er eines Tages in Judes Zimmer zu ihr gesagt. »Das ist dasselbe wie Make-up zu tragen.«

»Make-up trage ich auch nicht«, hatte Jude erwidert.

Woraufhin er einen Schönheits-Charm aus der Tasche zog und ihn blitzschnell am Träger von Judes Latzhose feststeckte.

»Schau«, sagte er begeistert. »Ist doch viel besser so, findest du nicht?«

Jude blickte in den Spiegel an der gegenüberliegenden Wand. Ihre Sommersprossen waren verschwunden, die blasse Haut sah ebenmäßiger aus, ihre Augen leuchteten, kleine Schönheitsfehler waren beseitigt, und sie wirkte sofort viel attraktiver. Aber es war nicht echt. Das war nicht sie selbst. Sie riss den Charm ab und warf ihn Leeroy hin.

»Ich will das nicht«, sagte sie. »Ich ... du weißt doch, was ich von Cajou halte.«

Seine Augen wurden schmal und seine Miene abweisend. »Was für ein nettes Dankeschön. Der Charm hat mich einen ganzen Wochenlohn gekostet.«

»Tut mir leid, Leeroy, aber ich will ihn einfach nicht. Vielleicht kriegst du dein Geld zurück, wenn du ihn wieder zurückbringst.«

Leeroy starrte sie einen Augenblick lang an, schüttelte langsam den Kopf und lachte kurz und schroff. »Außer dir kenne ich kein Mädchen, das meint, keinen Schönheits-Charm zu brauchen. Ich sag's dir ja nicht gern, Jude, aber du siehst nicht ganz so toll aus, wie du glaubst.«

Wie sehr sich ihr bei diesem Satz das Herz zusammenzog. Wie konnte er sie nur so völlig missverstehen. Jude war ja keineswegs der Ansicht, sie habe es nicht nötig, einen Charm zu tragen; sie war schlicht und ergreifend ganz zufrieden damit, völlig durchschnittlich auszusehen. Sie hatte sich nie gewünscht, besonders schön zu sein.

»Wenn es sein muss, trage ich ein Kleid«, sagte sie zu Ivory. »Aber mehr ist nicht drin.«

»Lass mich wenigstens was mit deiner Figur machen.« Marietta deutete mit ausgestreckten Händen auf Jude. »Sieh dich doch mal an«, sagte sie beinahe anklagend. »Flach und kantig wie ein Bügelbrett, fast wie ein Junge. Die meisten Kleider hier passen dir überhaupt nicht.«

Glaubst du wirklich, du kriegst einen Besseren als mich? Jude hörte Leeroys ungläubiges Flüstern in ihrem Kopf. *Vergiss es, Jude! Mein kleiner Bruder hat mehr Busen als du!*

Jude unterdrückte gewaltsam die Erinnerung. Sie verschränkte die Arme und schob entschlossen das Kinn vor. »Nicht mein Problem«, erklärte sie. »Ich gehe auch gern in meiner Latzhose.«

Nach einigem Hin und Her fand sich ein langes graues Kleid mit weitem Rock und tiefem Rückenausschnitt. Es wirkte unauffällig und elegant, insbesondere wenn man ein Paar lange weiße Abendhandschuhe dazu trug. Nachdem die Kleiderfrage geklärt war, brachte Marietta silberfarbene Schuhe mit hohen Absätzen, aber Jude schüttelte den Kopf.

»Kommt nicht infrage«, sagte sie. »In den Schuhen kann ich keinen Zentimeter laufen, selbst wenn ich wollte. Will ich aber nicht.«

Marietta seufzte. »Dann nehmen wir eben ein Paar Ballerinas aus Satin, mit Riemchen und Strass, das müsste auch …«

»Ich bleib bei meinen Gummistiefeln.«

Die Hexe blickte sie völlig entgeistert an. Ivory ächzte in Judes Kopf.

»Ausgeschlossen!«, sagte Marietta.

»Warum denn?«, gab Jude zurück. »Unter dem langen Kleid sieht man meine Schuhe sowieso nicht. Also ist es doch egal.«

»Das … das ist absolut nicht egal!«

»Pech«, sagte Jude. »Ich gehe jedenfalls in die Höhle eines Vampirs, und dabei will ich Schuhe tragen, auf die ich mich verlassen kann, falls es brenzlig wird. Schuhe, in denen ich davonrennen kann.«

Sie hob Beau auf, der neben dem Spiegel ein Nickerchen machte, und legte ihn sich um die Schultern, ehe sie zur Theke ging und die Tasche mit dem Kleid von Marietta in Empfang nahm. Sie war beinahe zur Tür hinaus, als sie innehielt, sich umdrehte und sagte: »Oh, da fällt mir noch was ein.« Sie deutete aufs Schaufenster. »Ivory möchte, dass du alle Feen freilässt. Und zwar sofort.«

Marietta zog einen Flunsch, nickte aber kurz, und Jude war zur Tür hinaus, bevor sich Ivory irgendwie einmischen und die

Sache rückgängig machen konnte. Glücklicherweise schien es die Cajou-Queen nicht weiter zu kümmern, was mit den Feen passierte, und auf dem Nachhauseweg freute Jude sich, dass sie mit dieser Einkaufstour zumindest etwas Gutes bewirkt hatte.

Wir sind noch nicht fertig, meldete sich Ivory zu Wort. *Wir brauchen noch die Zutaten für den Gris-Gris-Beutel.*

Mit schwarzer Magie will ich nichts zu tun haben, protestierte Jude.

Oh doch, und wie du das willst, erwiderte Ivory. *Nur Verrückte wagen sich ohne magische Hilfe in die Höhle eines Vampirs. Du brauchst einen Tarnzauber. Die Sinneswahrnehmung eines Vampirs ist hochempfindlich. Es besteht immer das Risiko, dass Etienne meine Anwesenheit spüren könnte.*

Sofia –

Sofia kann einen Zauber für dich sprechen, aber er wird viel stärker sein, wenn du ihn selbst sprichst. Frag sie doch, wenn du mir nicht glaubst.

Jude ging auf der Stelle zu Sofias Laden.

»Sie hat recht«, sagte ihre Freundin. »Der Zauber ist mächtiger, wenn er von dir selbst kommt.«

Jude seufzte. »Ich habe schon befürchtet, dass du das sagst.«

Sie verabschiedete sich und besorgte dann nach Ivorys Wünschen die restlichen Sachen – Nägel, Kräuter, Salz, ein Gefäß aus Glas und den allerschärfsten Cayennepfeffer, den es gab.

In ein Gris-Gris gehört immer eine ungerade Anzahl von Dingen, erklärte Ivory. *Es dürfen nicht mehr als dreizehn und nicht weniger als drei sein –*

Ist mir egal, fiel ihr Jude ins Wort. *Erspar mir die Einzelheiten. Sag mir einfach, was ich machen soll.*

Wir haben fast alles, was wir brauchen, bis auf die Friedhofserde und das Hühnchen, sagte die Cajou-Queen.

Hühnchen? Wozu brauche ich denn verdammt noch mal ein Hühnchen?

Ivory ächzte leise. *Wenn du alles in den Beutel getan hast, musst du das Herz aus dem Hühnchen schneiden und –*

Nein, sagte Jude.

Die Cajou-Queen schwieg einen Augenblick. *Was soll das heißen, nein?*

Ich bringe doch kein Hühnchen um.

Na gut, eine Ziege tut's auch.

Nein.

Warum denn nicht?

Blutmagie kommt nicht infrage.

Schon der Gedanke widerte Jude an. Natürlich wusste sie, dass es Blutmagie gab. Manchmal, wenn sie den Cadence Square überquerte, war es einfach unmöglich, die Beweise irgendwelcher grausiger Cajou-Rituale zu übersehen, die dort in der Nacht vorher stattgefunden hatten – ein halb toter Hahn mit neun Silbernägeln in der Brust, der noch am Baum hing, oder ein enthäutetes Hühnchen, das langsam auf der Erde ausblutete. Sie hatte Ziegenherden gesehen, die gemächlich hinter einem Hirten durch das Hurricane Quarter hindurch ihrem Schicksal entgegentrotteten. Die Tiere konnten sich nicht wehren, sich überhaupt nicht gegen dieses böse Cajou verteidigen. Und das war nicht in Ordnung. Jude war mit einem Mal fest entschlossen, etwas dagegen zu unternehmen, und spürte, wie die Wut von ihr Besitz ergriff.

Ivory seufzte. *Cajou-Magie ist meistens Blutmagie, Mädchen. Und du isst doch auch Fleisch, oder etwa nicht? Wo liegt da der Unterschied?*

Ich töte jedenfalls kein Tier wegen eines Cajou-Zaubers, sagte Jude. *Bestimmt gibt es noch eine andere Möglichkeit.*

Im Gris-Gris-Beutel muss unbedingt ein Opfer sein. Tieropfer sind eben am wirkungsvollsten.

Aber es gibt auch andere Möglichkeiten?, hakte Jude nach.

Ja, räumte Ivory ein. *Du kannst den Gris-Gris-Beutel auch auf eine andere Art versiegeln, aber die gefällt dir vermutlich ebenso wenig.*

Sag's mir trotzdem.

Du musst einen Freund belügen, sagte Ivory. *Oder ein Versprechen brechen. Je größer deine Lüge oder dein Versprechen ist, desto mächtiger wirkt der Zauber.*

Jedenfalls besser, als ein Hühnchen zu töten, entschied Jude. Als Sofia später wissen wollte, wofür sie die Zutaten benötigte und ob sie ihr irgendwie helfen könnte, bot sich diese Frage für eine Lüge an. Jude erklärte ihr also, sie wolle einen Zauber sprechen, um Ivorys Erinnerungen an die Mordnacht aufzufrischen. Ansonsten hätten sie beide noch keine Ahnung, wie der nächste Schritt aussehen würde.

War das etwa alles?, zischte Ivory. *Eine so jämmerliche Lüge ist praktisch wirkungslos.*

Für mich ist sie nicht jämmerlich, erwiderte Jude. *Auf der Einladung steht, dass ich einen Gast mitbringen darf. Ich wollte gern Sofia fragen, ob sie heute Abend mitkommt, und das ist jetzt unmöglich. Ich muss also allein hingehen.*

Na gut, dann muss das wohl reichen, sagte Ivory und seufzte.

Jude verabschiedete sich von Sofia und ging zum St.-Jacquelines-Friedhof in der Nähe, um Friedhofserde einzusammeln. Sie füllte die Erde in das Gefäß, das sie gekauft hatte, und richtete sich auf. Dabei bemerkte sie einen Mann ganz in der Nähe. Er war groß und schlaksig, mit knubbeligen Ellbogen und sonderbar kantigem Gesicht. Er rührte sich nicht, stand nur auf seine Schaufel gestützt da und fixierte eine Gruft in der Nähe.

Jude hörte förmlich Ivorys Alarmglocken schrillen.

Was ist los?

Das ist der Totengräber, erwiderte Ivory. *Er gehört zu den kalten Legba. Geh langsam von ihm weg. Fass ihn nicht an.*

Der Totengräber legte den Kopf schräg, als hätte er Ivorys Worte irgendwie gehört. Sein dichtes weißes Haar umkränzte die kahle Stelle oben auf seinem Kopf und bewegte sich in der warmen Brise hin und her, obwohl der Mann sich nicht rührte.

Was passiert denn, wenn ich ihn be–, setzte Jude an.

Das willst du gar nicht wissen.

Jude, das Glas mit Erde fest in der Hand, trat ein paar Schritte zurück, doch dann verlor sie die Nerven, wirbelte herum und stürmte davon.

LANGSAM weggehen, hab ich gesagt!, fauchte Ivory.

In ihrem Rücken hörte Jude ein seltsames hohes Lachen, das weiblich klang, aber als sie sich umdrehte, war nur der Totengräber zu sehen. Sie stellte erleichtert fest, dass er noch am selben Fleck stand und über die Schaufel gebeugt reglos auf die Gruft blickte. Nur seine Schultern zuckten vor Lachen.

Sollten wir jemals Garrow begegnen, lässt du so was lieber bleiben, schimpfte Ivory, während Jude den Friedhof verließ. *Wenn du Garrow den Rücken zukehrst, dann –*

»Ich will es gar nicht wissen!«, rief Jude aus. »Ich will auch nicht wissen, wer er ist. Wieso sehe ich die kalten Legba überhaupt?«

Du siehst sie, weil ich sie sehen kann, antwortete Ivory. *Im Moment sehen wir mit ein und demselben Augenpaar.*

»Dann habe ich gestern Abend vor Sidneys Haus also tatsächlich Baron Lukah gesehen?«, fragte Jude. Sie blieb stehen und verschnaufte einen Augenblick. »Der Legba des Todes höchstpersönlich steht mitten auf der Straße und raucht Pfeife?«

Baron Lukah raucht nun mal leidenschaftlich gern, erwiderte Ivory. *Und irgendwo muss er ja schließlich rauchen.*

Jude fielen die dunkel getönten Brillengläser ein, und bei der Vorstellung, wie nahe sie dem Legba des Todes gewesen war, bekam sie eine Gänsehaut. Sie hatte schon häufig gespürt, wie sein bedrohlicher Schatten über ihrem Haus aufragte, aber ihm tatsächlich ins Gesicht zu sehen, war weitaus beängstigender.

Du solltest jetzt nach Hause gehen, drängte Ivory. *Wir haben noch eine ganze Menge vorzubereiten.*

Jude versuchte mit aller Kraft, Baron Lukah aus ihren Gedanken zu verbannen, während sie sich auf den Heimweg machte.

Kapitel 9

Auf dem ganzen Rückweg klang das Lachen des Totengräbers Jude in den Ohren. Zu Hause ging sie sofort in ihr Zimmer, ehe ihr Vater sie sah und Fragen stellen konnte: beispielsweise zu der drei Meter langen Python um ihren Hals oder dem Glas mit Friedhofserde in ihrer Hand oder dem Inhalt der eigenartig riechenden Beutel, die sie trug. Sie schloss die Tür hinter sich ab und legte Beau aufs Bett, wo er sich prompt auf ihrem Kissen zusammenringelte.

»Gut«, sagte sie. »Was genau soll ich jetzt tun?«

Als Erstes musst du einen Altar errichten, sagte Ivory. *Ohne Altar kann man weder Zauber sprechen noch Rituale durchführen.*

Jude stöhnte. Sie verabscheute Magie und Cajou aus tiefstem Herzen, und das Allerletzte, was sie in ihrem Zimmer haben wollte, war ein Altar für schwarze Magie. Dennoch befolgte sie Ivorys Anweisungen.

Die vier Elemente gehören unbedingt dazu, sagte die Cajou-Queen. *Ein gefüllter Krug als Wasser, ein Räucherstäbchen als Luft, eine schwarze Kerze als Feuer und ein Gefäß mit Friedhofserde als Erde. Du musst sie kreuzförmig anordnen, das Räucherstäbchen oben und die Erde unten. Die Kerze steht im*

Osten und das Wasser im Westen. Wahrscheinlich ist es dir egal, aber die Kreuzesform ist etwas sehr Mächtiges im Cajou. Früher wurden alle Pakte mit dem Teufel an Wegkreuzungen geschlossen. Jedenfalls bevor die Sumpfteufel kamen und die alten Teufel vertrieben. Dann brauchst du noch ein Grugii.

»Ein was?«

Ein Grugii. Eine Art Führer, der die Magie in die richtige Richtung leitet. Beau hat schon an einem für dich gearbeitet, bestimmt ist es inzwischen fertig.

Jude blickte hinüber zum Bett. Die Schlange glitt heran, hielt neben ihrem Knie inne, öffnete das Maul und gab gurgelnde Geräusche von sich. Jude wich zurück.

»Ist ihm schlecht?«, fragte sie. Lieber nicht daran denken, was die Schlange alles auf ihren Fußboden spucken könnte. »Was frisst er überhaupt? Soll ich ihm was geben?«

Mach dir deswegen keine Sorgen, sagte die Cajou-Queen. *Er bekommt alles, was er braucht, aus der Geisterwelt. Und ihm wird auch nicht schlecht. Er gibt dir dein Grugii.*

Da rutschte etwas aus Beaus weit aufgesperrtem Kiefer und fiel klappernd auf die Bodenplanken. Jude wischte den Schlangenspeichel mit einem Taschentuch ab, hielt den Gegenstand hoch, um ihn genauer zu betrachten und schnappte vor Überraschung nach Luft.

Jedes Mal, wenn Jude ein Stimmungstief hatte, wenn ihr Vater besonders schwierig war und sie sich völlig erschöpft fühlte, hatte sie sich ihre Verzweiflung als einen schwarzen Tintenfisch vorgestellt, der sich mit seinen Tentakeln an ihr festsaugte und sie nicht loslassen wollte. Jetzt lag eine ganz andere Art von Tintenfisch in ihrer Hand – nicht bedrohlich und kräftezehrend, sondern seltsam und wunderschön.

Unwillkürlich fühlte sich Jude beinahe wie verzaubert.

»Sie ist zauberhaft«, hauchte sie.

Die Figur war ungefähr so groß wie ihre Hand und aus hauchdünnem Porzellan. Halb Mädchen, halb Tintenfisch, stützte sie sich bäuchlings auf die Ellenbogen und blickte träumerisch vor sich hin auf etwas, das nur sie allein sehen konnte. Der Oberkörper der Figur war menschlich, das rote Haar trug sie hochgebunden und ihre Schultern und das blasse Gesicht waren mit Sommersprossen übersät. Der Unterkörper bestand aus einer Vielzahl von pechschwarzen, ölig glänzenden Tintenfischtentakeln. Sie sahen aus, als wären sie mitten in der Bewegung erstarrt. Es war ein seltsames und düsteres Grugii, aber Jude gefiel es auf Anhieb.

Stell es auf den Altar, sagte Ivory. *Zünde die Kerze und die Räucherstäbchen an und leg das Gris-Gris in die Mitte des Kreuzes.*

Jude befolgte die Anweisungen. Das Gris-Gris war ein kleiner Samtbeutel mit Kordelzug, geschützt durch die rote Farbe, und auf das Futter waren mit Tinte magische Worte geschrieben. Ivory hatte Jude die Zutaten aus Sofias Laden einzeln segnen lassen, bevor sie alle nacheinander in dem Beutel verstaute. Dann hatte sie den Beutel in beide Hände nehmen, ihn an ihre Lippen heben und hineinhauchen müssen.

Zieh die Kordel straff an, sagte Ivory. *Normalerweise würden wir den Beutel jetzt mit Hühnerblut tränken, aber hoffentlich erfüllt deine Lüge ihren Zweck. Und wir müssen beten, dass heute Abend nichts Unerwünschtes geschieht.*

♛

Am Abend bereitete Jude eine einfache Mahlzeit für ihren Vater zu und sagte ihm dann, sie müsse zur Probe gehen. Er dachte sich nichts weiter dabei, denn schließlich probten sämtliche Musiker der Stadt jeden Abend, wenn die Cajou-Nacht so kurz bevorstand.

Da sie schlecht im Abendkleid aus dem Haus gehen konnte, stopfte sie es in ihre Tasche, lief dann zum Holzsteg hinter dem Haus und sprang in den Sumpfgleiter. Er war ein Überbleibsel aus früheren Tagen, als ihr Vater sich um die Alligatoren gekümmert und als Sumpfwächter gearbeitet hatte. Er benutzte das Boot schon lange nicht mehr, aber Jude fuhr immer noch gern damit herum.

Sie hatte es mit den orangefarbenen Cajou-Perlen und Plastiktrompeten geschmückt, die ihr Schutzengel in den letzten Jahren geschickt hatte, und die Ketten stießen sanft klirrend aneinander, als sie einstieg. Der Motor sprang mit dem üblichen Röhren an, Jude drückte vorsichtig das Gaspedal nach unten und fuhr den sumpfigen Kanal entlang.

Der Kanal war so breit, dass mehrere Boote in entgegengesetzter Richtung aneinander vorbeifahren konnten, aber nicht breit genug, um mit Vollgas über die Wellen dahinzuschießen, wie sie es früher, als sie noch in Firefly Swamps wohnten, so gern getan hatte.

Hier gab es keine Glühwürmchen. Uralte Bäume mit knotigen Stämmen säumten das Ufer und streckten ihre krummen Äste, an denen ein dichter Vorhang aus Ranken und Moosbüscheln hing, weit über das Wasser hinaus. Vor dem Cajou-Efeu musste man sich in Acht nehmen, denn er hatte seinen eigenen Kopf und kroch im Schatten herum, um einen mit seinen haarigen Zweigen zu fassen zu bekommen.

Die Bäume nahmen alles Böse und Schlechte in sich auf, hieß es, und wenn man etwas Verzaubertes oder etwas, was mit einem Fluch belegt war, an ihren Wurzeln niederlegte, hob der Baum angeblich die Wirkung der Magie auf. Das erklärte die vielen Puppen. Hunderte davon lehnten unten an jedem Stamm, die verunstalteten Köpfe schlaff auf den Schultern und die glänzenden Knopfaugen blicklos ins Leere gerichtet.

Jude nahm an, dass es lauter Puppen waren, die Leute unter ihrer Haustür versteckt oder im Garten vergraben gefunden hatten. Nicht alle Cajou-Puppen brachten Unheil. Manche davon, wie Ivory Monettes Springpuppe, beschützten einen sogar. Die Puppen hier sahen jedoch allesamt aus, als hätten sie böse Absichten. Das bewiesen schon ihre zusammengenähten Lippen oder die versengten Hände, die Nägel, die tief in ihren Bäuchen steckten, und die Nadeln in den Augen. Wenn jemand diese entstellte Version seiner selbst entdeckte, dann bot er sie den Sumpfbäumen dar und hoffte, dass die Bäume das Böse aus den Puppen in sich aufnahmen.

Jude fuhr an den Puppen vorbei, bog in einen verlassenen Seitenkanal ein und hielt kurz an, um sich umzuziehen. Dann steuerte sie das Boot ohne weitere Umwege zum Squid Ink Canal und von da aus in Richtung Gargoyle Bridge. An der alten Steinbrücke hingen Dutzende von gläsernen Zombieflaschen, geschmückt mit Federn, Glasperlen und Korken mit plumpen Tonköpfen daran. Die meisten Köpfe hatten schief sitzende Augen und ihre Lippen waren ebenfalls zusammengenäht. Zombieflaschen gehörten zur schwarzen Magie und waren vor dem Krieg verboten gewesen. Jetzt hingen sie, für alle sichtbar, dreist und stolz an der Brücke. Die Flaschen waren für Cajou-Priesterinnen und Zauberer ein einträgliches Geschäft; das Opfer sollte sich dadurch in einen Zombie verwandeln, der seinen freien Willen verlor und dem Besitzer der Zombieflasche gehorchen musste.

Es war bereits dunkel, als Jude den Hafen am Bahnhof erreichte, aber der Vollmond ergoss sein silberhelles Licht über die zerklüfteten Umrisse der Smoky Mountains und den geisterhaften Bahnhof am Fuße der Bergkette. Dieser Bahnhof war einst ein prächtiges Gebäude gewesen, aber jetzt ragte er, geisterhaft und baufällig, vor Jude auf und in den schmutzigen, zerbrochenen Fensterscheiben spiegelte sich der Mond.

Vor fünfzig Jahren hatte die Ghost Station, wie der Bahnhof inzwischen genannt wurde, zu den größten und schönsten Bahnhöfen auf der Welt gezählt. Doch dann war der Krieg ausgebrochen und hatte alles verändert. Baton Noir wurde zu einer korrupten Stadt, zu einer Brutstätte des Bösen, beherrscht vom Cajou-Adel. Niemand kam mehr freiwillig in die Stadt. Bald fehlten die Geldmittel, um den Bahnhof zu unterhalten, und das Gebäude verfiel.

Cajou und Baton Noir waren seit jeher untrennbar miteinander verbunden, aber in früheren Zeiten hatte die Stadt Ollin gehört. Die beiden Brüder, Ollin und Krag, hatten es immer den Stadtbewohnern überlassen, darüber zu entscheiden, welchen der beiden Brüder sie zum Herrscher wählten. Unter Ollin herrschte Ordnung und es gab Regeln. Besonders schlimme Auswüchse des Cajou, wie zum Beispiel die Zombieflaschen, wurden unter seiner Herrschaft verboten. Aber seit Krag regierte, waren Machtmissbrauch, Korruption und Chaos an der Tagesordnung. Einigen Bewohnern kam das sehr gelegen.

Zu ihnen zählte auch die junge Ivory Monette, die alles anders machen wollte als ihre Mutter. Sie war unmittelbar nach der Cajou-Nacht gestorben, und daher gab es beinahe ein Jahr lang keine Cajou-Queen. Dieses Jahr nutzte Ivory, um unermüdlich dafür zu werben, dass Krag anstelle von Ollin die Herrschaft übernahm.

Viele Bewohner waren der Ansicht, es sei an der Zeit für

einen Machtwechsel, während andere diese Vorstellung abschreckend fanden. Die Stadt – besser gesagt das ganze Land – entzweite sich über dieser Frage des neuen Herrschers. Zuerst brachen in Baton Noir Kämpfe aus, die anschließend auch auf die angrenzenden Provinzen am Razzmatazz River übergriffen. Stadt und Länder bildeten in ihrer Gesamtheit das Burnt Bones Country. (Den Namen, Land der Verbrannten Knochen, verdankte es den Brandmalen der Feuerteufel, die einst, bevor die Sumpfteufel sie vertrieben, hier gehaust hatten.) Baton Noir war die Landeshauptstadt, aber die Provinzen besaßen ebenfalls Stimmrecht und entschieden mit, welcher der beiden Legba-Brüder den Thron besteigen durfte.

Der Bürgerkrieg tobte und wurde mit jedem Tag blutiger. Als die Cajou-Nacht näherkam, war die Bevölkerung so dezimiert, dass es kaum noch Wähler gab, und als die verbliebenen Stimmen ausgezählt waren, hatte sich die überwältigende Mehrheit für Krag entschieden. Ivory wurde zur Cajou-Queen gekrönt, und bereits am darauffolgenden Tag schloss man sämtliche Kirchen Ollins und errichtete stattdessen Altäre zu Ehren von Krag.

Nur wenige nicht mit magischen Kräften begabte Menschen wollten in einer Stadt unter Krags Herrschaft bleiben. Das Lumpenpack führte kein beneidenswertes Leben. Natürlich hätten die Bewohner von Baton Noir und Burnt Bones Country theoretisch jedes Jahr die Möglichkeit gehabt, ihre Meinung zu ändern und statt Krag wieder Ollin zu wählen. Doch kaum war der Krieg vorbei, etabliert die magische Kaste das System der Kronen-Charms und niemand wagte den Aufstand gegen diese mächtige und völlig skrupellose Elite. Die Stadt stand daher nach wie vor unter Krags Herrschaft. Inzwischen hatten auch viele Bewohner, die über magische Kräfte verfügten, Baton Noir verlassen und waren weit weggezogen, nicht selten in andere Provinzen.

Als der Tourismus ein paar Jahre später mehr oder weniger zum Erliegen gekommen war, stellte der prächtige Bahnhof der Stadt, die einstige Grand Smoky Station, den Betrieb ein; seither war das Gebäude dem Verfall preisgegeben, was ihm den Namen Ghost Station eingetragen hatte. Auch der angrenzende, langsam bröckelnde Landungssteg sah einem ähnlichen Schicksal entgegen. Einst hatte er sich über die gesamte Länge des Bahnhofs erstreckt, und damals hatten geschnitzte, wild fauchende Alligatorenköpfe und prächtige, schmiedeeiserne Laternenpfähle die zahlreichen Anlegeplätze des bunt bemalten Stegs geschmückt. Inzwischen waren die Schnitzereien von Moos und Algen überwuchert, die Farbe war längst von den Planken geblättert und über den Laternenpfählen hing eine Unzahl Cajou-Perlenschnüre, allesamt rot, in der Farbe der Vampire.

Kerzen leuchteten den Weg vom Landungssteg zum Bahnhof aus und warfen ein zuckendes Licht auf die Planken. Die Eingangstüren standen weit auf und Jude betrat die geräumige Bahnhofshalle mit den Fahrkartenschaltern. Auch hier war alles mit Kerzen beleuchtet, deren Licht sich hundertfach in den Kristallen spiegelte, die den gewaltigen Lüster in der Mitte des Raumes zierten.

Jude warf einen skeptischen Blick zu der mächtigen Deckenlampe, die dort im Düsteren hing. Sie wollte lieber nicht darunter hindurchgehen. Die rostige Kette, an der die Lampe befestigt war, sah aus, als könnte sie jeden Augenblick nachgeben. Im Dunkeln erkannte sie undeutlich die Umrisse der Geländer von den Galerien der oberen Stockwerke und die zerschlissenen Samtdrapierungen an den Wänden. Ein schmaler, mit Kerzen beleuchteter Fußweg war frei geräumt worden, auf den kostbaren Fliesen waren Züge und Schiffe zu erkennen, Heißluftballons und Karten, Zeppeline und Kompasse – Relikte aus einer Zeit, als das Reisen noch aufregend und glamourös gewesen war. Beidseits des Pfads häufte sich jedoch der Staub und Schmutz von fünfzig Jahren, Glassplitter von zerbrochenen Scheiben und an der Stelle, wo die Decke eingebrochen war, lag abgefallener Stuck auf dem Boden.

Der Bahnhof war ein gefährlicher, unsicherer Ort, aber Vampire hatten bekanntlich eine Schwäche für gruselige und dramatische Schauplätze. Jude war nicht überrascht, dass sie sich nach wie vor hier herumtrieben. Sie durchquerte rasch die dunkle Bahnhofshalle in Richtung der Gleise. Diese waren ebenfalls dem Verfall preisgegeben, und das Moos hatte sich auch hier breitgemacht, gerade so, als wolle sich der Sumpf den Bahnhof zurückerobern. Hier und da fiel Judes Blick auf einen der unvermeidlichen, langsam im Dunkeln vor sich hin rostenden Wagen, die nach Eisen und Moder stanken. Ein warmer Wind strich über die Bahnsteige, und es fühlte sich an, als zögen Finger an ihrem Seidenkleid. Sie sah sich um und versuchte herauszufinden, wo sie hingehen musste.

In diesem Augenblick bemerkte sie die Feder auf den Gleisen. Sie war blau und schimmerte im Mondschein. Aber da hatte der Wind sie auch schon aufgehoben und wehte sie vor sich her die Gleise entlang. Jude drehte sich um und erspähte sofort eine zweite Feder.

»Wo kommen die denn her?«, murmelte sie, und ein unangenehmes Gefühl breitete sich in ihrem Magen aus.

Dann ging sie den Bahnsteig entlang und folgte der Spur der Federn, bis sie an eine Biegung kam und das Mädchen auf den Gleisen liegen sah.

Kapitel 10

Ivory hatte Jude erklärt, dass Etienne einige der alten Eisenbahnwagen renoviert und ihnen wieder etwas von ihrem alten Glanz verliehen hatte. Jude konnte die Wagen sehen, sie standen nur ein paar Meter entfernt. Es waren insgesamt sieben, und sogar im Mondschein ließ sich deutlich erkennen, dass sie gewachst und auf Hochglanz poliert waren. Hinter den Fenstern und den roten Samtvorhängen verbreiteten mit Perlen verzierte Lampenschirme sanftes Licht. Von drinnen ertönte Klaviermusik und Lachen. Das junge Mädchen auf den Gleisen kümmerte niemanden.

Jude raffte den langen Rock und kauerte neben dem Mädchen nieder. Es hatte braunes Haar, das sich aus dem Knoten löste, trug ein blaues Kleid und eine Federboa im selben Farbton. Das Kleid war an der Schulter eingerissen, die Boa lag zusammengeknüllt auf dem Boden. Ausgerupfte Federn trieben im Wind über die Gleise. Die beiden punktförmigen Wunden am Hals des Mädchens bluteten noch und dünne rote Rinnsale liefen ihr über den Nacken. Sie war bei Bewusstsein, und Jude half ihr dabei, sich aufzusetzen und sich an die Bahnsteigkante zu lehnen. Sie war höchstens fünfzehn Jahre alt. Ein Untertanen-Charm baumelte neben anderen Cajou-Charms an ihrem Handgelenk und an einem Auge zeichnete sich gerade ein blauer Fleck ab. Obwohl es warm, stickig und schwül war, zitterte das Mädchen.

Jude spürte, wie die Wut in ihr aufstieg und sie geradezu anbettelte, ihr freien Lauf zu lassen. Sie schnipste mit den Fingern vor dem Gesicht des Mädchens herum. »Hallo«, sagte sie. »Ist da jemand zu Hause?«

Das Mädchen blickte sie starr und beinahe gereizt an. Jude kam in den Sinn, dass sie dieses Mädchen wahrscheinlich nicht retten konnte, egal, was sie tun mochte – wahrscheinlich war sie längst eine der vielen verlorenen Seelen, die Baton Noir Tag für Tag verschlang.

Du hast ganz recht, flüsterte Ivory. *Die hier gehört längst der Alten Esther.*

Urplötzlich, als hätte ihr Name sie herbeigerufen, stand die Legba der verlorenen Seelen auf den Gleisen. Sie beugte sich besitzergreifend über das Mädchen und zischte Jude an, die mit einem Schrei rücklings auf die Gleise fiel.

Die Alte Esther sah genauso aus, wie Jude sie sich immer vorgestellt hatte, und ihr alter Körper war so krumm und gebeugt, dass sie trotz ihres Stocks nur mühsam vorwärtskam. Aus der Nähe sah Jude auch die schwarzen, fauligen Zähne der Alten und die langen Speichelfäden, die ihr von den Lippen hingen. Sie hatte runzelige, verschrumpelte Haut, verkrüppelte Gichtfinger, und in ihren Augen lag ein wilder, irrer Raubtierblick. Jude fing unwillkürlich an zu zittern.

Schnell!, sagte Ivory. *Du musst ihr ein Opfer bringen.*

Jeder Legba erhielt seine eigene Opfergabe, falls er unversehens in physischer Form auftauchte oder von jemandem Besitz ergriff. Baron Lukah gab man eine Flasche Sumpfwhiskey, während Amelia – Legba der Schönheit – mit Parfüm oder Törtchen bedacht wurde. Jude hatte keine Ahnung, welches Opfer man der Alten Esther brachte, aber Ivory klärte sie auf. *Zähne! Du musst dir einen Zahn ausreißen und ihn ihr überreichen.*

Bist du verrückt? Ich reiße mir doch keinen Zahn aus! In diesem Augenblick näherte sich die verkrüppelte Hand der Legba auch schon, betastete Judes Mund und krampfte sich gierig zusammen.

Dann mach, dass du wegkommst!, erwiderte die Cajou-Queen.

Das ließ sich Jude nicht zweimal sagen. Sie stolperte auf die Füße und zerrte das Mädchen auf den Bahnsteig hoch. Als sie zu den Gleisen zurückblickte, war die Alte Esther verschwunden.

»Los, komm schon«, sagte Jude. »Suchen wir einen Platz, wo du dich ausruhen kannst.«

Das Mädchen gab keine Antwort, ließ sich aber willig in die Bahnhofshalle zurückführen, wo Jude eine Bank entdeckte, zu der sie sie brachte.

»Warte hier auf mich«, sagte Jude und schlang die Federboa um die Schultern des Mädchens. Es zitterte immer noch. »Ich muss rasch was erledigen, aber dann bringe ich dich ins Hurricane Quarter und kümmere mich um einen Arzt, einverstanden?«

Das Mädchen zuckte die Achseln, was Jude als Zustimmung auffasste. Sie ließ das Mädchen, das mit aufgerissen Augen in die flackernden Kerzenlichter starrte, auf der Bank zurück, lief wieder auf den Gleisen zum Club Fang und hielt dort dem Türsteher die geklaute Einladung unter die Nase.

Er winkte sie anstandslos durch und sie betrat den ersten Wagen. Ein Kellner drückte ihr eine Champagnerflöte mit einer roten Flüssigkeit in die Hand, und Jude musste nicht genauer hinsehen, um zu wissen, dass es sich dabei um dickflüssiges, geronnenes Blut handelte.

Der Wagen hatte in früheren Zeiten eindeutig als Salon gedient, in dem man Cocktails schlürfte und Appetithäppchen zu sich nahm. In der Ecke befand sich eine Bar und die Samtsessel waren zu kleinen Sitzgruppen zusammengeschoben. Sämtliche Fenster waren geschlossen und es war schrecklich warm und stickig. Der allgegenwärtige rote Samt verstärkte das unangenehme Gefühl, sich in einem zu kleinen und zu engen Raum zu befinden. Der Pianist an dem winzigen Klavier drosch Jazzstücke herunter und sang dazu für seine Zuschauer, eine Handvoll Vampire.

Du musst zum letzten Wagen, drängelte Ivory. *Etiennes Abteil liegt ganz hinten.*

Jude stellte das mit Blut gefüllte Champagnerglas auf einem Tisch ab und quetschte sich so unauffällig wie möglich durch das Vampirgewühl. Alle waren elegant gekleidet und schön und Jude fing ein paar überraschte Blicke auf, als die Vampire an ihrem Geruch erkannten, dass sie keine von ihnen war.

Im vierten Wagen entdeckte Jude Etienne, im dunkelblauen Anzug mit weißer Krawatte; er rekelte sich in einem Sessel am Fenster, den hungrigen Blick auf die Saxofonspielerin in der Ecke gerichtet.

In diesem Wagen sah Jude auch die in der Einladung erwähnte »wertvolle Rarität«. Ivory hatte sich nicht getäuscht. In einer Vitrine hinten im Wagen war dieselbe Münze ausgestellt, die sie schon mit Ivorys Augen im Blue Lady gesehen hatte. Sie lag dort, schmutzig und unauffällig, und es war kaum zu glauben, dass es sich dabei um eines der mächtigsten Objekte des Cajou handelte. Unter der Münze stand ein Schild, auf dem in eleganten roten Lettern zu lesen war:

Waffe, mit der die Cajou-Queen ermordet wurde

Ich hatte recht, hauchte Ivory.

Jude runzelte die Stirn. *Aber… er kann sie doch nicht so einfach versteigern? Ich weiß natürlich, wie mächtig der Cajou-Adel ist, aber damit kommt nicht mal Etienne durch, oder? Diese Münze ist doch bestimmt ein Beweisstück?*

Vielleicht hat er die Polizei bestochen, gab die Cajou-Queen zurück.

Das war jedenfalls möglich, so viel ahnte Jude. Die meisten Polizisten, wahrscheinlich sogar alle, waren schließlich Untertanen. Jedenfalls konnte sie sich nicht erinnern, je einen aus der Kaste des Lumpenpacks in Uniform gesehen zu haben.

Das spielt jetzt auch keine Rolle mehr, fuhr Ivory fort. *Du musst unbedingt in seine Garderobe. Sobald wir sein Haar haben, kann ich es mit einem Zauber belegen…*

Ivory verstummte, als Etienne ausrief: »Hey, du dort drüben«. Jude zuckte erschrocken zusammen.

Sie drehte sich ängstlich um. Hatte das etwa ihr gegolten? Vielleicht ahnte er irgendwie, was sie im Schilde führte. Aber nein, er sah zu dem Kellner hinüber.

»Mein Glas ist leer«, sagte Etienne kalt.

Der Kellner, ein kleiner Mann mittleren Alters, der ein wenig hinkte, eilte hinüber, um das Glas zu füllen. Dann hob Etienne es an die Lippen und bemerkte, ohne den Mann eines Blickes zu würdigen: »Ich dulde keinen nachlässigen Service in meinem Club. Raus mit dir.«

Der Kellner zögerte einen Augenblick – aber auch das war schon zu lange. Etienne sprang so schnell von seinem Sessel auf, dass Jude die Bewegung kaum wahrnahm. Mit einem Mal stand er neben dem Mann und überragte ihn um Haupteslänge.

»Tut… Tut mir leid, Sir«, sagte der Mann, weiter kam er jedoch nicht, denn der Vampir hatte ihn bereits am Revers gepackt.

In einer einzigen, fließenden Bewegung nahm Etienne ihm die Weinflasche aus der linken Hand und packte mit der Rechten seinen Nacken. Dann schmetterte er den Kopf des Mannes wuchtig gegen die Tischkante.

Einmal, zweimal, dreimal.

Vier, fünf, sechs.

Jude schloss die Augen, um den Anblick nicht ertragen zu müssen, und spürte, wie die Wut in ihr hochkochte. Sie wünschte sich sehnlichst, einzugreifen und etwas zu tun, statt einfach nur dazustehen und zuzusehen wie alle anderen.

Aber was konnte Jude schon machen? Konnte überhaupt irgendjemand etwas dagegen tun?

Seit dem Krieg hatte der Cajou-Adel Baton Noir fest im Griff. Manchmal war es beinahe so, als hätten sie die Herrschaft über die gesamte Welt an sich gerissen. Niemand besaß den Mumm, aufzustehen und sich gegen sie zu wehren.

Endlich ließ Etienne den Kellner los, der auf die Knie fiel, Lippen und Nase blutüberströmt. Neben ihm auf dem Boden lagen ein paar ausgeschlagene Zähne. Der grüne Hexenstein in seinem Untertanen-Charm leuchtete nicht mehr. Unsicher rappelte sich der Mann auf, wich zurück und stieß dabei zwischen den blutigen, aufgeplatzten Lippen unaufhörlich unverständliche Entschuldigungen hervor.

»Ich weiß, wo du wohnst«, sagte Etienne und ließ sich wieder in seinem Sessel nieder. »Falls ich dich noch einmal hier sehen sollte, lasse ich deine Töchter abschlachten.«

Der Mann zuckte zusammen und stürzte dann hinaus ins Freie. Die Saxofonspielerin hatte die ganze Zeit über weitergespielt, ohne eine einzige falsche Note. Jude fragte sich, wie häufig solche Zwischenfälle im Club Fang waren.

Mit gesenktem Kopf ging sie zum nächsten Wagen, und als

sie schließlich den siebten und letzten Wagen erreicht hatte, sah sie sofort das Schild über der Tür: *Ab hier keine Menschlichkeits-Charms gestattet.*

Abgesehen von dem hässlichen Vorfall mit dem Kellner war es in den ersten sechs Wagen einigermaßen zivil zugegangen; Champagnerflöten, Abendhandschuhe und rauchige, betörende Jazzmusik. Der siebte Wagen war eine vollkommen andere Welt. Beispielsweise waren einige Vampire völlig nackt. Manche hatten anscheinend Drogen genommen und wirkten berauscht. Die meisten der Vampire taten sich an bleichen Untertanen mit ängstlichen Augen gütlich. Champagnerflöten waren nirgends zu sehen, sondern nur aufgerissene Haut und blutige Lippen.

Etiennes Garderobe ist ganz hinten, sagte Ivory. *Los, geh einfach weiter.*

Warst du denn schon mal hier?, fragte Jude verwundert. Ivory kannte sich überraschend gut aus.

Das hat Etienne mir nicht erlaubt, sagte Ivory. *Aber er konnte nicht verhindern, dass ich vom Bahnsteig hereinsah. Schließlich gehört ihm nicht der ganze Bahnhof. Geh zu dem Vorhang.*

Jude sah den drapierten Samt am Ende des Wagens. An dem Stoff war ein Schild mit der Aufschrift *Privat* befestigt, aber sie schlüpfte rasch hinter den Vorhang und hoffte inständig, dass die Vampire zu berauscht und ihre menschlichen Opfer zu besorgt um ihr eigenes Leben waren, um sie zu beachten.

Trotzdem war es riskant, und ihr Herz pochte vor Aufregung und Angst, als sie die Finger um die Klinke legte. Doch die Tür öffnete sich nicht.

»Es ist abgeschlossen.«

Natürlich ist abgeschlossen, sagte Ivory.

Jude fiel das Zauberwort wieder ein, das Ivory in Moonfleet

Manor benutzt hatte. Sie beugte sich dicht an das Schlüsselloch und flüsterte: »*Skelekey.*«

Wieder prickelte das aufregende Gefühl schwarzer Magie in ihren Fingerspitzen und unwillkürlich durchfuhr sie ein angenehmer Schauer.

Nicht schlecht, hm?, flüsterte Ivory. *Eine kleine Kostprobe schwarzer Magie.*

Eine geschlossene Tür zu öffnen ist ja wohl kaum schwarze Magie, erwiderte Jude. In ihrem Inneren war sie leicht beunruhigt. Sie sollte überhaupt kein Vergnügen dabei empfinden, Cajou anzuwenden. Sie durfte sich nicht daran gewöhnen.

Sie drückte die Klinke herunter und diesmal war der Weg in Etiennes Garderobe frei. Sie trat ein und zog leise die Tür hinter sich zu. Ivory wiederholte den Zauber und der Riegel sprang mit leisem Klicken vor.

Judes Hände schwitzten in den Handschuhen, als sie den Lichtschalter ertastete. Dann fiel sanftes Licht in den Wagen, der als Büro und Garderobe diente. An einem Ende stand ein gedrechselter Holzschreibtisch und den restlichen Platz nahmen Kleiderständer, Standspiegel und ein luxuriöses Samtsofa ein. In einer Ecke war ein kleines Waschbecken angebracht, auf dem Seife und ein Kamm ordentlich nebeneinanderlagen.

Begeistert, dass sie den Kamm so schnell entdeckt hatte, eilte Jude hinüber, aber in den Zinken fand sich leider kein einziges Haar.

Nicht eines!, zischte Ivory, und Jude spürte ihre Wut und Enttäuschung.

»Er weiß, dass einer seiner schlimmsten Feinde eine Cajou-Queen ist«, sagte Jude. »Vielleicht hat er es sich zur Gewohnheit gemacht, auf seine Haare aufzupassen, damit er nicht verflucht wird! Das hättest du dir eigentlich vorher denken können.«

Ich hätte nicht gedacht, dass er auch nach meinem Tod noch so vorsichtig ist, widersprach Ivory.

Jude kam nicht mehr dazu, ihr zu antworten, denn plötzlich ertönte das Geräusch, vor dem sie sich fürchtete, seit sie das Zimmer betreten hatte: Mit einem leisen Klicken wurde der Schlüssel im Schloss umgedreht.

Kapitel 11

Es gab nur ein Versteck hier, und Jude warf sich unter den Schreibtisch, presste die bloßen Schultern schmerzhaft gegen das Holz auf der einen Seite und klemmte die Gummistiefel unter die andere Seite des Tisches. Wer bis ans Ende des Wagens ging, musste sie unweigerlich entdecken. Sie hielt den Atem an und schickte ein Stoßgebet zum Himmel. Hoffentlich würde das nicht passieren.

»... nutzt ihr auch nicht viel, oder? Sie ist schließlich tot.« Jude erkannte Etiennes Stimme. Er klang gereizt. »Welchen Schaden kann es schon anrichten? Was ist? Hast du gar nichts zu sagen?«

»Du redest ja genug für uns beide.«

Jude hätte beinahe nach Luft geschnappt, als sie die andere Stimme hörte. Eine Stimme, die sie sofort erkannte –, die sie seit einem Monat zweimal wöchentlich hörte, die hinter dem dichten Maschengeflecht des Wandschirms im Eulenturm leise zu ihr sprach. Diese Stimme würde sie überall erkennen.

Das Phantom. Wie hatte er von dieser Party erfahren, wenn er nicht mal die Einladung erhalten hatte?

Jude starrte auf die Vorderseite des Tisches. Vielleicht entdeckte sie eine Ritze, durch die sie hindurchspähen und einen kurzen Blick auf ihn werfen konnte. Obwohl sie seit einigen Wochen für ihn spielte und sich währenddessen mit ihm in einem Raum befand, hatte sie ihn noch nie richtig gesehen. Allmählich wurde sie wirklich neugierig. Über sein Aussehen kursierten die wildesten Gerüchte.

»Hör schon auf«, sagte Etienne. Ein Möbel knarrte, vermutlich das Sofa, als er sich niederließ. »Du hast eindeutig eine Meinung dazu, und ich bitte dich, sie mir mitzuteilen. Was ist so schlimm daran, wenn ich diese Münze versteigere?«

»Es ist einfach makaber«, erwiderte das Phantom.

»Wie ich der Polizei schon sagte, kann die Münze wohl kaum an ihren rechtmäßigen Besitzer zurückgegeben werden«, sagte Etienne. »Vorausgesetzt, dass sie dem Mörder gehört hat.«

»Eigentlich habe ich dich für den rechtmäßigen Besitzer gehalten«, gab das Phantom zurück.

Etienne lachte auf. »Du bist heute Abend ja wirklich in charmanter Stimmung«.

»Man hätte die Münze an Ivorys Familie übergeben müssen, als die Polizei die Untersuchung abgeschlossen hat«, sagte das Phantom.

»Vielleicht, aber ich habe sie schließlich gefunden und damit auch ein gewisses Besitzrecht, findest du nicht? Die Polizei ist jedenfalls dieser Ansicht.«

»Natürlich«, sagte das Phantom. »Sie sind alle Speichellecker.«

»Du meinst Untertanen«, verbesserte Etienne.

»Tu, was du für richtig hältst«, sagte das Phantom. »Für mich spielt das keine Rolle.«

»Es wäre mir jedenfalls lieber gewesen, du hättest dich nicht mit der Frau verbündet, die mein Leben zerstört hat, aber da kann man eben nichts machen. Jeder von uns hat sein Päckchen zu tragen.«

»Ich habe mich nicht mit Ivory verbündet«, gab das Phantom unwillig zurück.

»Ach nein? Dann hast du sie also nicht regelmäßig zu dir nach Moonfleet eingeladen?«

»Sie hat mich zwar besucht, aber du weißt ganz genau, aus welchem Grund. Ich hätte sie nie darum gebeten, wenn ich nicht so verzweifelt gewesen wäre. Das weißt du auch ganz genau.«

»Immer noch dasselbe Problem, vermute ich?«

»Ganz richtig«, erwiderte das Phantom. »Aber deswegen bin ich nicht hergekommen.«

»Nein, du wolltest mir bloß eine kleine Lektion erteilen in einer Angelegenheit, die dich verdammt wenig angeht«, gab der Vampir in freundlichem Plauderton zurück. »Kann ich dir wirklich nichts zu essen anbieten?«

»Ich habe keinen Hunger.«

Etienne seufzte. »Nimm dir wenigstens was zu trinken. In der unteren Schreibtischschublade ist Whiskey.«

Judes Magen rutschte ihr bis in die Stiefel. Wenn das Phantom an den Schreibtisch trat, musste es sie sehen …

Du bist so dumm!, ächzte Ivory. *Warum wolltest du kein Schönheits-Charm? Dann würde er dich nicht erkennen.*

Wo liegt da der Unterschied?, zischte Jude. *Wenn er mich entdeckt, verrät er mich so oder so.*

»Ich habe keinen Durst«, sagte das Phantom.

»Aber ich«, sagte Etienne, und seine Stimme klang mit einem Mal unfreundlich. »Hol mir doch bitte die Flasche, ja?«

»Ich bin nicht dein Diener, Etienne«, knurrte das Phantom. »Und ich kann nur sagen, zum Glück. Als ich gekommen bin, wankte gerade einer der Kellner aus dem Club. Er sah fürchterlich aus. Dein Werk, nehme ich an?«

Trotz seiner Worte hörte Jude knarrende Schritte, die sich

dem Schreibtisch näherten. Sie ballte die Hände zu Fäusten, während sie so fieberhaft über einen Ausweg nachdachte, dass ihr Gehirn sich regelrecht verknotete.

»Das sagt gerade der Richtige«, bemerkte Etienne lässig. »Wenn man bedenkt, welche Scheußlichkeiten sich in deinem Haus abspielen. Diese Geschichte bei dir auf dem Dachboden – einfach entsetzlich, in jeder Hinsicht, nicht wahr? Alle halten mich für ein Monster, aber ehrlich gesagt könnte ich mich nicht annähernd so rücksichtslos verhalten wie du. Und dann auch noch jemandem gegenüber, den du angeblich liebst.«

Die Schritte waren inzwischen dicht am Schreibtisch und Judes Herz klopfte wie verrückt. Sie hatte nasse Hände, atmete stoßweise und konnte kaum ein Ächzen unterdrücken. Mit aufeinandergepressten Zähnen versuchte sie, sich darauf vorzubereiten, dass sie gleich jemand an den Haaren unter dem Schreibtisch hervorziehen würde. Sie sah sich schon mit gebrochener Nase Zähne vom Boden auflesen …

Dann stand er am Schreibtisch. Erstarrte, als er sich bückte, um die unterste Schublade aufzuziehen. Schmal und elegant, in einem maßgeschneiderten dunkelgrauen Anzug. Obwohl sie solche Angst hatte, entdeckt zu werden, ganz zu schweigen von dem, was danach geschehen würde, wanderten Judes Augen rasch zum Gesicht des Phantoms. Schon seit einer Weile hätte sie alles dafür geben, dieses Gesicht zu sehen, von dem jeder sagte, es sei grausam entstellt und ein derart schauriger Anblick, dass das Phantom deswegen selten Moonfleet verließ.

Im ersten Augenblick glaubte sie, in das Gesicht eines Dämons zu blicken – die dunkelrote Haut sah aus wie geronnenes Blut. Dann begriff sie, dass er eine der typischen Cajou-Nacht-Masken trug. Sie bedeckte sein Gesicht von der Stirn bis knapp an die Oberlippe und ließ nur Lippen und Kinn frei. Sogar seine

Hände steckten in Handschuhen. Der schmale Hautstreifen, den sie sehen konnte, war blass und porzellanfarben, er hatte volle Lippen und schulterlanges schwarzes Haar. Die Augen hinter der Maske waren dunkelgrau, und Jude hatte den Eindruck, dass sie sich bei ihrem Anblick überrascht weiteten. Sie starrten einander endlos lange an, oder jedenfalls kam es Jude so vor, und sie zitterte unwillkürlich. Wenn er sie verriet, war sie erledigt. Das Phantom zögerte für den Bruchteil einer Sekunde, bevor er die Schublade aufriss und eine Flasche Moonshine und ein Kristallglas herauszog.

»Was in Moonfleet geschieht«, sagte er und richtete sich auf, »geht dich nichts an.«

»Dasselbe könnte ich von dir und Club Fang behaupten«, gab Etienne zurück.

»Wann soll die Auktion denn stattfinden?«, fragte das Phantom, ging um den Tisch herum und verschwand aus Judes Sichtfeld.

»In einer Woche. Dann habe ich noch Zeit genug, vorher kräftig die Werbetrommel zu rühren. Wenn genügend Leute kommen, nimmt man schon an der Bar beinahe genauso viel ein wie durch die eigentliche Auktion.«

»Läuft das Geschäft wirklich so schlecht?«, fragte das Phantom und machte keine Anstrengung, die Verachtung in seiner Stimme zu verbergen. »Musst du jetzt dich schon mit der Versteigerung von makabren Mordwaffen über Wasser halten?«

»Makabre Mordwaffen sind äußerst gefragt in Baton Noir«, erwiderte Etienne. »Du wirst schon sehen. Die Leute werden gutes Geld dafür zahlen, dass sie herkommen und die Mordwaffe der Cajou-Queen bestaunen dürfen.«

»Es hat offenbar keinen Sinn, mit dir zu reden«, sagte das Phantom. »Lass uns zurückgehen, die Jazzmusik hat mir gefallen.«

»Manchmal habe ich den Eindruck, du kommst nur noch wegen der Musik hierher«, grummelte Etienne.

Der Vampir schien jedoch ganz froh über den Vorschlag zu sein, denn kurz darauf schloss sich die Tür hinter den beiden, und Jude blieb allein zurück.

Dieser Mistkerl!, zischte Ivory. *Ich hasse ihn.*

Jude kroch aus ihrem Versteck hervor und gab keine Antwort. An der Tür blieb sie zögernd stehen. Zum Glück konnte sie durch das Schlüsselloch in den angrenzenden Wagen spähen. Nachdem sie fünf Minuten gewartet hatte, öffnete Jude das Schloss mit dem Zauberwort, verließ eilig das Zimmer und schloss die Tür wieder hinter sich zu.

So unauffällig wie möglich schlüpfte sie hinter dem Vorhang hervor und arbeitete sich wieder zurück durch die Wagen.

Aber unsere Aufgabe ist noch nicht erledigt, protestierte Ivory.

Du hast doch selbst den Kamm gesehen, gab Jude prompt zurück. *Wenn ich ein Haar von Etienne haben will, muss ich es ihm schon vom Kopf reißen. Das mache ich auf keinen Fall. Nicht, nachdem ich gesehen habe, wie er den Kellner zusammengeschlagen hat. Wir müssen uns was anderes ausdenken.*

Ivory schwieg. Anscheinend fiel ihr kein Gegenargument ein. Als Jude rasch durch die Wagen ging, sah sie aus den Augenwinkeln Etienne, der sich wieder auf seinem vorherigen Platz niedergelassen hatte, aber das Phantom war verschwunden. Sie bahnte sich den Weg zum Ausgang und trat erleichtert ins Freie.

Im diesem Augenblick legten sich behandschuhte Finger fest um ihren Arm.

»Da bist du ja, Jude.«

Sie blickte in die düstere rote Dämonenmaske und riss sich zusammen, um nicht erschrocken zurückzuweichen. Allein die

Maske war hässlich und furchterregend. Wie viel schlimmer musste wohl erst sein Gesicht aussehen, wenn er es unter einer solchen Fratze verbarg?

»Gestatte mir, dich auf dem Rückweg zum Bahnhof zu begleiten.«

Seine Stimme klang ruhig, beinahe freundlich, und Jude begriff, dass der Ton auf den Türsteher in der Nähe zurückzuführen war. Aber die schiefergrauen Augen, die sie fixierten, blickten hart und kalt. Obwohl es ein warmer Abend war, bekam Jude eine Gänsehaut. Es war ausgesprochen merkwürdig, ihm so nahe zu sein, ohne trennenden Wandschirm. Er war nicht viel größer als Jude und sehr schlank, aber seine schmale Gestalt wirkte elegant und nicht dürr. Von ihm ging eine unterdrückte Energie aus – wie eine Metallfeder, kurz bevor sie aufschnappt. Als er Jude den Arm bot und sie sich einhakte, spürte sie die Spannung in seinem Körper, und seine Armmuskeln unter dem Jackett fühlten sich hart und fest an.

Sie gingen auf den Gleisen entlang und waren kaum außer Hörweite, als das Phantom fragte:

»Was hat das zu bedeuten?«

Jude zerbrach sich verzweifelt das Hirn, aber es wollte ihr einfach keine Erklärung einfallen. Sie entschied sich für einen eher defensiven Ansatz.

»Sie haben erst gestern gesagt, dass es meine Angelegenheit ist, was ich mache, wenn ich Moonfleet verlassen habe.«

Das Phantom atmete hörbar aus.

»Zum Glück kennt mich der Türsteher, sonst wäre ich heute Abend überhaupt nicht in den Club gekommen. Etienne war absolut sicher, dass er mir eine Einladung geschickt hat. Du bist in mein Haus eingebrochen«, sagte er. »Und du hast diese Einladung gestohlen. So war es doch, oder?«

Jude wand sich. »Das ... das war eigentlich nicht geplant«, antwortete sie schließlich. »Aber es war falsch. Es tut mir wirklich leid.«

»Entschuldigung abgelehnt«, schnaubte das Phantom. »Warum trägst du den Kronen-Charm? Du bist eine einfache Bürgerin.«

Jude war zwar froh, dass er »Bürgerin« gesagt hatte und nicht »Lumpenpack«, aber sie hatte keinen blassen Schimmer, was sie ihm darauf antworten sollte. Das Phantom blieb abrupt stehen, und sein fester Griff um ihr Handgelenk zwang sie, ebenfalls stehen zu bleiben.

»Hör mir gut zu, und das meine ich ernst«, sagte er. »Ich weiß nicht, was hier vorgeht, aber du darfst dich auf keinen Fall mit Etienne Malloy anlegen. Er ist ... unberechenbar. Und komm bloß nicht noch einmal auf die Idee, das Hauptgebäude zu betreten. Das Haus ist nicht sicher. Wieso hast du dich nicht an meine Anweisungen gehalten? Wie konntest du es wagen? Was ist nur in dich gefahren?«

Jude öffnete den Mund zu einer Antwort, aber da hatte Ivory auch schon die Kontrolle über ihre Zunge übernommen und krächzte:

»Jetzt mach das Mädchen doch nicht so fertig, André. Und was in sie gefahren ist – das bin wohl ich. Die Cajou-Queen.«

Jude kam es vor, als würde das Phantom hinter der Maske die grauen Augen aufreißen. Er ließ sie plötzlich los. »Nein«, sagte er. »Das ist doch nicht möglich! Ivory Monette?«

»In Baton Noir gibt es nur eine Queen, Darling«, erwiderte Ivory.

Kannst du das bitte lassen?, fragte Jude voller Wut. *Ich kann für mich selbst sprechen.*

Mit einer gewaltigen geistigen Kraftanstrengung gelang es

ihr, die Cajou-Queen beiseitezuschieben. »Tut mir leid«, sagte sie. »Manchmal schafft sie es, mit meiner Stimme zu sprechen.«

»Dann stimmt es also?«, sagte das Phantom. »Du bist von der Cajou-Queen besessen?«

»Sie will herausfinden, wer sie umgebracht hat«, sagte Jude.

Mir ist eingefallen, wie nützlich er ist, sagte Ivory. *Er kann etwas für mich tun. Sag's ihm.*

Er will dir bestimmt nicht helfen.

Sag's ihm, sonst spreche ich für dich.

»Ivory will, dass Sie ihr helfen«, sagte Jude widerstrebend.

»Ach, tatsächlich?«

Wenn er mir nicht hilft, gebe ich sein Geheimnis preis. Sag ihm das.

Jude zögerte. Keine gute Nachricht. Wie würde er darauf reagieren?

»Nun?«, sagte das Phantom leise. »Sie will mir doch noch etwas sagen, oder?«

Jude seufzte. »Sie … ähm, sie sagt, dass sie Ihr Geheimnis verrät, wenn Sie ihr nicht helfen.«

Er blieb stocksteif stehen. »Ich verstehe.«

Hoch oben flatterte ein dunkler Schatten und Jude blickte überrascht in den Abendhimmel. Etwas Großes, Ledriges, was sie nicht genau erkennen konnte, rauschte im Dunkeln vorüber.

»Hier ist nicht der richtige Ort, um zu reden«, sagte das Phantom. »Komm morgen nach Moonfleet, direkt in den Eulenturm.«

Nein. Wir gehen zur Eingangstür, erklärte Ivory. *Er soll uns hereinbitten.*

»Ivory will ins Hauptgebäude«, sagte Jude.

»Das ist nicht gestattet. Ausgeschlossen«, schnauzte das Phantom.

Ich rede doch nicht in einem schmuddeligen Eulenturm über

Geschäfte, sagte Ivory. *Sag ihm, dass jeder in der Stadt sein Geheimnis erfährt, wenn er uns nicht ins Haus bittet.*

Jude stöhnte. »Tut mir leid, aber sie sagt, jeder wird Ihr Geheimnis erfahren, wenn Sie sich weigern.«

Das Phantom gab ein Knurren von sich. Es kam tief aus seiner Kehle. »Verdammt noch mal, Ivory Monette!« Er schüttelte den Kopf und sein Atem ging schwer. »Meinetwegen. Dann kommst du ins Haus. Aber ich bin nicht dafür verantwortlich, was dann passiert. Also gut, wir sollten jetzt gehen. Ich muss zurück – Paris wartet sicher schon auf mich.«

Jude stapfte hinter dem Phantom auf den Gleisen entlang und trat mit den schweren Stiefeln Roststücke und Cajou-Moos los. Sie war aus irgendeinem Grund fest davon überzeugt, dass sie beobachtet wurden. Sie hatte schon mehrmals einen Blick über die Schulter geworfen, aber außer den rostigen Gleisen war nichts zu sehen.

Das sind Etiennes Vampirfledermäuse, sagte Ivory.

Das Phantom musste sie ebenfalls bemerkt haben, denn er blickte auf, und im nächsten Augenblick schnellte seine Hand in die Höhe. Ein silberner Lichtstrahl blitzte auf und dann war das Rauschen von Gefieder zu hören, als eine bösartig aussehende Sperbereule in rasendem Tempo mitten in den Fledermausschwarm hineinfuhr, als wolle sie alle zerreißen.

Sofort musste Jude an jenen Abend vor sechs Monaten denken, als sie mit Leeroy Schluss gemacht hatte. Sie hatte bei Sharkey und seiner Mutter Tee getrunken, und als sie nach Hause kam, hatte Leeroy auf dem Balkon auf sie gewartet, betrunken und wütend.

»Wo zum Teufel hast du gesteckt?«, hatte er gesagt, und sein Atem roch sauer nach Bier. »Ich habe den ganzen Abend auf dich gewartet.«

»Woher soll ich das denn wissen? Wir haben nichts ausgemacht …«, setzte Jude an,

»Du denkst also, du kannst dich heimlich verdrücken, sobald ich mich umdrehe?«

»Ich hab mich nicht heimlich verdrückt! Ich habe bei einem Freund zu Abend gegessen.«

Jude fühlte sich plötzlich völlig erschöpft von dieser Unterhaltung, von der sie schon im Voraus wusste, wohin sie führen würde.

»Dieser Sharkey will was von dir«, sagte Leeroy. »Kann's kaum erwarten, dich ins Bett zu kriegen. Falls er es nicht schon längst geschafft hat. Ich hab's satt.« Er presste die Lippen aufeinander. »Ich verbiete dir, ihn zu sehen.«

Jude sah ihn sprachlos an. »Er ist mein bester Freund. Ich kann doch nicht –«

»Wenn zwischen euch nichts läuft, kann es dir doch egal sein, ob du ihn wiedersiehst«, erklärte Leeroy, mit einem leicht irren Ausdruck der Genugtuung. »Wie oft hast du schon mit ihm geschlafen, du Schlampe?«

Jude war zutiefst verletzt. Gegen ihren Willen stiegen ihr Tränen in die Augen. »Wir … wir haben uns nicht mal geküsst«, sagte sie und brachte nur ein Flüstern heraus. Was sollte das alles? Er würde ihr sowieso nicht glauben, egal, was sie sagte. »Ich kann das nicht mehr. Ich glaube … ich glaube, wir müssen uns trennen.«

Er starrte sie eine ganze Weile aus blutunterlaufenen Augen an, ohne ein Wort zu sagen.

»Du undankbares Miststück!«, sagte er mit heiserer Stimme.

Plötzlich fand Jude ihn überhaupt nicht mehr gut aussehend. Es kam ihr vor, als würde sie ihn zum ersten Mal wirklich sehen. Mit einem Schlag wusste sie genau, was sie tun musste. Nach den monatelangen Quälereien, wie sie die Beziehung retten, alles wieder in Ordnung bringen konnte, war diese Gewissheit ein sehr angenehmes Gefühl. Sie spürte, dass ihr Entschluss unwiderruflich feststand, begriff, dass sie die Beziehung zu Leeroy nicht länger irgendwie in Ordnung bringen wollte. Es war einfach großartig. Sie machte sich nichts mehr aus Leeroy, wahrscheinlich schon seit einiger Zeit nicht mehr. Falls sie ihn je geliebt haben sollte – jetzt tat sie es nicht mehr.

»Verschwinde«, sagte sie. »Ich will nicht –«

Er stürzte sich auf sie, bevor sie den Satz beenden konnte. Seine Hände umklammerten ihre Arme, und er schüttelte sie so heftig, dass sie sich auf die Zunge biss und ihr Mund sich mit Blut füllte. »*Miststück!*«, zischte er. »Du wertloses, hässliches, nutzloses Miststück.«

Jude versuchte, sich aus seinem Griff zu befreien, aber Leeroy war viel stärker, und in seinen Augen sprühte diese schreckliche Wildheit. Was hätte er damals mit ihr gemacht, wenn die Silbereule nicht gekommen wäre? Der Vogel stieß so schnell auf ihn herunter, dass Judy ihn nicht richtig erkennen konnte. Sie wusste nur, dass die Eule einen entsetzlichen Schrei ausstieß und wie ein wildes Tier auf Leeroy losging, Klauen und Schnabel in ihn schlug, bis er zu Boden stürzte und sich die Arme schutzsuchend über den Kopf legte, während Blut über seine Handgelenke rann.

Nur ein paar Sekunden, dann war alles vorbei, und der Vogel verschwand so schnell, wie er gekommen war. Leeroy richtete sich taumelnd auf und trat nach einem letzten wütenden Blick auf Jude die Flucht an. Er jagte zur Tür hinaus und die Treppe hinunter auf die Straße. Jude wischte sich das Blut vom Kinn und blickte suchend zum Himmel, doch die Sperbereule war nirgends zu sehen.

Jetzt, wieder zurück auf den Gleisen, fragte sie: »Was zum Teufel war das denn?«

»Eine Sperbereule«, sagte das Phantom. »Sie verjagt Fledermäuse, jedenfalls für eine bestimmte Zeit.«

»Sie sah so silbern aus ... als wäre sie aus Mondschein ...«

André ist einer von Krags Abkömmlingen, schaltete sich Ivory ein. *Er gehört zu den Legba der Nacht und kann sonderbare Dinge mit dem Mondschein vollbringen.*

Das Phantom blieb ihr weitere Erklärungen zu der Eule schuldig und sie gingen schweigend zum Bahnhof. Als sie ankamen, war das Mädchen verschwunden.

»Bist du mit dem Boot gekommen?«, fragte das Phantom.

»Ja, aber vorhin war hier ein Mädchen, es hatte sich verletzt. Ich habe ihr versprochen, sie ins Hurricane Quarter zurückzubringen.«

»Vergiss es«, sagte das Phantom und fegte den Vorschlag mit einer Handbewegung beiseite. »Wenn sie zu Etiennes Mädchen gehört, ist sie schon längst wieder zu ihm zurückgegangen. Solchen Menschen kannst du nicht helfen.«

Jude ballte die Fäuste. »Sie würden, ohne zu zögern, eine Eule retten und rühren keinen Finger, um einem Mädchen zu helfen?«

Das Phantom blieb stehen und seine Stimme klang etwas weicher, als er antwortete: »Dafür muss sie sich zuerst einmal selbst retten wollen.«

»Na ja, ich hab ihr jedenfalls versprochen, mich um sie zu kümmern« erwiderte Jude. »Deswegen werde ich jetzt –«

»Kommt nicht infrage.« Das Phantom hatte ihr einfach das Wort abgeschnitten und sein Tonfall war wieder schroff. »Du gehst direkt nach Hause, ohne dich weiter in Etiennes Angelegenheiten einzumischen.«

Jude unterdrückte einen Wutanfall. »Na gut«, erklärte sie, bemüht, möglichst kleinlaut zu klingen. Und zerknirscht. Beides Eigenschaften, die ihr völlig fremd waren. »Wie Sie möchten.«

Sie folgte ihm zum Landungssteg und erkannte seinen Sumpfgleiter am Ende des Steges.

»Morgen früh um acht Uhr in Moonfleet Manor«, ordnete er knapp an.

Jude dachte an ihren Vater, den sie vorher erst noch wecken, anziehen und ihm das Frühstück vorbereiten musste.

»Acht Uhr ist zu früh für mich«, sagte sie. »Ich muss erst –«

»Komm nicht zu spät«, sagte er nur.

Ohne ein weiteres Wort ging er den Steg entlang zu seinem Boot.

Arroganter Kotzbrocken!, war Judes einziger Gedanke, während sie wütend hinter ihm herstarrte und ihn unausstehlich fand.

Sehr richtig, meine Liebe, bemerkte Ivory.

Jude sprang in ihr eigenes Boot und zog eine mächtige Schau ab, als sie den Motor anließ, aber das Phantom war anscheinend völlig überzeugt davon, dass sie seine Anordnungen blindlings befolgen würde, und verschwendete keine Zeit damit, abzuwarten, ob sie auch wirklich losfuhr. Er ließ den Motor aufheulen und brauste sofort in den Kanal hinaus. Er brennt wahrscheinlich darauf, wieder bei Paris zu sein, dachte Jude. Kopfschüttelnd kletterte sie zurück auf den Steg.

Hey, was soll das?, fragte Ivory.

»Ich sehe noch mal nach dem Mädchen«, erwiderte Jude.

Lass das. In dem Punkt hat André recht. Der kannst du nicht helfen, solche Mädchen wollen gar keine Hilfe.

»Du kennst sie doch überhaupt nicht!«, gab Jude aufgebracht zurück. »Du weißt nichts von ihr. Ich habe ihr etwas versprochen und werde sie fragen, ob sie mit mir mitkommen will, weg von hier.«

Das weinende Kind in Moonfleet fiel ihr wieder ein. Sie hatte die Kleine einfach zurückgelassen und sich aus dem Staub gemacht. Sie würde sich kein zweites Mal so verhalten und jemanden einfach im Stich lassen.

Zurückgehen heißt, das Schicksal herauszufordern, warnte Ivory. *Nur wegen eines Mädchens, das du nicht kennst und das überhaupt nicht gerettet werden will.*

»Mir egal«, sagte Jude und ging rasch den Steg entlang. »Ich seh mich schnell noch mal am Bahnhof um. Wenn sie nicht mehr da ist, suche ich nicht weiter nach ihr, aber die fünf Minuten habe ich noch, bevor ich sie hier mit diesem Monster zurücklasse. Ganz egal, wer sie ist, das hat niemand verdient.«

Im Geisterbahnhof spähte sie in alle dunklen Ecken, von dem Mädchen war jedoch keine Spur zu sehen. Vielleicht war sie wirklich in den Club zurückgegangen. Jude beschloss, sich noch einmal gründlich am Landungssteg umzusehen und durchquerte die Bahnhofshalle. Sie hatte beinahe den Ausgang erreicht, als eine kalte Stimme hinter ihr ertönte.

»Gibst du etwa so schnell auf?«

Jude drehte sich um. Hinter ihr stand Etienne. Er musterte sie durchdringend, die Hände in die Taschen geschoben.

Kapitel 12

»Du suchst Mary, nicht wahr?«, fragte er. »Die ist natürlich längst wieder im Club. Sie wäre sowieso niemals mit dir mitgegangen.«

»Ach so.« Jude hatte einen Kloß im Hals und ihr Herz pochte, sogar noch bevor ein großer dunkler Umriss an der Galerie über ihr auftauchte und sich mit ein paar Flügelschlägen auf dem Kopf eines Wasserspeiers schwang. Jetzt konnte Jude das Wesen deutlich erkennen. Es war tatsächlich eine große Vampirfledermaus.

»Mary ist nämlich sehr wichtig für mich«, erklärte der Vampir und nahm die Hände aus den Taschen. »Sie hat viele verschiedene Aufgaben. Zum Beispiel macht sie mein Büro sauber. Findest du nicht, dass sie ihre Aufgabe gut erledigt hat?«

»Ich … ich denke schon«, sagte Jude.

»Na, komm schon, Mädchen«, gab Etienne zurück und verzog langsam das Gesicht zu einem Lächeln. Sie konnte seine Vampirzähne sehen. »Nicht so schüchtern! Du *weißt*, dass es so ist. Du hast dir mein Büro schließlich sehr genau angesehen.«

Judes Herzschlag setzte einen Augenblick lang aus. Sie spürte, wie sich ihre Gesichtsfarbe änderte, hörte Ivory in ihrem Kopf aufkeuchen.

»Ich habe natürlich gemerkt, dass du da bist«, fuhr Etienne fort und trat näher. »Schon als ich zur Tür hereingekommen bin, habe ich dein Herz schlagen hören. Warum habe ich wohl André zum Schreibtisch geschickt? Ich dachte, er würde dich an den Haaren herauszuziehen und mir die Mühe ersparen, aber der Gute hatte offenbar einen Anfall von selektiver Wahrnehmung. Du kannst dir denken, wie überrascht ich war. Warum verhält er sich so? Wegen eines Mädchens, das er nicht einmal kennt?«

Etienne kam noch näher, und Jude zwang sich, nicht zurückzuweichen. Sie spürte, wie Ivorys Gefühlssturm – eine Mischung aus Angst, Liebe und Sehnsucht – in ihr tobte.

»Es sei denn«, fuhr Etienne honigsüß fort, »er kennt dich vielleicht doch?«

Der Vampir war vor ihr stehen geblieben und blickte sie forschend an. Mit einem Mal weiteten sich seine Pupillen beunruhigend. »Verdammt noch mal«, sagte er mit sanfter Stimme. »Die Fledermäuse haben mir gesagt, sie hätten Ivorys Stimme gehört, aber ich wollte ihnen nicht glauben. Das erklärt natürlich auch, warum André dich nicht verraten hat.« Die Größe, Stärke und die Bedrohlichkeit des Vampirs kamen Jude geradezu schmerzhaft zu Bewusstsein, als er sich zu ihr herunterneigte, seine Stirn an ihre legte und leise sagte: »Ich habe immer gedacht, wir würden uns erst in irgendeiner Hölle wiedersehen, Liebling.«

Unsichtbare Schatten glitten über sie hinweg, dunkle Flügel fächelten in der warmen Abendluft. Jude fragte sich allmählich, wie viele Fledermäuse dort oben herumschwirrten.

»Weißt du noch, dieser Tag damals vor fünfzig Jahren?«, fragte Etienne. »Hier, in diesem Bahnhof.«

Vor Judes Augen verwandelte sich der verlassene Bahnhof

mit einem Mal. Schmutz und Ruß lösten sich von den Wänden und Sonnenstrahlen, die durch die blank geputzten Fensterscheiben hereinfielen, ließen das Kristall des mächtigen Kronleuchters funkeln. Alle Zeichen von Verfall und Niedergang waren verschwunden und die Bahnhofshalle sah wieder so prächtig und gepflegt aus wie in alten Zeiten. Vornehm gekleidete Reisende eilten auf dem Weg zu ihren Zügen an ihnen vorüber; die Fahrkartenschalter strahlten vor Sauberkeit, die Messinglampen schimmerten und die Bodenfliesen waren geputzt und auf Hochglanz poliert. Der Rauch- und Ölgeruch der Dampflokomotiven stieg Jude in die Nase und über das Stimmgewirr hinweg hörte sie das schrille Pfeifen der Züge.

Etienne stand vor ihr, aber er sah vollkommen verändert aus. Außer dem Kronen-Anhänger baumelte auch ein Menschlichkeits-Charm an seinem Handgelenk und ein Zylinder schützte sein Gesicht vor der Sonne. Die blauen Augen blickten warm und liebevoll auf Jude. Aber dieser Blick galt nicht Jude – sondern Ivory. Jude sah, wie der goldgerahmte Spiegel an der gegenüberliegenden Wand das Bild der beiden zurückwarf, und sie sah darin auch Ivory, so, wie sie früher einmal ausgesehen hatte – jung und schön, einen Schal um das glänzende schwarze Haar geschlungen. Ihr scharlachrotes Kleid lag an genau den richtigen Stellen eng an, und Ivorys Augen waren dunkel und betörend. Als sie zu Etienne aufsah, lag ein Ausdruck reiner und bedingungsloser Liebe in ihrem Blick.

Er beugte sich zu ihr und flüsterte ihr etwas ins Ohr. »Du bist die Liebe meines Lebens, Ivory Monette«, hauchte er, und sein kühler Atem kitzelte auf Judes Haut. »Für dich würde ich schreckliche, unaussprechliche Dinge tun. Ich würde die ganze verdammte Welt in Asche legen, wenn du mich darum bittest.«

Mit einem Mal waren die Sonnenstrahlen, der Rauch und

alle Pracht verschwunden und ringsum waren nichts als Asche und Ruinen zu sehen. Wie ein düsterer Abglanz früherer Zeiten flackerte das Kerzenlicht in der dunklen, verlassenen Bahnhofshalle. Etienne starrte sie mit eisigen blauen Augen an. Statt Liebe brannte nur noch kalte Wut in seinem Blick.

»Du bist es doch, oder?« Etienne spähte sie an, als könne er hinter Judes Augen einen Blick auf Ivory erhaschen. »Ich höre deinen Herzschlag unter dem des Mädchens. Wie machst du das? Wieso bist du nicht tot?«

»Ich bin tot«, sagte Ivory mit ihrer eigenen Stimme. »Ich habe eine Springpuppe erschaffen und meine Seele in einen lebendigen Menschen hineinversetzt.«

»Um Gottes willen«, sagte Etienne. »Warum hast du das getan?«

»Um herauszufinden, wer mich umgebracht hat. Und um meinen Mörder zu bestrafen.«

Der Vampir warf ihr einen sonderbaren Blick zu. »Du hältst mich für deinen Mörder.«

»Stimmt das etwa nicht?«

Etienne wandte sich ab. »Wir haben einander bis aufs Blut gequält, Liebste. Es fühlt sich an, als würde dieser Tag damals vor fünfzig Jahren gar nicht zu meinem Leben gehören. Ich wollte dir wehtun, das gebe ich zu. Nach dem, was du Jackie angetan hast, hätte ich dich gern verwundet, alles zerstört, was du liebst, dir in jeder denkbaren Art und Weise geschadet. Aber ich hätte dich nie, niemals umbringen können. Trotz allem, was du getan hast.« Er lächelte freudlos. »Du wolltest mein Leben zerstören, und das ist dir gelungen. Der Etienne, den du einmal geliebt hast, existiert nicht mehr. Du hast ihn mit eigenen Händen begraben.«

Jude fühlte Ivorys Reue und Bedauern bis in ihr Innerstes.

»Ich habe den Augenblick gespürt, als du getötet wurdest«, sagte Etienne. »Auch wenn wir einander hassen, besteht immer noch eine Verbindung zwischen uns. Im Augenblick deines Todes war ich bei dir.« Mit leicht gerunzelter Stirn und wie im Selbstgespräch fuhr er fort: »Es war, als hätte man einen Teil von mir herausgerissen. Als deine Enkelin zu schreien anfing, weil die Tür abgeschlossen war, wusste ich, was wir hinter der Tür finden würden. Jemand muss dich so abgrundtief gehasst haben, dass er bereit war, seine Seele zu verkaufen, um dich ins Grab zu bringen. Für mich persönlich war es genau der richtige Zeitpunkt, nebenbei bemerkt. Club Fang hat mittlerweile mein gesamtes Vermögen verschlungen, ich stehe vor dem Ruin. Die Auktion der Münze kommt mir sehr gelegen und wird mich zu einem reichen Mann machen. Ich kann noch einmal neu anfangen. Im Grunde müsste ich dir beinahe dankbar sein.« Er sah sie an. »Ich habe nichts mit deinem Tod zu tun. Aber das wirst du mir vermutlich nicht glauben, hab ich recht?« Er riss sich eine Haarsträhne aus und hielt sie Jude hin. »Hier, nimm sie. Lass deine Magie wirken. Du siehst ja, wie weit sie dich gebracht hat.«

Jude zögerte kurz. Konnte sie ihm vertrauen oder nicht? Sollte wirklich alles so einfach sein? Gab er ihr jetzt einfach umstandslos, was sie haben wollte?

Sie nahm die Strähne und steckte sie in ihre Innentasche zu dem Gris-Gris. Sie wandte sich langsam um und wollte gehen, als Etienne leise fragte: »Willst du denn gar nicht wissen, wie es Jackie geht?«

Jude spürte, wie Ivorys Eifersucht aufloderte. Selbst nach so langer Zeit ertrug sie es nicht, wenn Etienne den Namen ihrer einstigen Rivalin aussprach.

»Diese teuflische Schlange, die du damals mit deiner schwarzen Seele heraufbeschworen hast, lebt immer noch in ihr«, sagte der Vampir. »Wenn ich Jackie besuche, sehe ich sie manchmal. Sie windet sich unter ihrer Haut, schlängelt sich durch ihren Körper, als würde sie den Weg nach draußen suchen. Einmal glitt sie ihr im Nacken entlang bis ins Gesicht. Dabei muss sie gegen Jackies rechtes Auge gestoßen sein, denn plötzlich sind alle Blutgefäße geplatzt. Sie stieß ein entsetzliches Heulen aus, ich höre es immer noch. Ich habe die Ärzte gebeten, die abscheuliche Kreatur zu entfernen, aber sie fürchten, dass inzwischen eine Art Symbiose besteht und Jackie ohne die Schlange nicht überleben kann.«

Jude befeuchtete ihre trockenen Lippen. »Das ... das tut mir leid.«

»Letzte Woche gab es in der Anstalt einen Unfall«, fuhr Etienne fort, als hätte sie nichts gesagt. »Jackie bekam irgendwie eine Rasierklinge in die Finger und dachte, sie könnte die Schlange aus sich herausschneiden.«

»Ist sie ...«, stieß Jude zwischen den Zähnen hervor.

»Nein, sie lebt«, erwiderte Etienne. »Sie haben ihr die Klinge abgenommen. Aber weißt du, was dabei passiert ist?«

Als Jude den Vampir anblickte, wusste sie augenblicklich, dass etwas Schreckliches bevorstand.

Kapitel 13

Er schnellte in dem Augenblick auf sie zu, als sie herumwirbelte und zum Ausgang rennen wollte.

Ein dunkles Ungeheuer senkte sich von der hohen Decke der Bahnhofshalle. Es entfaltete die Flügel, kratzte mit den Klauen über die Mauern und Hunderte von Fledermäusen stürzten sich kehlig krächzend und in einem Wirbel aus Fängen und bösen kleinen Knopfaugen auf Jude. Sie spürte die Flügel in ihrem Haar, Fangzähne bissen in ihre Haut, und sie schlug schreiend und blindlings um sich, ohne aus dem Schwarm von Fledermäusen herauszufinden.

Die ganze Welt bestand aus Fledermäusen, aus nichts als Fledermäusen.

Doch plötzlich schob sich der Schwarm wie ein Vorhang auseinander, und Etienne schritt durch die Tiere hindurch, legte die behandschuhten Hände so schraubstockartig um Judes bloße Arme, dass sie blaue Flecken davon bekommen würde.

»Es reicht«, sagte er leise.

Im selben Moment flogen die Fledermäuse auf und zogen sich in die Schatten zurück, bis nichts mehr von ihnen zu sehen war. Zugleich legte sich etwas Schweres, Beruhigendes um Judes Schultern: es war Beau, der gespürt haben musste, in welcher

Gefahr sie schwebte, und ihr zu Hilfe eilte. Er streckte mit weit geöffnetem Maul zischend den Kopf vor – es klang wild und bedrohlich.

Der Vampir fauchte zurück. »Diese verfluchte Schlange konnte mich noch nie ausstehen«, sagte er. »Ich würde das Biest in Stücke zerhacken, wenn ich dir damit schaden könnte. Aber da du bekanntlich nur an dir selbst interessiert bist, kann ich mir die Mühe sparen.«

Das Kerzenlicht funkelte eigenartig in Etiennes Augen, die wie kleine Spiegel aussahen. Er legte eine Hand in Judes Nacken, packte ihre Hand und führte sie zu seinem Mund. Von Weitem hätte man es für die zärtliche Berührung eines Liebhabers halten können, der ihre Hand küssen wollte. Doch dann drückte er einen ihrer Finger gewaltsam zurück. Ein knirschendes, reißendes Geräusch, warmes Blut quoll aus der Wunde und ein wilder, betäubender Schmerz raste durch Jude.

Beaus Kopf schnellte vor, und er schlug die Reißzähne in Etiennes Handgelenk, aber Ivory schrie gellend: *Cajou-Gift wirkt nicht bei Vampiren! Das Gris-Gris! Nimm das verdammte Gris-Gris!*

Etienne grinste breit, und seine spitzen Vampirzähne blitzten auf, als er Judes Hand langsam nach oben zog. Vielleicht beabsichtigte er, ihr nicht nur einen, sondern sämtliche Finger zu brechen. Jude sah den Knochen, der sich durch den Riss in ihrem Handschuh bohrte und neben dem tiefroten Blutfleck unglaublich glatt, blass und weiß aussah. Sie würgte und wandte den Blick ab, griff dann mit der unverletzten Hand in die Geheimtasche ihres Kleides und schleuderte das Gris-Gris auf Etienne. Magische Kräfte prickelten durch ihre Fingerspitzen, als der Zauberbeutel sich öffnete und seinen Inhalt über Etiennes Gesicht verstreute.

Etienne wich mit einem Ruck zurück, hob die Hand und stieß einen durchdringenden Schmerzensschrei aus, der Jude sagte, dass ihn mehr als ein paar Wurzeln und Chilipfeffer getroffen hatten. Auch in diesem Gris-Gris steckte also schwarze Magie. Als Etienne keuchend die Arme senkte, waren seine Augen milchig weiß.

Er bleibt nicht lang blind, sagte Ivory. *Du musst verschwinden! Sofort!*

Jude duckte sich unter den orientierungslos fuchtelnden Armen des Vampirs hindurch und stürmte zum Ausgang. Offenbar hatte das Gris-Gris auch Etiennes Vampirfledermäuse getroffen, die konfus durcheinanderflatterten, als hätten sie ebenfalls die Orientierung verloren. Diesmal schaffte es Jude unbehelligt ins Freie.

Du hättest das Hühnchen opfern sollen, flüsterte Ivory. *Dann hätte er meine Anwesenheit überhaupt nicht gespürt.*

Ohne auf Ivory zu achten, jagte Jude zur Anlegestelle, zutiefst dankbar über ihre verlässlichen Gummistiefel. Sie sprang in ihr Boot, warf den Motor an und steuerte weg vom Geisterbahnhof. Gerade als sie unter dem wuchernden, tief über das Wasser hängenden Sumpfmoos in den nächsten Kanal einschwenkte, stieg eine dichte Wolke wütender Vampirfledermäuse aus dem Geisterbahnhof auf und das Schwirren der unzähligen dunklen Flügel ließ den nächtlichen Himmel erzittern.

♛

Mit Vollgas brauste Jude in Richtung Gargoyle Bridge davon. Als sie sicher war, dass die Fledermäuse sie nicht verfolgten, sank sie schlaff auf dem Sitz zurück und hielt vorsichtig ihre blutende Hand. Die Wunde pochte, aber viel schlimmer als der

Schmerz, der Schock und das Blut war die Vorstellung, dass sie mit einem gebrochenen Finger vielleicht nie mehr Trompete spielen konnte. Wenn der Bruch nun so schlimm war, dass der Finger sich nicht mehr richten ließ? Musik war das Wichtigste in ihrem Leben. Niemand durfte ihr die Musik nehmen, dieser Gedanke war einfach unerträglich.

Die altbekannte Niedergeschlagenheit überkam Jude, legte sich wie ein schweres Gewicht auf sie – der große schwarze Tintenfisch der Verzweiflung bohrte seine ölig glänzenden Tentakel in ihr Herz, ihren Geist, ihre Seele, forschte nach Schwächen, Rissen, in die er eindringen, nach Ängsten, die er schüren und an denen er sich weiden konnte. Sie konnte es einfach nicht länger ertragen, sie fühlte sich diesem ständigen Kampf, der ständigen Härte nicht mehr gewachsen. Als sie auf ihre Hand blickte und den Knochen sah, wurde ihr übel, und ihre Knie waren mit einem Mal so weich, dass sie sich kaum noch aufrecht halten konnte. Sie wollte sich nur noch zurücklehnen und alle Verantwortung abgeben.

Das Problem war eben nur, dass es niemanden gab, der an ihrer Stelle die Verantwortung übernehmen würde. Das war schon seit jeher das Problem gewesen. Sie konnte die Bürde nicht abgeben. Weder jetzt noch irgendwann sonst. Alles blieb an Jude hängen, so wie immer.

Eine Weile lang konzentrierte sie sich ausschließlich darauf, langsam und gleichmäßig zu atmen. Bis auf die Zombieflaschen, die leise klirrend über ihrem Kopf aneinanderstießen, und den Cajou-Efeu, der in der nächtlichen Brise ächzte, war alles still. Sie spürte, wie die hervorquellenden Augen der tönernen Zombieköpfe an der Brücke auf sie herabstarrten, und hatte das Gefühl, als würden die Puppen rings um die Sumpfbäume sie mit den blinden Knopfaugen mustern und nur darauf warten, dass sie einen Entschluss fasste, warten, was ihr nächster Schritt war. Neben dem Bootsrand kräuselte sich das dunkle Wasser, als ein Schatten vorüberglitt, wahrscheinlich ein Alligator, verborgen unter der schwarzen Oberfläche.

Jude holte tief und zitternd Luft. Immer schön der Reihe nach, dachte sie. Zuallererst musste sie sich in Sicherheit bringen. Sie war schon viel zu lange an einer Stelle – der Cajou-Efeu hatte sie bereits wahrgenommen und seine Ranken streckten sich wie Finger nach ihr aus.

Jude ließ den Motor an und fuhr weiter. Die Fahrt nach Hause dauerte lange und sie fühlte sich sehr schwach. Sie beschloss, stattdessen zur Papershell Pecan Street zu fahren. Dort wohnte Sharkey mit seiner Großmutter in einem kleinen Haus direkt am Kanal. Jetzt, in diesem Augenblick, hatte Jude nämlich eines ganz besonders nötig: einen echten Freund.

Endlich war sie am Ziel. Beau hatte sich anscheinend verzogen, als Jude aus dem Boot krabbelte und zum Hintereingang von Sharkeys Haus wankte. Ivory sagte irgendwas in ihrem Kopf, aber Jude konnte sich nicht auf die Cajou-Queen konzentrieren. In ihren Ohren schrillte es, und sie zitterte, obwohl es eine warme Nacht war.

Mit der gesunden Hand hämmerte sie unaufhörlich an die Tür. Im Haus brannte kein Licht, wahrscheinlich war es schon spät. Sie hatte keine Ahnung, wie lange sie im Ruby Quarter gewesen war.

Dann machte endlich jemand die Tür auf, und Sharkeys Großmutter stand vor ihr. Die zierliche alte Dame war im Nachthemd, ihr zerzaustes weißes Haar stand an den Ohren ab und sie hielt ein riesiges Gewehr in den zitternden Händen, das sie direkt auf Jude anlegte. Sie riss überrascht die Augen auf, als sie Jude erkannte, und ließ rasch die Waffe sinken.

»Judy-Lou!«, rief sie aus. »Ach, du meine Güte! Was ist denn mit dir los?«

»Grandma!«, hörte Jude Sharkey im Haus rufen. »Ich hab dir doch gesagt, du sollst warten, bis ich da bin!«

»Wenn du Ewigkeiten brauchst, um deinen Bademantel anzuziehen!«, brüllte sie über die Schulter zurück.

»Nackt kann ich ja wohl schlecht an die Tür«, sagte Sharkey, der in seinem mit Brokatlitzen eingefassten Bademantel gelaufen kam. Er hatte eine Schwäche für schöne Kleidung, und wenn er ausnahmsweise einmal Geld übrig hatte, gab er alles dafür aus.

Bei Judes Anblick fiel ihm vor Schreck die Kinnlade herunter. Ohne weitere Fragen schob er sich an seiner Großmutter vorbei und legte beruhigend den Arm um sie.

»Was ist passiert?«, fragte Sharkeys Großmutter erneut.

»Ach.« Jude hielt den blutigen Handschuh hoch. »Ein Vampir hat mir den Finger gebrochen.«

Mit einem Mal kam ihr diese Vorstellung so wahnsinnig komisch vor, dass sie sich selbst in ein seltsames Lachen ausbrechen hörte, und als sie einmal damit angefangen hatte, konnte sie einfach nicht mehr aufhören.

Sharkey nahm sie in die Arme, drückte ihr einen Kuss auf den Scheitel und sagte: »Ganz ruhig. Lach, so viel du willst, wenn dir das hilft, Darling. Und jetzt komm erst mal rein.«

Kurz darauf saß sie in der gemütlichen, kleinen Küche, vor einem dampfenden Becher Malzkaffee. Das Feuer im Herd war verglüht, aber Sharkey hatte es im Handumdrehen neu angefacht, während seine Großmutter eine Schüssel mit Wasser brachte. Sie säuberte und verband Judes Finger und polsterte den Bruch vorsichtig ab.

»Nur Ärger«, grummelte sie kopfschüttelnd. »Diese ganzen Vampire bringen doch nix als Ärger. Damit musst du zum Arzt.«

»Nicht heute Abend«, sagte Jude. Dann fiel ihr Sofia ein. »Ich gehe morgen zu einer Freundin, die mir helfen kann.«

»Wieso bist du einem Vampir überhaupt so nahe gekommen?«, fragte Sharkey. »Du bist das schlaueste Mädchen, das ich kenne, ich hätte nie gedacht, dass du dich mit Vampiren anlegst. Und was sollen eigentlich die schicken Klamotten? In deiner Nachricht stand, du kannst nicht zur Probe kommen, weil du krank bist. Also, was ist los, Jude?«

Sie war so müde, verletzt und niedergeschlagen, dass ihr keine Ausrede einfiel, also erzählte sie ihnen die Wahrheit – von der Puppe, Ivory Monette und dem Vampirclub.

»Warum hast du denn nichts gesagt?«, fragte Sharkey. Sie wusste nicht recht, ob er wütend oder beleidigt oder beides zugleich war.

»Ich wollte dich nicht in die Sache mit reinziehen«, sagte sie. »Warum auch? Was hätte das geändert? Du bist weder Hexendoktor noch Vampir oder ...«

»Okay, bin ich nicht, aber dafür bin ich dein Freund, du Hohlkopf«, erwiderte Sharkey. »Und manchmal kann ein Freund eine echte Hilfe sein, auch wenn er keine magischen Kräfte besitzt.«

»Aber es ist gefährlich, Sharkey!« Jude deutete auf ihren blutigen, zerrissenen Handschuh auf dem sauber geschrubbten Holztisch. »Du bist mein bester Freund. Ich könnte es mir nie verzeihen, wenn dir meinetwegen etwas zustößt. Oder deiner Grandma.«

Sharkeys Großmutter schüttelte den Kopf. »Ach, Judy-Lou, ich hab dich ja zum Fressen gern, aber manchmal redest du wirklich furchtbaren Blödsinn. Wir sind doch eine Familie, oder etwa nicht?«

Ein warmes Gefühl breitete sich in Jude aus. Ja, Sharkeys Grandma hatte recht. Die beiden waren für sie das, was einer Familie am nächsten kam. Nach ihrem Vater.

»Na klar hilft dir Sharkey«, fuhr die Großmutter fort. »Verflixt noch mal, wenn ich eine Cajou-Queen in mir drinstecken hätte, würde ich auch erwarten, dass ihr sie da rausholt, ohne nachzudenken. Du bleibst heute Nacht schön hier. Und morgen reden wir drüber, wie es weitergeht.«

»Aber mein Vater ...«

»Der wird ja mal eine Nacht ohne dich zurechtkommen«, erklärte Sharkeys Großmutter mit fester Stimme.

Jude wollte erst protestieren und einwenden, dass ihr Vater sich Sorgen machte; aber wahrscheinlich würde er in Wahrheit nicht einmal bemerken, dass sie nicht da war. Sie holte die Sachen aus dem Boot und zog ihre Latzhose an, bevor sie ins Gästezimmer ging. Sie hatte schon häufiger bei Sharkey übernachtet, und das Zimmer war viel hübscher, gemütlicher und bequemer als ihr eigenes. In Sharkeys Zuhause ging es überhaupt viel liebevoller und herzlicher zu, und das spürte man, sobald man über die Schwelle trat.

Als Sharkey ihr Gute Nacht sagte, nahm er sie noch mal in die Arme. »Ich hab dich lieb, aber das weißt du ja«, sagte er.

»Ja, das weiß ich.« Jude drückte seinen Arm. Manchmal kam es ihr so vor, als sei Sharkey der einzige Fixpunkt in ihrem Leben und der einzige Mensch, auf den sie sich vollkommen verlassen konnte. »Ich hab dich auch lieb«, sagte sie leise. Ihr schlechtes Gewissen meldete sich, weil sie die beiden mitten in der Nacht aus dem Bett geholt hatte, sie überhaupt mit in diese Geschichte hineinzog, weil sie zu schwach war und es nicht allein schaffte. »Es tut mir ...«

»Schluss jetzt. Ich hab genug von den ewigen Entschuldigungen«, fiel Sharkey ihr ins Wort. »Mir tut's kein bisschen leid.« Er drückte ihr einen Kuss auf die Stirn. »Du schläfst jetzt gefälligst, verstanden?«

»Mach ich.«

Im Hinausgehen schüttelte Sharkey immer noch den Kopf. »Du Hohlkopf!«, rief er gut gelaunt und zog die Tür hinter sich zu.

Jude krabbelte ins Bett, aber das Einschlafen erwies sich als schwierig. Wieder und wieder spulte sich der Abend wie in einer Endlosschleife vor ihrem geistigen Auge ab, und ihr Finger pochte schmerzhaft. Damit nicht genug, hatte sie ständig den Eindruck, Fledermäuse zu hören, die draußen in der Dunkelheit umherflatterten und mit ihren ledrigen Flügeln an der Fensterschreibe entlangstreiften, als ob sie versuchten, ins Zimmer zu gelangen. Sie hatte ungefähr eine Stunde lang wach gelegen, als Beau neben ihr auftauchte und seinen langen Leib auf eine seltsam tröstliche Weise um sie schlang.

»Wie ist er reingekommen?«, fragte Jude. »Und wieso war er im Geisterbahnhof plötzlich da?«

Er spürt, wo ich bin, und deshalb weiß er auch, wo du bist, sagte Ivory. *Er ist immer in der Nähe, und außerdem kann er durch die Geisterwelt von einem Ort an den anderen gelangen. Sieht aus, als hätte er eine Schwäche für dich entwickelt. Zu dir ist er viel netter als in den letzten Jahren zu mir.* Sie seufzte. *Ich glaube er hat mir nie verziehen, dass ich Betty getötet habe.*

»Warum ... war er dann nicht im Blue Lady?«, fragte Jude. »Als du umgebracht wurdest?«

Die Cajou-Queen schwieg einen Augenblick. *Ich weiß es nicht genau,* sagte sie dann. *Vielleicht ... vielleicht hat er gespürt, dass er gegen einen magischen Angriff machtlos war? Aber das spielt sowieso keine Rolle mehr.*

Beau schmiegte seinen flachen Kopf an Judes Schulter, und sie spürte, wie sich sanfte Wärme in ihr ausbreitete, wie ihre Angst nachließ und der stechende Schmerz in ihrem Finger abnahm. Sie strich vorsichtig über die glatte Schlangenhaut. Mit Beau fühlte sie sich viel sicherer, und die Fledermäuse beunruhigten sie nicht länger.

»Danke, Beau«, sagte sie.

Die sanfte Wärme schien noch mehr zu strahlen und kurz darauf war Jude eingeschlafen.

Kapitel 14

Als Jude am nächsten Morgen erwachte, dauerte es ein paar glückselige Augenblicke, ehe ihr alles wieder einfiel.

Bist du da?, fragte sie sofort, weil sie herausfinden wollte, ob sie Ivory spüren konnte.

Immer noch da, erwiderte Ivory. Sie klang etwas schläfrig, als wäre sie auch gerade erst aufgewacht. Sie gähnte sogar, als sie hinzufügte: *So leicht wirst du mich nicht los.*

Jude setzt sich auf und rieb sich die Augen. Wie lang sie wohl geschlafen hatte? Die Sonne schien zum Fenster herein und fühlte sich warm und angenehm auf ihrer Haut an.

Was passiert eigentlich mit dir, wenn ich einschlafe?, fragte sie nachdenklich.

Weiß ich auch nicht genau, gab die Cajou-Queen zurück. *Ich glaube, dein Schlaf zieht mich auch mit in den Schlaf. Und wenn du aufwachst, wecken mich deine Gedanken.*

Dem Ton nach zu urteilen gefiel ihr das anscheinend nicht besonders, aber sie fügte versöhnlich hinzu: *Vermutlich ist das logisch. Du bist der Gastgeber und hast Vorrang.*

Jude fand es jedenfalls beruhigend. Sie stellte sich nur ungern vor, dass die Cajou-Queen in ihrem Geist bewusst und wach war, während Jude selbst nichts davon mitbekam, weil sie schlief.

Ein Klopfen an der Tür beendete das Gespräch.

»Komm rein«, rief Jude.

Sharkey trat ein. Er trug ein Tablett mit einer Tasse Kaffee und einem Teller warme Krapfen.

»Einen wunderschönen guten Morgen«, sagte er fröhlich. »Wie geht's der Hand?«

Jude musterte ihre verbundene Hand. Die Wunde schmerzte zwar noch, aber längst nicht so heftig, wie sie erwartet hatte. Vorsichtig wickelte sie den Verband ab. Die Finger waren immer noch blutbefleckt, aber der Knochen stand nicht länger heraus. Und die Haut war zwar blau unterlaufen und geschwollen, aber die Wunde hatte sich geschlossen und ihr Finger war nicht mehr gebrochen.

»Er hat den Finger geheilt«, sagte sie und starrte auf ihre Hand.

»Wer?«, fragte Sharkey.

»Beau. Er ist letzte Nacht gekommen. Wo steckt er denn bloß?«

Sie schlug die Bettdecke zurück, und da lag er. Erst im Nachhinein fiel Jude ein, dass sie Sharkey etwas schonender auf die drei Meter lange weiße Cajou-Python in ihrem Bett hätte vorbereiten können. Ihr Freund fluchte und das Tablett fiel krachend auf den Boden. Die Krapfen rollten unters Bett und Kaffee spritzte über die Holzplanken. Da stand auch schon Sharkeys Großmutter mit ihrem Gewehr in der Tür.

»Alles okay!«, rief Jude, beugte sich vor und nahm die Schlange beschützend in den Arm. »Alles in Ordnung. Das ist Beau. Die Schlange, von der ich euch gestern Abend erzählt habe. Er ist ungefährlich. Schaut mal, er hat meinen Finger geheilt.«

Jude hielt den Finger hoch, damit sie es selbst sehen konnten. Zum Glück ließ Sharkeys Grandma das Gewehr sinken und Jude legte sich die Schlange um die Schultern. Beaus Gewicht beruhigte sie immer.

»Danke schön, Beau«, sagte sie. Es kam ihr ganz natürlich vor, dass sie seinen Hals an ihr Gesicht zog und ihm einen Kuss auf den flachen Schädel drückte.

Sharkey schüttelte sich. »Da krieg ich echt eine Gänsehaut«, sagte er. »Weißt du genau, dass diese Schlange harmlos ist?«

»Genau weiß ich gar nichts mehr«, sagte Jude und seufzte. »Aber Beau will niemandem etwas tun, glaube ich.«

Sie wischten den Kaffee auf und sammelten die Krapfen ein. Dann widmete sich Jude mit Hingabe ihrem Frühstück. Sie stellte erst jetzt fest, dass sie kurz vor dem Verhungern war, aber noch während sie die Krapfen verschlang, musste sie an ihren Vater denken, der allein zu Hause war. Sofort stiegen Schuldgefühle in ihr auf.

»Vielen Dank für alles, Sharkey, aber ich glaube, ich muss jetzt nach Hause und nach meinem Vater sehen«, sagte sie.

»Und weiter?«, fragte Sharkey. »Wieder zurück nach Moonfleet?«

Jude seufzte. »Anscheinend ja. Das Phantom soll noch irgendwas für Ivory erledigen.«

»Ich komme mit.«

»Sharkey«, setzte Jude an, »ich glaube nicht, dass –«

»Gib dir keine Mühe, mich wirst du nicht los«, fiel ihr Sharkey mit seiner gedehnten Sprechweise ins Wort. »Ich weiß ja, wo das alte Spukhaus steht. Wenn du mich nicht abholst, geh ich einfach allein dorthin, klopf an alle Türen und mach mich lautstark bemerkbar.«

Jude lächelte unwillkürlich. »Na schön.« Insgeheim war sie sogar froh darüber, dass er sie begleitete. »Ich weiß natürlich nicht, was das Phantom davon hält. Vielleicht lässt er dich nicht ins Haus. Wir treffen uns in Moonfleet. Gib mir ungefähr eine Stunde Zeit, vorher muss ich mich noch um Pa kümmern.«

Sharkey nickte. »Klar. In einer Stunde in Moonfleet.«

Nachdem sie sich von Sharkey und seiner Großmutter verabschiedet hatte, ging Jude zu ihrem Boot, warf den Motor an und fuhr nach Hause. Als sie am Steg anlegte, glitt Beau an der Regenrinne zum Balkon hoch. Jude stapfte die Treppen hinauf. Vor der Tür roch es nach Rauch. Sie riss die Tür auf und sah ihren Vater mit der Pfanne kämpfen, die in hellen Flammen stand.

Im Nu war sie neben ihm und schubste ihn beiseite, ehe sie die Pfanne packte, in die Spüle warf und den Wasserhahn aufdrehte. Es zischte und ein paar Tropfen brennenden Öls landeten auf Judes Arm.

»Alles in Ordnung?«, fragte sie und drehte sich zu ihrem Vater um, der erschöpft an der Küchentheke lehnte.

»Ja«, knurrte er. »Die verdammte Pfanne hat Feuer gefangen.«

Jude warf einen Blick auf den schwarz verbrannten Pfannenboden. Ja, sie fühlte sich schuldig, aber sie hatte es auch satt, dass sie die ganze Zeit zu Hause sein musste und ohne sie alles schieflief. Sie hatte diese trostlose Lage satt, die zusehends trostloser wurde.

»Setz dich«, sagte sie. »Ich mach dir Frühstück.«

Ihr Vater starrte auf ihre Hand. Der Bruch war zwar geheilt, aber die Schwellung war noch deutlich zu erkennen und die blutunterlaufene Stelle fiel sofort auf.

»Du hast dich also wieder mal geprügelt.« Er sah sie böse an. »Ich war halb krank vor Sorge, weil du nicht nach Hause gekommen bist. Du richtest dich noch zugrunde, weißt du. Du bist als Einzige mit heiler Haut davongekommen und du setzt alles aufs Spiel, als ob es nichts wäre.«

Jude blickte ihn durchdringend an. »Hasst du mich deswegen?«, fragte sie. »Weil ich davongekommen bin?« Sie spürte, wie nahe sie den Tränen war, und zwang den Gefühlssturm wütend in ihr Inneres zurück. »Ist dir schon mal der Gedanke gekommen, was für ein Albtraum es sein kann, wenn man als Überlebender alles wieder ins Lot bringen muss? Dass ich auch in einer Art Hölle lebe, ganz allein für mich?«

Ihr Atem ging viel zu schnell, und jetzt war wirklich nicht der richtige Augenblick für einen solchen Streit. Mühsam gewann sie ihre Beherrschung zurück. »Hör mal … lass uns ein anderes Mal darüber reden. Es ist, wie es ist. Reden hilft nichts. Setz dich und iss dein Frühstück.«

Sie wünschte sich insgeheim, er würde protestieren. Sie am Arm packen, auf einem Gespräch bestehen, damit zumindest zwischen ihnen alles besser wurde. Aber vielleicht war die Situation schon zu verfahren und nicht mehr zu retten. Jedenfalls nicht, bis Jude ihren Teil der Abmachung eingelöst hatte und Ivory ihren Vater heilen würde, wie sie es versprochen hatte. Vielleicht bestand dann noch Hoffnung.

Er knurrte, zog einen Stuhl heran und ließ sich am Tisch nieder. Er sagte kein Wort, bis Jude ihm den Teller mit Frühstück vor die Nase setzte.

»Der Toast ist verbrannt«, stellte er fest.

»So ein Pech.«

Sie aßen schweigend. Anschließend ging sie mit ihm ins Badezimmer, um ihm wie immer beim Waschen und Anziehen zu helfen. Er hielt ihr den Rücken zugekehrt, als sie eintrat, aber im Spiegel sah sie sein Gesicht, und der Anblick verstörte sie. Die schiere Verzweiflung in seiner Miene ließ alle ihre Versuche, ihn zu retten, beinahe aussichtslos erscheinen, obwohl sie sich so sehr bemühte und ihm auf hunderterlei Weise zu helfen versuchte, und sei es auch manchmal nur mit Kleinigkeiten. Offenbar rackerte sie sich vergebens ab, und plötzlich spürte sie Baron Lukahs Schatten so deutlich im Badezimmer, dass sie beinahe damit rechnete, den Legba dort in der Ecke zu sehen, wie er seine Pfeife rauchte und ungerührt die dunkel getönten Brillengläser auf sie richtete.

Sie hätte beinahe aufgeschluchzt, aber sie riss sich zusammen und legte die Hand auf den verschossenen Hemdärmel ihres Vaters, an dem einen Arm, der ihm noch geblieben war.

»Du kannst immer mit mir reden«, platzte sie heraus. »Im Ernst. Ich weiß ja, wie schwierig alles ist. Echt schwierig. Ich weiß, dass du Schmerzen hast und das Leben dir manchmal hoffnungslos vorkommt. Dass es dir schlecht geht, so schlecht, dass ich mir das nicht mal vorstellen kann. Und ich möchte dir helfen, aber ich weiß einfach nicht wie. Ich will bloß …« Sie zögerte, suchte nach den richtigen Worten, die zu ihm durchdrangen. »Ich will einfach nur sagen, dass ich für dich da bin und dich liebe und dir zuhöre. Wenn du reden willst, höre ich zu.« Sie schloss die Hand um seinen Arm. »Bitte, Pa«, sagte sie. »Ich bin für dich da.«

Als er sie ansah, hatte sie einen Augenblick lang den Eindruck, er habe sie wirklich gehört. Er schien sie tatsächlich wahrzunehmen, nicht nur durch sie hindurchzusehen wie sonst, und ein paar Sekunden lang war er endlich da, endlich anwesend.

Aber dann verschwamm sein Blick und er sagte nur: »Es gibt nichts mehr zu sagen, Jude. Bringen wir es hinter uns.«

Er schüttelte ihre Hand ab und stapfte ans Waschbecken. Jude holte tief Luft, um sich zu beruhigen, war aber immer noch erschüttert, als sie die übliche Prozedur in Angriff nahm. Sie half ihm dabei, sich zu waschen und anzuziehen, und spürte die ganze Zeit, dass es ihm zuwider war. Er musste sich ja erniedrigt fühlen, weil er beim Waschen auf ihre Hilfe angewiesen war, weil sie ihn nackt sah und ihm manchmal sogar auf der Toilette helfen musste, wenn er einen richtig schlechten Tag hatte. Dieses Gefühl der Erniedrigung richtete sich gegen sie, als sei es ihre Schuld, als habe sie diese Lage verursacht. Es war eine Aufgabe, für die sie keinen Dank erhielt und die sich endlos wiederholte. Ohne die Musik als Zuflucht wäre sie wahrscheinlich schon längst verrückt geworden.

Jude betete inständig, dass die Cajou-Queen ihr Versprechen halten würde.

Du erledigst deinen Teil, flüsterte Ivory, die ihre Gedanken genau hörte. *Und ich erledige meinen.*

Obwohl die Cajou-Queen genau das sagte, was Jude hören wollte, fand sie Ivorys ständige Gegenwart nicht gerade angenehm und ließ sich nicht gern von ihr daran erinnern, dass Ivory ihre persönlichsten, privatesten Gedanken kannte. Es war unerträglich, sich nicht einmal ungestört in die eigenen Gedanken zurückziehen zu können. Jude beschloss, Ivory so schnell wie möglich zu helfen, damit sie wieder allein und sie selbst sein konnte, ohne diesen Quälgeist.

Endlich war ihr Vater gewaschen, angekleidet und satt und saß in seinem Sessel. Er hatte alles wortlos über sich ergehen lassen.

»Bis später«, sagte Jude.

Seine Hand auf der Lehne zitterte leicht, aber er blieb nach wie vor stumm, und Jude machte sich auf den Weg. Sie konnte ihm nur helfen, indem sie Ivory half.

Ihre schweren Gummistiefel polterten auf den Stufen, als sie hinunterging, und auf der Straße blieb sie einen Augenblick stehen, um sich sammeln, die Schultern zu straffen und ihren Kampfgeist wiederzufinden.

Jude Lomax gibt nicht auf, dachte sie entschlossen.

Trotz aller ausgestandenen Ängste und der schlimmen Ereignisse der vergangenen Tage war ein neuer Morgen angebrochen. Die Sonne schien ihr warm ins Gesicht, es war schön, wieder in der altvertrauten Latzhose zu stecken und das Gumbo zu riechen, dessen Duft aus dem Laden unter der Wohnung in die feuchte Luft stieg. Sie atmete tief ein und spitzte die Ohren, ob nicht irgendwo eine Jazzband spielte. Die Klänge waren zwar schwach und gedämpft, aber vernehmbar.

Jude reckte sich, holte tief Luft und ging los in Richtung Moonfleet Manor.

Kapitel 15

Am Eingangstor erwartete sie Sharkey, über und über behängt mit den üblichen Cajou-Charms. Er strahlte sie an.

»Ich dachte schon, du hast mich versetzt«, sagte er.

»Entschuldige. Pa war heute Morgen in mieser Stimmung.«

»Egal. Dafür konnte ich in aller Ruhe die Zeitung lesen.«

Jude bemerkte erst jetzt die Zeitung in seiner Hand.

»Hast du schon die Schlagzeilen gesehen?«

»Nein«, sagte sie. »Zum Lesen komme ich in letzter Zeit kaum.«

»Also, die hier interessiert dich ja vielleicht. Schau mal.«

Er hielt ihr die aufgeschlagene Seite hin; der Artikel beschäftigte sich vor allem mit Ivory Monettes Enkeltochter Charity und der Tatsache, dass Charity weder Legba sehen noch zu ihnen Kontakt aufnehmen konnte. Es hatte ausgedehnte Gespräche zwischen Charity und dem Bürgermeister, einem grausamen Fiesling und Untertan namens Rufus Seething, gegeben, die allesamt ungünstig verlaufen waren, weil Charity nicht in der Lage gewesen war, Nachrichten an die Cajou-Geister weiterzugeben.

Das liegt daran, dass mein Geist noch hier ist, sagte Ivory. *Die Legba erscheinen nur mir.*

Als Jude wiederholte, was die Cajou-Queen gesagt hatte, nickte Sharkey. »So was hab ich mir schon gedacht.«

Jude durchblätterte die Zeitung nach anderen Artikeln und las, dass einige besonders aufdringliche Journalisten es geschafft hatten, Charity bis ins Krankenzimmer ihres Freundes zu verfolgen. Zwischen den Maschinen und den vielen Infusionsschläuchen, an die man ihn angeschlossen hatte, sah er noch schlechter aus als vor einigen Tagen, als Jude ihn im Blue Lady durch Ivorys Augen gesehen hatte. Jetzt lag er ausgezehrt und zum Skelett abgemagert im Bett.

»Charity Monettes Freund, Wade Andrew, ist ernsthaft erkrankt und wird die Cajou-Nacht wahrscheinlich nicht mehr erleben«, wurde in dem Artikel aufgeregt vorhergesagt.

Auf dem Bild daneben war Charity abgebildet, die versuchte, die Pressefotografen aus dem Zimmer zu schieben. Jude hätte vor Wut geschäumt, wenn sich jemand unerlaubt Zutritt zum Krankenzimmer ihres sterbenden Liebsten verschafft hätte, aber Charity sah nicht einmal wütend aus, sondern wirkte todunglücklich, klein, schwach und hoffnungslos verloren. Mit einem Mal, ganz unerwartet, tat sie Jude leid.

Hat Charity noch Familie in Baton Noir?, fragte sie Ivory.

Nein. Ihr Mutter wollte nichts mit Cajou zu tun haben und ist geflüchtet. Charity ist allein.

Jude runzelte die Stirn. Ivory wirkte nicht besonders besorgt oder mitfühlend, was ihre Enkelin betraf. Für einen Augenblick hatte sich ihre Stimme sogar recht zufrieden angehört …

Natürlich freut es mich nicht, schnauzte Ivory. *Aber ich kann einfach nicht so tun, als würde es mir um Wade leidtun. Er ist eine Null, ein Nichts, und ohne ihn ist sie besser dran.*

Jude warf einen letzten Blick auf das Foto und hatte den Eindruck, dass Charitys tränenfeuchte Augen irgendwie wild blickten, als sie versuchte, den Fotografen aus dem Zimmer zu drängen. Eine Art bodenlose Verzweiflung, die Jude kannte. Menschen ließen sich nur bis zu einem bestimmten Punkt bedrängen, bevor sie sich einfach wehren mussten. Oder völlig zusammenbrachen.

Judes Miene blieb skeptisch, als sie Sharkey die Zeitung zurückgab. Er klemmte sie sich unter den Arm und sagte: »Bestimmt ist dir selbst auch schon der Gedanke gekommen, dass du anstelle von Charity zur Cajou-Queen gekrönt werden könntest, wenn ihr Geist in der Cajou-Nacht immer noch in dir ist?«

Jude riss die Augen auf. Daran hatte sie überhaupt nicht gedacht.

»Das ist das Allerletzte, was ich will«, sagte sie. »Ich mache das alles nur, um Ivory loszuwerden.«

Das ist sowieso ausgeschlossen, sagte Ivory. *Normale Menschen können einen Geist und erst recht eine Cajou-Queen nur für kurze Zeit in sich aufnehmen, bevor bestimmte … äh … Folgen eintreten.*

Welche Folgen denn?, fragte Jude beunruhigt.

Das spielt jetzt keine Rolle. Wenn du mir schnell hilfst, musst du das nicht wissen. Du solltest dir nur keine falschen Vorstellungen machen. Es gefällt dir, dass du durch mich Macht besitzt – das ist ganz offensichtlich. Ich spüre es. Komm also bloß nicht auf den komischen Gedanken, du könntest diese Macht für immer behalten. Diese Macht ist nicht für Leute wie dich bestimmt.

Eine kleine, verräterische Stimme in Jude fragte sich unwillkürlich, was sie mit Ivorys Macht alles bewirken könnte – für sich selbst, ihren Vater und für Baton Noir. Aber damit wäre sie eine von *ihnen,* würde zur Cajou-Elite gehören, die sie doch zutiefst verabscheute. Und außerdem würde dann Ivorys Geist ewig in ihrem Kopf herumspuken, sie wäre nie mehr allein, könnte nie mehr geheime Gedanken haben.

Keine besonders angenehme Vorstellung, stimmt's?, fragte Ivory.

Nein, gab Jude zurück. *Mach dir keine Sorgen. Ich will überhaupt nicht Cajou-Queen werden.*

»Dann mal los«, sagte sie laut und öffnete das schmiedeeiserne Tor. »Bringen wir es hinter uns.«

Die Hände in den Taschen schlenderte Sharkey neben ihr her, als wären sie auf dem Weg zu einem Picknick und nicht im Begriff, gleich an die Haustür von Moonfleet Manor zu klopfen. Wobei Jude nicht einmal Gelegenheit hatte, den Türklopfer zu betätigen, denn die Tür war geöffnet. Das Phantom erwartete sie bereits und er baute sich jetzt am Eingang vor ihnen auf. Sein Anzug, diesmal in Dunkelblau, saß wieder wie angegossen. Als Jude sich vorstellte, wie viel er wahrscheinlich gekostet hatte, stieg leiser Groll in ihr auf.

»Guten Morgen«, sagte sie.

»Du kommst zu spät«, stellte das Phantom fest.

»Falsch«, sagte Jude. »Ich habe nämlich nie eingewilligt, um acht Uhr hier zu sein. Ich musste mich erst um meinen Vater kümmern.«

»Ich weiß nicht, wer das hier ist, und es ist mir auch gleichgültig«, erklärte das Phantom und deutete auf Sharkey. »Aber er kann hier nicht bleiben.«

»Weißt du, allmählich gehen mir diese ständigen Forderungen und Fristen ganz schön auf die Nerven«, sagte Jude. »Zur Abwechslung bin ich jetzt mal an der Reihe. Mein Freund Sharkey, um das schon mal zu klären, kann hierbleiben und sich diese Freakshow ansehen, solange er Lust hat. Außerdem kündige ich, sobald diese Angelegenheit mit der Cajou-Queen erledigt ist. Damit meine ich, dass ich nicht mehr Trompete für dich spielen werde.«

»Kündigen?«, wiederholte das Phantom. »Das kannst du nicht.«

»Doch, kann ich. Ich hab's gerade getan.«

Das Phantom legte eine kurze Pause ein. »Na schön, dein Freund darf bleiben. Über deine Kündigung sprechen wir später.« Er trat zurück und gab den Weg frei. »Dann kommt herein«, sagte er und fügte flüsternd hinzu: »Falls ihr wirklich meint, ihr könnt es ertragen.«

Jude und Sharkey tauschten einen kurzen Blick, bevor sie über die Schwelle von Moonfleet traten. Jude sah unwillkürlich zu der mächtigen Treppe hinüber und rechnete schon beinahe damit, dass dort wieder das schluchzende Mädchen saß, aber von der Kleinen war nichts zu sehen und zu hören. Die Tür fiel wuchtig ins Schloss und Jude zuckte zusammen.

»Noch eine Warnung, bevor wir weitergehen,«, sagte das Phantom. »Moonfleet ist kein … normales Haus. Wie ihr ja bestimmt wisst, wurde es von Wahnsinnigen erbaut, und einige ihrer Stimmen kann man noch immer hören.«

»In diesem Haus spukt es? Willst du das damit sagen?«, fragte Jude.

Das Phantom drehte ihr die rote Maske zu, doch in der düsteren Halle konnte sie seine Augen nicht erkennen.

»Hier spukt es nicht nur«, sagte er. »Dieses Haus ist verflucht. Gottverlassen.« Er schüttelte den Kopf. »Wahrscheinlich kann man das jemandem, der die Erfahrung nie gemacht hat, nur schwer erklären, aber ihr findet es schon noch schnell genug heraus. Bleibt in meiner Nähe. Haltet euch von dunklen Ecken fern, die euch nichts angehen. Macht genau das, was ich euch sage. Ist das klar?«

»Absolut klar«, sagte Sharkey fröhlich.

»Vollkommen klar«, gab Jude zurück. »Können wir jetzt zur Sache kommen? Je schneller wir rausfinden, wer Ivory umgebracht hat, desto schneller kriege ich, was ich von ihr will, und sie lässt mich endlich in Ruhe.«

»Du kannst der Cajou-Königin niemals trauen«, erwiderte das Phantom. »Ganz gleich, was sie dir gesagt oder versprochen hat …« Er verstummte und starrte auf ihre Hand. »Was ist mit deinem Finger passiert?«

Jude hatte gar nicht mehr daran gedacht, dass ihr Finger dunkelblau angelaufen und beinahe auf den doppelten Umfang angeschwollen war. »Etienne hat ihn mir gebrochen, aber Beau hat mich geheilt«, sagte sie. Sie blickte in die unbewegte rote Maske. »Ja, ich bin noch mal zurückgegangen, als du weggefahren bist. Wegen dem Mädchen. Ich habe sie nicht gefunden, dafür hat Etienne mich entdeckt. Er wusste die ganze Zeit, dass Ivory da war. Und er wusste auch, dass ich mich unter seinem Schreibtisch versteckt hatte.«

Langes Schweigen trat ein. Dann schüttelte das Phantom den Kopf. »Das war einfach unglaublich dumm von dir. Du kannst von Glück sagen, dass du noch lebst. Jetzt verstehe ich auch, warum mir Etienne heute Morgen dieses Telegramm geschickt hat. Er glaubt anscheinend, ich würde gemeinsame Sache mit Ivory machen und hätte mich gegen ihn verschworen. Er schreibt, dass ich in seinem Club nicht mehr erwünscht bin.«

In Judes Kopf fluchte Ivory.

André sollte Etienne die Teufelsmünze abkaufen!, rief sie. *Nur deswegen sind wir heute überhaupt hierhergekommen.*

Als Jude wiederholte, was die Cajou-Queen gesagt hatte, schüttelte das Phantom den Kopf. »Ausgeschlossen. Ich darf

Etiennes Club nicht mehr betreten. Selbst wenn ich das wollte, könnte ich die Münze nicht kaufen.«

Wozu wolltest du sie eigentlich haben?, fragte Jude.

Natürlich um den Sumpfteufel zu bestechen. Im Gegenzug hätte er mir verraten, wer den Handel mit ihm abgeschlossen und mich ermordet hat.

Na gut, also die Münze können wir vergessen, sagte Jude. *Wie soll es jetzt weitergehen?*

Ivory überlegte. *Wir statten dem Sumpfteufel trotzdem einen Besuch ab.*

Aber wenn wir keine Münze haben, warum sollte er dir dann den Namen deines Mörders verraten? Selbst wenn wir die Münze hätten, wäre er vielleicht nicht bereit, uns weiterzuhelfen.

Lass das mal meine Sorge sein, gab Ivory zurück. *Du musst uns nur irgendwie zum Black Bayou bringen.*

Jude seufzte. »Ivory möchte zum Black Bayou«, erklärte sie den anderen. »Zum Wunschbrunnen des Teufels.«

»Kommt nicht infrage«, sagte das Phantom sofort. »Der Sumpf ist viel zu gefährlich. Dort sind –«

»Wir gehen zum Bayou«, sagte Ivory laut. Sie hatte wieder Besitz von Judes Zunge ergriffen. »Du bringst uns mit deinem Raddampfer dorthin. Falls du dich weigerst, verrate ich dem Mädchen dein Geheimnis, das schwöre ich dir.«

Jude hatte es gründlich satt, die heisere Stimme der Cajou-Queen aus ihrem eigenen Mund zu hören. Abgesehen davon, dass Ivorys übergriffiges Verhalten sie aufbrachte und reizte, verwirrte sie jedoch diesmal auch die Wortwahl. Ivory drohte nicht zum ersten Mal damit, dass Geheimnis des Phantoms preiszugeben, aber während sie es zuvor in ganz Baton Noir verkünden wollte, erwähnte sie diesmal nur noch Jude.

Mit einer ungeduldigen Handbewegung wandte sich das Phantom ab.

»Also gut«, sagte er. »Wir fahren zum Black Bayou. Mögen uns die Götter gnädig sein.«

Jude war es gelungen, die Kontrolle über ihre Zunge zurückzuerobern, und ihre Stirn war von der Anstrengung schweißbedeckt.

»Oh Mann, ich kann es nicht ausstehen, wenn sie durch mich spricht«, sagte sie. »Es ist einfach …« Sie verstummte.

»Was hast du?«, fragte Sharkey.

»Ich weiß auch nicht«, erwiderte Jude. »Ich fühle mich … irgendwie komisch.«

»Vielleicht solltest du dich kurz hinsetzen«, schlug Sharkey vor.

Jude wollte etwas erwidern, aber plötzlich hatte sie den Mund voller Nägel. Sie stachen ihr in die Zunge und in die Wangen, als sie sie ausspucken wollte, und ihr Mund füllte sich immer wieder von Neuem mit Nägeln. Sie nahm undeutlich wahr, wie Sharkey sie an der Schulter packte und etwas zu ihr sagte, aber sie konnte sich nur darauf konzentrieren, nicht an der schier endlosen Flut von Nägeln zu ersticken. Endlich war es vorüber und Jude wischte sich keuchend das Blut von den Lippen.

Da siehst du es, sagte Ivory leise. *Ich habe dir ja gesagt, dass es nicht ohne Folgen bleibt.*

»Was zum Teufel war das denn?«, fragte Sharkey und blickte auf die blutigen Nägel.

»Ivory meint, der menschliche Körper wehrt sich gegen Geister, die von ihm Besitz ergriffen haben«, sagte Jude. »Es gibt offenbar Begleiterscheinungen.«

Ihr Mund schmeckte nach Eisen und Blut.

»Wir sollten aufbrechen«, sagte das Phantom und musterte

sie prüfend. »Der Black Bayou ist ein gottverlassener Ort. Ich würde es unter keinen Umständen riskieren, mich dort nach Einbruch der Dunkelheit aufzuhalten.«

Ausgezeichnet, sagte Ivory, und Jude spürte ihre Schadenfreude. *Es ist doch wirklich sehr praktisch, dass André eine Schwäche für dich hat. Sonst hätte ich ihn nie und nimmer dazu bringen können, mir zu helfen, nicht mal durch Erpressung.*

Was soll das denn heißen?, fragte Jude.

Bist du wirklich so naiv? André Majstro – das Phantom von Moonfleet höchstpersönlich, das Monster, das sich um nichts und niemanden schert – hat sein Herz ausgerechnet für dich entdeckt, eine schmuddelige Angehörige des Lumpenpacks, einen Niemand. Ivorys Stimme triefte vor Verachtung. *Bisher war mir das Ausmaß seiner Zuneigung nicht klar, noch welcher Art sie ist und warum er überhaupt so empfindet, aber ich war mir ziemlich sicher, dass er etwas in dir sieht. Mein Instinkt hat mich nicht getäuscht.*

So ein Schwachsinn, erwiderte Jude. *Ich glaube, er kann mich nicht mal besonders leiden. Er mag einfach Jazz, mehr nicht.*

Ja, aber warum hat er gerade dich ausgesucht?, fragte Ivory. *Kam dir das nie merkwürdig vor? In Baton Noir gibt es begabte Musiker wie Sand am Meer. Warum hat er sich ausgerechnet für dich entschieden?*

Jude schwieg. Natürlich hatte sie sich darüber gewundert, aber er hatte ihr den Job zu einem idealen Zeitpunkt angeboten und ihr regelmäßige Einkünfte gesichert, als sie das Geld besonders dringend brauchte. Daher hatte sie lieber nicht genauer und gründlicher über sein Angebot nachgedacht.

Du irrst dich, sagte Jude.

André Majstro ist ein alter Bekannter, sagte Ivory. *Ich kannte ihn schon, als du noch nicht einmal geboren warst. Glaub mir, ich weiß, wovon ich rede.*

Wieder und wieder ging Jude durch den Kopf, was Ivory gesagt hatte. Obwohl sie keine Sekunde lang glaubte, das Phantom könnte eine Schwäche für sie haben, fiel ihr unwillkürlich ihr Vater ein, der darauf beharrt hatte, dass sie einen Preis zahlen müsse und es etwas gebe, was das Phantom von ihr wolle. Sie fragte sich mit einem Mal, ob er damit am Ende nicht doch recht gehabt hatte.

Kapitel 16

Eine halbe Stunde später waren sie an Bord des Raddampfers, den Jude schon häufig am Kanalufer hatte liegen sehen. Obwohl das Schiff früher einmal prächtig gewesen sein musste, sah es inzwischen von innen genauso heruntergekommen aus wie von außen. Das Boot stammte noch aus Vorkriegszeiten, als Musik der einzige Gott war, dem man am Razzmatazz River huldigte. Ollin war ein Musikliebhaber und eng mit Papa Louis, dem Legba der Musik, befreundet. Krags bester Freund war hingegen Ira, Legba des Chaos und der Stürme. Nach dem Krieg war das einstige Jazz Quarter in Hurricane Quarter umbenannt worden und wurde seither mit entmutigender Regelmäßigkeit von Stürmen heimgesucht.

Jude hatte es immer als ein Zeichen der Widerstandskraft von Baton Noir gedeutet, dass nicht einmal Iras Stürme die Party für längere Zeit verhindern konnten. Dem Blues Quarter war es allerdings noch schlimmer ergangen. Als daraus das Ruby Quarter der Vampire wurde, schlossen die meisten Spelunken und Jazzclubs und stattdessen öffneten die vielen Mitternachtsrestaurants und Spielhöllen, für die das Viertel inzwischen bekannt war.

An Bord des alten Raddampfers sah Jude sofort, dass es von

einem Musikliebhaber ausgestattet worden war. Porträts berühmter Jazzmusiker schmückten die Wände, in die Holzgeländer waren Noten geschnitzt und die Vertäfelungen zierten Drucke von Trompeten. Überall fanden sich Zeichen der Verehrung für Papa Louis, Bronzestatuen, Ölgemälde und Schnitzereien stellten ihn und die Musik dar. Alles war jedoch beschädigt und abgenutzt, schmutzig und vernachlässigt.

»Ihr könnt euch überall umsehen«, sagte das Phantom. »Nehmt euch aber vor dem Pool in der ersten Klasse in Acht. Das letzte Mal, als ich dort unten war, hat es von Ratten nur so gewimmelt.«

Jude schauderte. »Vielleicht bleiben wir einfach hier oben an Deck.«

Es dauerte eine Weile, durch die neonerleuchteten Industriegebiete des Meatpacking Districts zu schippern. Das Phantom stand am Steuerrad und Jude und Sharkey saßen auf dem rostigen Tisch davor und sahen die Landschaft vorbeigleiten.

Außerhalb der bewohnten Gebiete bestand sie ausschließlich aus Sumpfbäumen und Cajou-Efeu – mit Ausnahme eines einzigen Mannes, der am Ufer stand und sie unverwandt ansah. Er trug einen Zylinder, eine Weste und zog lässig an einer Zigarette, während sich das Licht in seinen Brillengläsern spiegelte.

Jude versetzte Sharkey einen leichten Rippenstoß. »Siehst du den Mann dort drüben?«, fragte sie und deutete zum Ufer.

Sharkey, der direkt in diese Richtung blickte, schüttelte den Kopf. »Ich sehe niemand.«

»Das habe ich befürchtet«, erwiderte Jude. »Ich glaube, dort steht Baron Lukah.«

Sie konnte seinen Augen hinter den getönten Brillengläsern nicht erkennen, war sich aber dennoch sicher, dass er sie ansah.

Kurz darauf hob er eine Hand, deutete auf seine Augen und zeigte dann langsam auf Jude.

Ich kann dich sehen …

Ich weiß, dass du da bist …

Jude spürte, wie Ivory zusammenzuckte.

Baron Lukah wartet auf dich, richtig?, Jude ließ den Legba nicht aus den Augen, bis das Schiff um eine Flussbiegung tuckerte und er aus ihrer Sicht verschwand. *Deswegen hat er mich gestern im Fountain District beobachtet.*

Er hält Ausschau nach mir, bestätigte Ivory. *Er weiß, dass ich ihm entwischt bin.*

Wieder fröstelte Jude. Jetzt war ihr auch noch der Legba des Todes auf den Fersen. Das hatte ihr gerade noch gefehlt.

Wie soll das eigentlich weitergehen?, fragte sie. *Will er dir einfach die ganze Zeit folgen oder was?*

Schließlich waren die meisten Menschen nicht bereit, zu sterben, wenn die Zeit gekommen war, aber das hieß ja nicht, dass sie ihrem Schicksal entrinnen konnten.

Lass Baron Lukah meine Sorge sein, sagte Ivory.

Jude gab sich alle Mühe, nicht mehr an den Legba des Todes zu denken, und bald hatten sie den Black Bayou erreicht. Die Landschaft war völlig anders als in Firefly Swamps, Jude alter Heimat. Dort hatten die Glühwürmchen alles hell erleuchtet, hier hingegen, am Black Bayou, war das Licht selbst tagsüber fahl und trostlos. Ein großes, dunkles Sumpfgebiet, überwuchert von alten Bäumen, kriechendem Moos und herabhängenden Cajou-Ranken.

Sharkey pfiff leise durch die Zähne. »Was für ein gottverlassener Ort.«

Jude war schon einmal bis zum Black Bayou gegangen, hatte sich aber, wie jeder vernünftige Mensch, nie tiefer hineingewagt. Zum einen war es kein gewöhnlicher Sumpf. Es hieß, dass während des Krieges selbst der Himmel angesichts der schrecklichen Grausamkeiten in Burnt Bones Country gezittert und gebebt habe. Sogar die Feuerteufel hatten seinerzeit die Flucht ergriffen. Schließlich hatte sich die Lage so zugespitzt, dass Sheba, die Legba der Albträume, vom Himmel in den Black Bayou gestürzt und eins mit dem Sumpf geworden war. Seither war der Ort verändert und sonderbar.

»Nimm dich in Acht vor dem Cajou-Efeu«, murmelte Jude, als eine Ranke verstohlen an der Reling entlang auf sie zugekrochen kam. Sie trat mit dem Gummistiefel nach dem Eindringling, der sich schnell verzog, aber höchstwahrscheinlich schlich das hinterhältige Gewächs sofort wieder heran, sobald sie den Blick abwandten.

Durch die Baumkronen drang kaum Licht, und sie mussten im Schatten umherspähen, um den Lauf des Wassers zu erkennen, das sich spiralförmig in alle möglichen Richtungen verzweigte.

»Wie sollen wir da je den richtigen Weg finden?«, fragte sie.

»Ich hab mal gehört, dass man sich den Wunschbrunnen genau vorstellen muss, wenn man eine Münze reinwerfen will«, sagte Sharkey. »Auf diese Weise findest du hin.«

»Das hab ich auch schon gehört, aber wir wollen ja schließlich kein Geld in den Brunnen werfen«, gab Jude zurück. »Die Methode können wir also vergessen, oder?«

Das Sumpfgebiet des Black Bayou erstreckte sich meilenweit um Baton Noir und vermutlich hatte es noch niemand richtig erforscht. Zwar hatten ein paar tollkühne Abenteurer einmal den Versuch unternommen, das Gebiet zu kartografieren, doch der Weg der Wasserläufe änderte sich offenbar von einem Tag zum anderen und mit den Bäumen und anderen Messpunkten war es genauso. Da das Sumpfgebiet im Wesentlichen ein großer See war, der nirgendwo hinführte, gab es auch keinen Grund, sich hineinzuwagen, es sei denn, jemand wollte zum Wunschbrunnen.

In der brütenden Hitze strömte Jude bald der Schweiß über den Rücken und ihre Hände waren schwitzig. Das durchdringende Quaken der Sumpffrösche klang ihr in den Ohren, es roch feucht und süß nach Fäulnis. Als der Raddampfer allmählich tiefer in den Sumpf hineinfuhr, bemerkte Jude, dass an den Ästen der alten Bäume, genau wie an den Bäumen längs des Squid Ink Canals, Objekte schwarzer Magie hingen – diesmal allerdings keine Zombiepuppen, sondern Skelettpuppen und Schrumpfköpfe.

Skelettpuppen waren wie Cajou-Puppen, nur war ihr Zweck erheblich finsterer. Skelettpuppen stellte man nicht her, wenn man jemanden verhexen oder verfluchen wollte, sondern nur, wenn man ihm den Tod wünschte. Die handgroßen Puppen baumelten an den Ästen, und ihre bleichen Knochen klirrten und klapperten, während die grinsenden Schädel in der leichten Brise schaukelten.

Die Schrumpfköpfe mit den zusammengenähten Augen und Lippen, der straff gespannten Haut und den hervorstehenden Kiefern sahen allerdings noch schrecklicher aus. Angeblich, so lautete eine Cajou-Legende, musste man den Kopf seines Feindes sofort nach dessen Tod schrumpfen, um sich vor seinem rachsüchtigen Geist zu schützen. Die entstellten und seltsamen Gesichter sahen kaum noch menschlich aus, und Jude überlief es kalt, als sie daran vorbeifuhren. Manchen Schrumpfköpfen hatte man das Haar am Kopf festgenäht. Es war zu langen Zöpfen geflochten, in denen Charms und Perlen steckten, oder stand in der feuchten Hitze in kleinen, flaumigen schwarzen Büscheln von den Köpfen ab.

»Wie barbarisch«, murmelte Sharkey.

Jude gab sich Mühe, ausschließlich an den Wunschbrunnen zu denken, was gar nicht so einfach war, weil sie ständig glaubte, etwas Dunkles, Glänzendes zwischen den Bäumen umherhuschen zu sehen.

»Sieht das noch jemand außer mir?«, fragte sie.

»Was denn?«

»Dort drüben.« Sie deutete auf ein etwas festeres Bodenstück.

»Vielleicht Alligatoren«, sagte Sharkey, zweifelnd. »Im Bayou gibt es massenweise davon. Und natürlich Schildkröten, Frösche, Vögel ...«

»Nein«, sagte das Phantom hinter ihnen am Steuer. »Das sind Albträume.«

»Albträume?«, wiederholte Jude. Von Shebas Albträumen hatte sie bereits gehört und bisher gehofft, dass es sich dabei eher um Fantasiegeschichten handelte. Sie stöhnte. »Existieren die wirklich?«

»Allerdings», sagte das Phantom. »Hörst du sie nicht?«

Jude lauschte und vernahm nach einer Weile ein anderes Geräusch neben den klappernden Skelettpuppen, den Seufzern der Bäume und dem gurgelnden Kielwasser. Erst dann fiel ihr auf, dass das Quaken der Frösche verstummt war und stattdessen ein hohes, verzerrtes Summen ertönte, von dem sie sofort Kopfschmerzen bekam.

»Da ist einer.« Sharkey deutete hinüber, und Jude erhaschte gerade noch einen kurzen Blick auf ein Wesen mit vielen Tentakeln, das leise platschend im Wasser verschwand.

Jude spähte angestrengt über die Reling hinab. Die Albträume konnten überall im Wasser verborgen sein. Unter der trüben Oberfläche war nichts zu sehen, aber hin und wieder kräuselte sich das Wasser und eine Finne blitzte auf oder ein borstiges Maul erschien aus der Tiefe.

»Lasst euch bloß nicht von ihnen berühren«, befahl das Phantom. »Sie fressen sich den Bauch voll mit den Albträumen, die ihr schon habt, und geben euch dafür neue. Und Vorsicht, manche können auch fliegen.«

Er hatte den Satz kaum beendet, als Jude die seltsam krummen Gestalten zwischen den Bäumen flattern sah. Die Wesen flogen derart schnell, dass sie nur schwer zu erkennen waren; ihre Bewegungen waren abgehackt und unnatürlich. In einem Punkt war sich Jude immerhin sicher: Sie waren alle deformiert, hatten zwei Köpfe, sonderbar glatte, nackte Haut und jede Menge Zähne.

»Konzentrier dich lieber auf den Brunnen«, sagte Sharkey. »So intensiv wie möglich.«

Jude bot ihre ganze Energie auf, um sich den Wunschbrunnen des Teufels vorzustellen.

Doch es war vergebens. Der Black Bayou hatte sie entdeckt und behielt sie im Auge, er spähte forschend nach ihnen aus, reagierte auf sie, wunderte sich über ihre Anwesenheit. Efeuranken schlängelten sich von den Bäumen herab, reckten sich nach dem Schiff, und Jude und Sharkey mussten notgedrungen von der Reling zurückzuweichen. Im dunklen Wasser bildeten sich schäumende Strudel, als schlüge ein unsichtbares Ungeheuer unter der Oberfläche wild um sich. Die Efeuranken schlangen sich um die Schaufelräder, wanden sich in die Speichen hinein wie eine große Hand, die sich fest zupackend schließt; das Schiff protestierte ächzend, und das Phantom war gezwungen, den Motor abzustellen. Er trat aus dem Steuerhaus und stellte sich neben Jude und Sharkey.

»Nichts zu machen«, sagte er. »Der Sumpf hat uns gefangen.«

Kapitel 17

Der Bayou lebt, flüsterte Ivory. *Vielleicht ist er neugierig auf dich.*

Und dann, ganz plötzlich, trat unnatürliche Stille ein – die Baumfrösche, das Brummen der Albträume, das Rascheln der Ranken, das Klappern der Skelettpuppen und das Rauschen des Wassers, alles verstummte mit einem Mal, wie ausgeknipst.

»Da drüben ist einer!« rief Sharkey und wies mit dem Finger zu den Rettungsbooten.

Ein schauriges Wesen hockte dort, auf dem Rand eines Rettungsbootes. Halb Vogel und halb Reptil, mit knochigem Schuppenleib, schwarzem, in scharfe Klauen auslaufendem Gefieder und einem grausamen Krummschnabel an jedem seiner beiden Schakalköpfe. Am schlimmsten waren jedoch die vielen Augen an jedem Kopf, so milchig und blind wie die einer uralten Spinne.

Der Albtraum klappte beide Schnäbel auf, als wolle er sie anzischen, aber stattdessen setzte das tiefe Brummen wieder ein. Jude spürte einen heftigen Druck hinter den Augäpfeln und ihre Kopfschmerzen wurden immer unerträglicher.

Dann hob der Albtraum unversehens eine seiner Klauen und grub ein blindes Auge nach dem anderen aus seinem Kopf. Sie fielen mit einem schrecklichen, feuchten Plopp ins Rettungsboot und rollten wie Murmeln darin herum.

»Was ... was soll das?«, fragte Sharkey wie gelähmt vor Schreck.

Er erhielt keine Antwort, denn ein anderer Albtraum kam herangeflattert und landete mit dumpfem Geräusch an Deck. Zwei weitere hatten sich mit ihren Tentakeln an der Bootswand hochgehangelt und fielen ausgespreizt und mit nassem Klatschen auf die Planken. Die Albträume boten einen ekelhaften Anblick, ein Gemisch aus Zähnen, Saugrüsseln und Kiefern, und ihr misstönendes Brummen schwoll an.

Jude warf einen Blick zum Steuerhaus. Vielleicht waren sie dort geschützt. Aber ein dichtes Gestrüpp aus Efeuranken hatte bereits die Tür überwuchert. Sie ließ sich nicht mehr schließen.

»Wir sitzen in der Falle«, sagte das Phantom. »Wir sollten ...«

In diesem Augenblick peitschte einer der Albträume mit einem Tentakel nach Sharkey, schlang es ihm um den Knöchel, holte ihn mit einem Ruck von den Beinen und schleifte ihn vor Schmerzen brüllend über das Deck.

Jude wollte eingreifen, aber das Phantom hielt sie zurück.

»Warte«, sagte er. »Wir sollten erst ...«

Jude riss sich los und rannte zu Sharkey. Das Wesen war bereits dicht an sein Gesicht herangerutscht und schlang die Tentakel um seine Kehle. Mit feuchtem Schmatzen saugten sich die Näpfe fest. Sharkey schrie auf, während das Wesen sich schlabbernd und schmatzend an seinem Ohr zu schaffen machte. Kurz darauf zog es einen langen Faden daraus hervor, der erst wie Speichel aussah und sich dann in eine große, fette Blase verwandelte, in deren Innerem Bilder umherhuschten.

In der Blase konnte Jude Sharkey erkennen, der das Saxofon an die Lippen setzte. Kein Geräusch war zu hören, aber jedes

Mal, wenn er zu spielen versuchte, schien er nicht mehr zu wissen, wie es ging. Von diesem ständig wiederkehrenden Albtraum hatte ihr Sharkey schon erzählt.

Jude bückte sich, zerrte das Wesen von ihrem Freund weg und schleuderte es über Bord. Doch da kam bereits der nächste Albtraum herangeschlüpft, dem sie einen kräftigen Tritt mit den Gummistiefeln versetzte. Sie traf ein fleischiges Weichteil, und ein schreckliches, zermalmendes Geräusch ertönte. Statt in hohem Bogen ins Wasser zu fliegen, platzte der Albtraum auf und vervielfältigte sich.

»Was zum ...«

»Wenn du zuschlägst, vermehren sie sich«, sagte das Phantom neben ihr.

Einer der Albträume legte jetzt sein weit geöffnetes Maul um Sharkeys Bein und riss ein großes Stück Fleisch heraus. Sein Schmerzensschrei ging Jude durch Mark und Bein. Sie packte den Albtraum und warf ihn über Bord, aber zu spät. Mehr und mehr Wesen rutschten über Deck auf sie zu. Die Falle schnappte zu.

»Wie werden wir sie los?«, fragte Jude.

»Gar nicht«, sagte eine weibliche Stimme.

Jude sah auf und bemerkte eine Frau im dunkelblauen Abendkleid, die auf der Reling saß und lässig mit den Beinen baumelte. Sie war schön, wirkte aber zugleich böse und wahnsinnig. Jude erkannte es an ihrem Blick, dem leicht verzerrten Mund und dem sonderbar lispelnden Singsang ihres Tonfalls.

»Wer bist du?«, fragte sie.

»Mit wem sprichst du?«, wollte das Phantom wissen.

»Mit der Frau auf der Reling.«

»Da ist niemand«, erwiderte er.

Jude begriff, dass sie eine Legba sah.

»Du bist Sheba, richtig?«, sagte sie.

»Stimmt genau«, gab die Legba der Albträume zurück.

Da legte sich Beau mit einem Mal um Judes Schultern und sofort stieg ein Bild vor ihrem geistigen Auge auf – die Vision einer Schlange, die mit weit aufgeklapptem Maul einen ganzen Albtraum verschluckte.

In diesem Augenblick stürzte sich eines der Wesen mit einem Satz auf die Brust des Phantoms. Blitzschnell schoss Judes Hand vor und erwischte den Albtraum mitten in der Luft an einem Tentakel. »Hör auf!«, rief sie, und ihre Stimme hallte über den ganzen Sumpf.

Der Angriff war blitzschnell erfolgt. Wie zum Teufel hatte sie den Albtraum überhaupt erwischen können? Hatte sie vielleicht Beaus besondere Schlangengaben angezapft? Trotz ihrer Angst spürte Jude jedenfalls deutlich, wie aufgeregt die Schlange war, während sie den teuflischen Albtraum musterte, der mit seinen schlüpfrigen, schleimigen Tentakeln in ihrem festen Griff baumelte. Sie wusste, was Beau von ihr wollte, und warf ihm den Albtraum mit einer geschickten Bewegung zu.

Mit hörbarem *Knack!* riss Beau das Maul sperrangelweit auf und fing das Wesen darin. Es zappelte und die Tentakel zuckten wie wild, was Beau aber nicht daran hinderte, es gierig herunterzuschlucken. Jude spürte auf ihren Schultern den Albtraum in Beaus angeschwollenem Leib weiterzucken.

Sheba schnippte mit den Fingern. Die Albträume, die immer näher herangekrochen, verharrten und ihre Tentakel krümmten sich. Langsam ließ sich die Legba von der Reling herab, bis ihre nackten Füße das Deck berührten und der Saum ihres langen Kleides auf ihre Knöchel fiel.

»Eine Cajou-Queen!«, rief sie aus. »Ausgerechnet hier, in unserem armseligen Bayou! Wir fühlen uns äußerst geehrt von dem hohen Besuch, nicht wahr, meine lieben Kleinen?« Ein Albtraum schlängelte sich an ihrem Bein zu ihrem Arm hinauf. Sie drückte ihn zärtlich an sich, betrachtete ihn voller Mutterstolz. »Deine Schlange ist groß und mächtig«, sagte die Legba. »Aber sie kann nicht alle meine Albträume auffressen. Es sind Aberhunderte.«

Jude stellte fest, dass mittlerweile noch mehr Albträume aufgetaucht waren. Die fliegenden unter ihnen ordneten ihr Gefieder und breiteten, auf der Reling oder den tiefhängenden Ästen hockend, die ledrigen Flügel aus.

»Wir wollen nichts Böses«, sagte Jude, ging mit ausgestreckten Händen auf die Legba zu, einer, wie sie hoffte, friedlichen Geste. »Wir suchen nur nach dem Wunschbrunnen des Teufels.«

»Ah, der Teufel«, sagte Sheba, und im eigenartig fahlen Licht des Sumpfes glitzerten ihre Augen violett. »Der Sumpfteufel leuchtet allen den Weg, die einen Handel mit ihm abschließen oder ihm eine Münze zurückbringen wollen. Aber da niemand von euch einen Handel mit ihm abschließen möchte und ihr keine Münze bei euch habt, werdet ihr nicht zum Wunschbrunnen finden.«

»Wieso glaubst du, dass wir keinen Handel mit ihm schließen wollen?«, fragte Jude und trat näher an die Legba heran. »Oder keine Münze bei uns haben?«

»Sonst hättet ihr nicht zu mir gefunden«, sagte Sheba. »Die zutiefst Verzweifelten gehen zum Wunschbrunnen. Alle anderen gehören mir. So lautet unsere Absprache.«

»In dem Fall wäre es am besten, wenn du uns gehen lässt«, sagte Jude. Sie stand jetzt an der Reling neben der Legba und war ihr so nahe, dass sie die schwarzen Flecken in Shebas lila Augen sah. »Wir sind nicht deinetwegen hier. Und du willst doch bestimmt nicht gegen deinen Teil der Abmachung verstoßen?«

»Das stimmt«, erwiderte Sheba. Sie musterte Jude eingehend und baute sich dann vor ihr auf. »Aber deine Schlange hat eins meiner Kinder gefressen, deswegen bist du mir noch etwas schuldig, Mädchen.«

Jude war sofort auf der Hut. »Was kann ich dir denn geben?«

»Es geht nicht darum, was du mir gibst«, sagte die Legba mit seidenglatter Stimme. »Sondern um das, was du noch mitnehmen darfst.«

Jude runzelte die Stirn. » Aber …«

Weiter kam sie nicht, denn Sheba hatte sie am Arm gepackt, hievte sie mit übermenschlicher Kraft über die Reling und schleuderte sie in das schlammige Wasser.

Kapitel 18

Ihr Sturz dauerte endlos lange. Jude dachte an Daryl und dass er damals, kurz vor seinem Tod, genau dasselbe empfunden haben musste wie sie jetzt, dieselbe unsagbar große Angst, bevor er im Sumpf untergegangen war.

Der Aufprall im Wasser war wie ein Schlag in die Magengrube und sie bekam keine Luft mehr. Gierige Finger umschlangen sie und zogen sie zu sich hinunter in die Tiefe. Sie nahm undeutlich wahr, dass sie Beau nicht mehr auf den Schultern spürte, vermutlich hatte er sich wieder in die sichere Welt der Geister zurückgezogen.

Sie war völlig orientierungslos, hätte nicht sagen können, wo oben oder unten war. Die gesamte Welt bestand nur noch aus Wasser, so trübe und voller Algen, dass Jude kaum noch etwas erkennen konnte. Sie schlug wild um sich, streifte dabei den rostigen Schiffsrumpf. Etwas Schuppiges glitt an ihrem Bein entlang und eine Finnenspitze stach sie in den Ellenbogen. Im Wasser waren noch andere Wesen. Entsetzliche Albträume, die sie schon an Deck mit Sheba gesehen hatte. Sogar das Wasser war zähflüssig und schleimig und so warm, als befände sie sich im Bauch eines riesigen Ungeheuers, inmitten seiner Magensäfte, die sie bald zersetzt haben würden, mit Haut, Haaren und Seele.

Jude strampelte und bekam den Kopf wieder über Wasser. Sie holte tief Luft und ein Rettungsring vom Raddampfer landete platschend neben ihr. Sie griff danach, schöpfte wieder Hoffnung, aber in diesem Augenblick ringelte sich ein Tentakel um ihren Knöchel und riss sie mit einem Ruck wieder in die Tiefe. Der glatte Rettungsring rutschte ihr aus der Hand, und ein Luftblasenstrom stieg vor ihrem Gesicht auf, als sie abermals hinabgezogen wurde.

Etwas Weißes blitzte vor ihr auf, offenbar war Beau ganz nah bei ihr im Wasser. Die große Schlange schnellte zu ihrem Knöchel und griff den Tintenfischalbtraum an, der zurückwich und Jude freigab. Eng an sie gepresst versuchte Beau wie ein Schutzschild die Albträume fernzuhalten, doch es waren einfach zu viele. Der ganze Sumpf schien von ihnen zu wimmeln. Tentakel, Flossen, Mäuler, Barteln und glatte Reptilienhaut, alle hatten sie es nur auf Jude abgesehen und bedrängten sie im dunklen Wasser.

Jude spürte, wie Ivory die Kontrolle an sich riss und verzweifelt Wasser trat und herumruderte. Offenbar wollte auch sie um jeden Preis an die Oberfläche zurück. Ihre Bemühungen führten jedoch nur dazu, dass sie noch tiefer unter Wasser gerieten und Jude bereits mit den Händen die Gräser und Pflanzen im Flussbett streifte. Ivory legte Judes Hände um etwas Glattes, Kaltes und riss es aus dem Schlick.

Was machst du denn da?, fragte Jude wütend. *Willst du uns beide umbringen?*

Sie eroberte sich die Herrschaft über ihren Körper zurück und hatte es beinahe bis hinauf geschafft, als einer der Albträume sich an Beaus schützendem Leib vorbeizwängte. Es war ein kleineres Wesen, nicht größer als Judes Hand, und hatte Ähnlichkeit mit einem unförmigen, verkrümmten Fisch; seine

Krötenaugen quollen hervor, das fette Maul war vorgestülpt und der Leib bleich und ausgezehrt. Jude spürte den Albtraum an ihrem Nacken entlangstreichen und schlug nach ihm, bekam dabei kaum noch Luft und ihre Lungen brannten. Das Wesen glitt jedoch zwischen ihren Fingern hindurch und bohrte sich mit seinem zwiebelförmigen Kopf in ihr Ohr.

Sie schnappte vor Entsetzen nach Luft. Das zähflüssige Wasser des Bayou strömte ihr in den Mund und die Kehle herab, als würde sie Schlamm oder Sand trinken, aber das war nebensächlich im Vergleich zu den unerträglichen Schmerzen, die dieser Albtraum verursachte, der sich nach und nach in ihren Kopf hineinzwang.

Es fühlte sich an, als würde man ihr das halbe Gesicht wegreißen und die Hand verbrennen. Flossen zogen, Zähne knabberten, und Jude war überzeugt, dass der Albtraum ihr Ohr und ihr Hirn zerstören würde, aber das Wasser in ihren Lungen machte es ihr unmöglich, zu denken. Plötzlich war sie sicher, Sheba hier unten auf dem Flussboden lachen zu hören. Im Wasser klang ihre Stimme verzerrt und dumpf.

Ich werde in diesem Bayou sterben, dachte sie ohne jede Hoffnung und mit einem Mal äußerst klar und deutlich. *Ertrunken und von Ungeheuern zerfetzt. Genau wie Daryl.*

Für einen Augenblick glaubte sie sogar, ihren Bruder hier unten zu sehen. Er trug zur Feier ihres Geburtstages immer noch die Fliege, aber die eine Hälfte seines Gesichts hatten die Alligatoren bereits gefressen, und ein Grinsen breitete sich auf seinem skelettierten Schädel aus, als er ihr eine knochige Hand reichte ...

In einem Strom von Luftbläschen landete jemand neben ihr. Jude sah die rote Maske. Es war das Phantom. Er streckte einen Arm nach ihr aus, drückte sie fest an sich, und kurz darauf stieß Judes Kopf durch die Oberfläche. Dann schob er sie an der

Bootswand hinauf in eines der Rettungsboote, und sie fiel mit dumpfem Aufprall hinein. Über den Holzboden rollten die Augäpfel des Albtraums.

Sharkey war ebenfalls da, starrte sie bleich an und umklammerte die Wunde an seinem Bein. Jude legte die Hand ans Ohr, in das der Albtraum sich hineingegraben hatte, darauf gefasst, Blut und rohes Fleisch zu ertasten, vielleicht sogar einen glatten Schädelknochen unter der aufgerissenen Haut. Aber die Haut war unversehrt, und ihr Haar war zwar verklebt, aber das lag am schlammigen Sumpfwasser. Sie wollte etwas sagen, hustete aber nur schmieriges Zeug heraus und würgte leicht, als sie das ranzige Wasser des Bayou auf der Zunge schmeckte.

Das Phantom hievte sich ebenfalls an Bord, was das Boot in eine gefährliche Schieflage brachte. Durch die Bewegung verrutschte außerdem seine Maske, und er griff verzweifelt danach. Sie fiel zu Boden und rutschte in Judes Richtung. Unwillkürlich blickte sie zu ihrem Retter hinüber, aber er hatte sich bereits abgewandt und eine Hand schützend vors Gesicht gelegt. Mit der anderen Hand tastete er blind nach der Maske. Sein Hemd war zerrissen, und Jude sah, dass der gesamte Unterarm von bösartig aussehenden Brandnarben bedeckt war.

»Meine Maske«, sagte er heiser. Seine Hand zitterte leicht. »Bitte gib sie mir.«

Hastig hob Jude die Maske auf und legte sie in seine ausgestreckte Hand. Er setzte sie augenblicklich auf, und als er sich wieder zu ihr umdrehte, sah Jude den Albtraum in seinem Nacken.

Sie stieß einen Warnruf aus, aber es war bereits zu spät. Das Wesen hatte sich festgesogen und zog eine Blase aus dem Ohr des Phantoms, genau wie bei Sharkey. Das Phantom packte den Albtraum und schleuderte ihn ins Wasser, aber Jude hatte das

Bild in der Blase noch erkannt. Sie wich ungläubig zurück. War das wirklich einer seiner Albträume? Das ergab doch überhaupt keinen Sinn. Aber gerade jetzt durfte sie keinen Gedanken daran verschwenden. Sie presste die Hände an ihren schmerzenden Kopf.

»Was hast du?«, fragte er.

»Ich dachte ... ich dachte der Albtraum hätte es irgendwie geschafft ...«

Keuchend brach sie mitten im Satz ab, als ein wilder Schmerz wie ein Feuerwerk in ihrem Kopf explodierte. Sie taumelte rückwärts, und nur die Hand des Phantoms an ihrer Schulter verhinderte, dass sie zurück ins Wasser stürzte. Der Bayou wirbelte rings um sie, und sie konnte den Albtraum tatsächlich sehen, wie er sich in ihrem Kopf wand, das Maul mit den Barteln in alle Gehirnwindungen streckte und seine scharfen Flossen in empfindliche Nervenstränge drückte, die weiße glühende Sterne vor ihren Augen aufleuchten ließen.

»Sag mir, was du hast!«, befahl das Phantom.

Aber sie brachte keinen Ton heraus. Instinktiv wollte sie sich an das Phantom klammern, aber es war verschwunden. Schwankend hielt sie sich irgendwie aufrecht, und dann stand sie unversehens in Sofias Laden, wo Hexen ihre Privatzauber sprachen.

Belle war ebenfalls da. Sie saß an einem Tisch und hatte ihre Karten vor sich ausgebreitet.

»Keine Sorge«, sagte sie. »Ich habe Krags Karte herausgenommen.« Sie zeigte Jude die Karte und steckte sie dann zwischen die Seiten eines großen Zauberbuches, das neben ihr lag.

»Was?« Stirnrunzelnd bemühte sich Jude, irgendwie zu begreifen, was vor sich ging.

»Ich möchte nur von den guten Dingen erzählen, die ich in

den Karten lese«, fuhr Belle fort. Sie warf Jude einen Blick zu. »Na komm schon, setz dich zu mir.«

Jude wollte eigentlich erwidern, dass sie sich weder hinsetzen noch ihre Karten gelesen haben wollte. Ihre Beine hatten sich jedoch selbstständig gemacht, gingen zum Tisch hinüber und sie nahm gehorsam Platz. Zugleich sprang Belles Katze Dazzle mit einem Satz auf den Tisch, ließ sich hoheitsvoll auf dem Zauberbuch nieder und betrachtete alles mit Augen, die so sagenhaft blau und schön waren wie die von Belle.

»Beschäftigen wir uns erst mal mit deinem Liebesleben«, sagte Belle.

Jude dachte sofort an Leeroys grausame Hände und seine noch grausameren Worte. Sie schüttelte sich. »Nicht nötig, besten Dank.«

»Unsinn, Jude«, erwiderte Belle. »Jedes Mädchen sehnt sich nach einem, der sie liebt.«

Sie legte drei Karten auf dem Tisch aus. Als sie die erste aufdeckte, war es genau die Karte, mit der niemand gerechnet hatte, die Karte, die Belle aus dem Spiel genommen hatte – Krag, der Prinz der kalten Legba.

»Cooler Trick«, sagte Jude. »Wie hast du die Karte aus dem Buch herausgekriegt?«

Dazzle saß nach wie vor auf dem dicken Zauberbuch und beobachtete sie reglos.

Belle starrte ungläubig auf die Karte. Sie war kreidebleich. »Das war kein Trick«, sagte sie.

Sie streckte die Hand aus und deckte rasch die beiden anderen Karten auf. Sie zeigten zwei weitere Krags und sahen genauso aus wie die erste Karte.

Anscheinend ist das Spiel so eine Art Scherzartikel, dachte Jude.

Belle sah sie skeptisch an. »Eine große und starke Liebe steht in deinen Sternen«, sagte sie. »Aber dein Seelengefährte ist von einer schrecklichen Finsternis erfüllt. Eine, die ihn zerstören und in die er die ganze Welt mit sich hinabreißen könnte.«

Gerade als Jude überlegte, ob sie Belle vielleicht darauf hinweisen sollte, dass sie eigentlich nur die guten Sachen erzählen wollte, nahm sie aus den Augenwinkeln eine Bewegung im Spiegel wahr. Sie blickte auf und meinte, einen geschmeidigen, muskulösen Pferdeleib darin vorüberpreschen zu sehen. Aber das war ausgeschlossen. Pferde waren in Baton Noir schon seit langer Zeit verboten.

Sie schüttelte den Kopf. Das musste eine Täuschung sein. Alles hier war nichts als ein Täuschungsmanöver der Schatten.

»Es gibt keine Seelengefährten«, sagte sie und musterte Krags Karten auf dem Tisch.

Ihre Aufmerksamkeit galt weniger dem berüchtigten Legba als den Chaospferden, die sich dicht hinter ihm scharten – Geschöpfe mit schwarz glänzendem Fell, in deren Augen der Tod stand und aus deren Nüstern rote Flammen hervorzuckten. Jene fürchterlichen Bestien, die eines Tages das Ende der Welt auslösen würden.

Sie hörte ein Schnauben, sah auf und sprang so schnell auf die Füße, dass der Stuhl umkippte.

Da stand das große dunkle Pferd, unmittelbar hinter dem Spiegel. Aus seinen Nüstern züngelten rote Flammen und in den Augen des Tieres funkelte die schiere Niedertracht, als es sich allmählich näherte.

Jude wollte wegrennen, aber sie stand da wie angewurzelt.

Sie konnte sich nicht von der Stelle rühren, nicht einmal als die Bestie auf die Hinterläufe stieg, als das Glas unter ihren

Hufen zersplitterte und die Scherben in Judes Gesicht flogen und ihr die Augen und das Gesicht zerschnitten.

Blut stieg vor ihren Augen auf, machte sie blind, und sie hörte nur noch das Klappern der Hufe, als das Chaospferd sich gewaltsam durch den Spiegel in den Raum und in die Welt hineinzwängte.

Und es gab nichts, überhaupt nichts, was Jude dagegen tun konnte …

Kapitel 19

Zuerst spürte Jude die Kälte. Eine grimmige Kälte, die sie im ewig warmen Baton Noir niemals zuvor gespürt hatte. Verwirrt fragte sie sich, ob sie vielleicht tot oder gar bereits begraben war. Eine andere Erklärung konnte es nicht dafür geben, dass ihr unter der Haut und sogar in ihrem Kopf so kalt war.

Ihre Lider waren wie zugeklebt, aber nach einer Weile schaffte sie es doch, sie irgendwie zu öffnen. Sie lag auf einem durchgesessenen Sofa vor einem Kamin, in einem Zimmer, in dem sie noch nie gewesen war. Als sie sich aufsetzte, rührte sich auch Ivory in ihr, offenbar genauso wirr wie Jude selbst.

Moonfleet, murmelte Ivory. *Wir sind in Moonfleet.*

Jude sah sich um und musste Ivory recht geben. Obwohl sie das Zimmer noch nie gesehen hatte, wusste sie sofort, dass es zu Moonfleet Manor gehörte, denn die Fenster gingen auf den Park hinaus, und dort sah sie den Cajou-Baum und dahinter den Eulenturm. Jude stieß einen Seufzer der Erleichterung aus. Die Chaospferde, die sie soeben gesehen hatte, alles, was sich gerade abgespielt hatte, war also bloß ein weiterer Albtraum gewesen, den Shebas entsetzliche Geschöpfe in ihr ausgelöst hatten.

Sie befand sich in einem großen Zimmer, mit denselben absinthgrünen Bodenfliesen wie in der Eingangshalle und einem

Kamin aus schwarzem Cajou-Holz. Die Gesichter der Verdammten waren ins Holz geschnitzt. Sie blickten ängstlich drein oder verdrehten leidend die Augen und Jude überlief es kalt. Wieder hörte sie die Worte des Phantoms in ihrem Kopf: *von Wahnsinnigen erbaut …*

Die Wände waren mit Porträts geschmückt, und sämtliche Gesichter, die auf sie herunterblickten, waren unverkennbar Familienmitglieder der Majstros. Die Gemälde waren auffallend dunkel, bestanden aus grauen, grünen und schwarzen Klecksen, mit stürmischem Pinselstrich aufgetragen und zugleich seltsam still, als könnten sie jederzeit anfangen, sich in ihren Rahmen zu bewegen. Jude war überzeugt davon, dass die vielen Augenpaare sie genauestens betrachteten, und spürte ein leises Kribbeln. Die Majstros sahen alle auffallend gut aus, wie es bei Abkömmlingen häufig der Fall war, und die meisten von ihnen hatten dieselben dunkelgrauen Augen wie das Phantom.

Wie herbeigerufen von diesem Gedanken öffnete André die Tür und trat mit ein paar Kleidungsstücken auf dem Arm ein.

»Wie schön«, sagte er, als er sah, dass sie wach war. »Was mach –«

»Wo ist Sharkey?« unterbrach ihn Jude und rappelte sich etwas wacklig hoch.

Judes Latzhose war noch feucht von ihrem Sturz in den Sumpf. Deswegen war ihr so kalt und daher kam der durchdringende Geruch nach Fisch und Schlamm. Sie fühlte sich schmutzig, müde und klein.

»Er ist im St.-Germaine-Krankenhaus in der Praline Street«, erwiderte das Phantom. »Es geht ihm so weit ganz gut«, fügte er rasch hinzu. »Sie verarzten gerade sein Bein. Er muss ein oder zwei Tage dortbleiben.« Er deutete unbestimmt in ihre Richtung. »Tut mir leid wegen der nassen Kleidung. Paris ist nicht da und ich wollte mir nicht herausnehmen …« Er verstummte und klang zum ersten Mal etwas unsicher.

»Kein Problem«, sagte Jude rasch. »Selbst wenn sie hier gewesen wäre, hätte ich unter Garantie was dagegen gehabt, dass deine Freundin mich auszieht.«

»Paris wäre außer sich über diese Bezeichnung.«

»Dann eben deine … Gespielin.« Der giftige Ton in ihrer Stimme überraschte Jude selbst. Aber soeben war ihr der Albtraum eingefallen, den Shebas Wesen aus dem Phantom gesogen hatte, und plötzlich brodelte es in ihr. Sie wusste jetzt, dass er nicht aufrichtig gewesen war.

»Wir müssen über einiges sprechen«, sagte das Phantom und seufzte. Er legte den Stapel Kleidung auf einem Stuhl ab. »Zuerst solltest du dich aber umziehen.«

»Kann ich vorher kurz duschen?«, fragte Jude. Sie hatte sich noch nie so schmutzig gefühlt und in einem großen Haus wie Moonfleet gab es doch sicher Badezimmer in Hülle und Fülle.

Das Phantom zögerte. »Ich fürchte, das geht nicht.«

Jude verschränkte die Arme. »Und wieso nicht?«

»Im Augenblick sind die oberen Stockwerke nicht … nicht zugänglich«, sagte er.

Da hörte Jude das schwache Schluchzen von draußen, irgendwo außerhalb des Raums.

»Sitzt das Mädchen wieder auf der Treppe?«

»Es ist kein Mädchen«, gab er zurück.

Jude durchquerte rasch das Zimmer, vorbei am Phantom, und steckte den Kopf in den düsteren, langen Flur hinaus. Leuchter flackerten an den Wänden und ließen Lichtflecke über die Fliesen tanzen. Das Schluchzen war jetzt deutlicher, und diesmal hörte Jude auch jemanden sprechen – und unaufhörlich ein und denselben Satz wiederholen.

Warum hab ich das getan?
Warum? Warum?
Warum hab ich das getan?
Warum hab ich das getan?

»Für mich klingt das wie eine Mädchenstimme«, sagte Jude und sah das Phantom an.

»Es ist meine Schwester«, erwiderte er. »Violetta.«

Er winkte sie wieder ins Zimmer herein und schloss die Tür.

»Violetta!«, wiederholte Jude. »Aber Violetta Majstro hat doch auf dem Dachboden die Bediensteten gefoltert. Sie wurde gelyncht.«

Unwillkürlich blickte sie zum Fenster hinaus auf den dunklen Cajou-Baum, der seine krummen Äste wie dünne Spinnenbeine in die nachmittägliche Sonne streckte.

»Richtig«, bestätigte das Phantom. »Violetta musste sterben, und mein wahnsinniger Vater beschloss, den Cajou-Baum zu fällen, an dem man sie erhängt hat. Aber an derselben Stelle wuchs über Nacht ein neuer Baum. Er ließ sich nicht entfernen, verstehst du. Aus dem Holz des gefällten Baumes wurde anschließend die Doppeltreppe in der Eingangshalle angefertigt. Violettas Geist ist oft dort, auf den Stufen. An schlechten Tagen lässt sie keinen an sich vorbei, und heute ist so ein Tag. Und deswegen kannst du auch nicht duschen. Ich kann dir nur andere Kleider anbieten. Ich warte vor der Tür auf dich.«

Damit drehte er sich um und verließ das Zimmer.

Ist das wirklich Violetta auf den Stufen?, fragte Jude Ivory.

Ich glaube schon. Ein wilder und gequälter Geist, nach allem, was man so hört.

Jude schüttelte sich und wollte gerade nach dem Kleiderstapel greifen, als ihr Blick auf ein Gemälde fiel. Stirnrunzelnd trat sie näher heran. Ein junger Mann und zwei Mädchen waren darauf abgebildet, auf dem Rasen vor Moonfleet Manor. Am Datum erkannte Jude, dass das Bild vor sechzig Jahren entstanden war.

Das eine Mädchen auf der Leinwand war höchstens fünfzehn Jahre alt, sie war blass und hatte schulterlanges, hellblondes Haar. Sie sah sehr zart und schön aus, mit ihrem schmalen Gesicht und den Rosenlippen. Das Mädchen neben ihr war ungefähr sechs oder sieben Jahre alt. Hinter den beiden, die Hände auf ihre Schultern gelegt, stand ein Mann. Er war groß, schlank, dunkelhaarig und attraktiv. Obwohl er keine Maske trug, erkannte Jude ihn sofort an den grauen Augen, die sie aus der Leinwand anblickten. Sie schnappte nach Luft.

»Ist das etwa …?«

André, sagte Ivory. *Bevor er zum Phantom wurde.*

Jude starrte auf das Bild. Wie alle Majstros sah er unglaublich gut aus, und sie fragte sich, was wohl mit seinem Gesicht geschehen sein mochte, das er immer hinter der Maske verbarg.

Weißt du etwas darüber?, fragte sie Ivory.

Vielleicht hat er sich im Streit mit den Falschen angelegt, sagte die Cajou-Queen.

Jude blickte erneut auf das Gemälde. Die Art, wie er die Hände auf die Schultern der Mädchen legte, wirkte grimmig und beschützend – als hätte er Angst, dass sie ihm genommen werden könnten. Auch in seinen Augen lag ein eigentümlicher Ausdruck, resigniert und vorausahnend. Als sei er bereit, etwas Furchtbares hinzunehmen.

Auf dem Messingschild im Rahmen las Jude, dass die beiden Mädchen ebenfalls zur Familie gehörten. Von der jüngeren, Enid, hatte sie noch nie gehört. Vielleicht hatte sie die Stadt verlassen oder war schon vor Jahren gestorben. Die zweite Schwester war keine Unbekannte, jeder in Baton Noir wusste, wer sie war: Violetta Majstro, die Frau, die die entsetzlichen Verbrechen auf dem Dachboden begangen hatte.

Hartgesottene Polizeibeamte hatten offenbar Nervenzusammenbrüche erlitten, als sie das Verbrechen damals, vor vielen Jahren entdeckten. Grausam entstellte Leichen, verätzt durch Cajou-Säuren, denen man Fliegeneier in die offenen Wunden gesetzt hatte und Würmer, die sich in noch lebende Menschen bohrten. Einer Frau hatte man, so hieß es, alle Arme und Beine abgetrennt und Goldmünzen unter die Lider genäht. Ein Mann war an die Wand gekettet und aus einem Loch, das man ihm in den Schädel gebohrt hatte, ragte ein Stock, um »sein Hirn umzurühren«.

Die Majstros sind eine verrückte und bösartige Sippe, sagte Ivory, die Judes Gedanken las. *Kein Wunder. Sie gehören schließlich zu Krags Nachkommen. Ihre Niedertracht äußert sich bei jedem Familienmitglied unterschiedlich, aber jeder Einzelne von ihnen ist durch und durch böse, und manche verfallen noch dazu dem Mondwahnsinn. Wie zum Beispiel Julian Majstro dort drüben.*

Jude wandte sich von dem Gruppenbild ab, und ihr Blick wanderte zu dem Gemälde eines dunkelhaarigen Mannes in einem Anzug aus grauer Seide.

Er war ein Erpresser, ein Betrüger und ein Sklavenhändler, sagte Ivory.

Jude erinnerte sich an Ivorys Behauptung, dass der Tisch im Geisterzimmer stets für Julian gedeckt war. Wieder sah sie im Halbdunkel den Morgenmantel aufflattern und unter dem Saum blitzte ein knochiger Fuß hervor ...

Oder Dorian Majstro, fuhr Ivory fort. *Das ist der hübsche Mann mit dem Hut dort drüben, ein Pirat, ein Dieb und ein Spieler. Daneben steht Vincent Majstro, Schmuggler, Brandstifter, handelte mit Fleisch von –*

»Es reicht!«, flüsterte Jude. »Ich will nichts mehr hören.«

Aber ich habe dir noch gar nichts von dem besten aller Majstros erzählt, protestierte Ivory. *Dort in der Ecke –*

»Kannst du mal den Mund halten?«, zischte Jude. »Die Majstros sind mir total egal.«

Rasch nahm sie den Kleiderstapel. Die gemalten Augenpaare auf den Bildern schienen sie alle anzustarren, und sie hatte sogar den Eindruck, dass Violetta tatsächlich blinzelte.

Jude wandte sich hastig ab, zog sich so schnell wie möglich um und bemühte sich, dieses kribbelnde Gefühl, beobachtet zu werden, zu ignorieren. Als sie die Latzhose abstreifte, fiel ein kleiner Gegenstand aus der Innentasche klirrend auf den Boden. Jude bückte sich und hob ihn auf.

»Oh Gott«, sagte sie und hielt ihn gegen das Licht. »Eine Knochenblume.«

Die weiße Blume war aus einem glatten Stück Knochen geschnitzt und fühlte sich kühl an. Knochenblumen waren äußerst selten und Jude hatte noch nie eine gesehen. Sie hatte aber schon davon gehört, dass diese Blumen angeblich in Shebas Schatten wuchsen.

Sie musste daran denken, wie Ivory einige Augenblicke lang, nachdem sie ins Wasser gestürzt war, die Kontrolle über ihren Körper übernommen und etwas aus dem Flussbett gefischt hatte.

»Warum hast du das gemacht?«, fragte sie Ivory. »Das war nicht gerade der ideale Zeitpunkt zum Blumenpflücken.«

Reiner Instinkt, erwiderte Ivory. *Ich habe nur versucht etwas zu erwischen, was uns nützlich sein könnte.*

Jude war nicht überzeugt. Die Antwort klang irgendwie einstudiert.

Na hör mal, sagte Ivory, die Judes Zweifel spürte. *Ich hab einfach nach allem gegriffen, was in Reichweite war. Behalte die Blume doch, sie ist hübsch.*

»Knochenblumen sind wertvoll«, erwiderte Jude. »Sie erzielen gute Preise für den Cajou-Zauber. Vielleicht kauft Sofia sie mir ab.«

Sie schob sie sicherheitshalber in ihre Tasche. Die Kleider gehörten offenbar Paris: eine auf Figur geschnittene Jeans und eine schöne weiße Seidenbluse. Jude kam sich lächerlich darin vor. Im Unterschied zu Paris waren regelmäßige Mahlzeiten bei ihr nicht an der Tagesordnung und Kurven hatte sie sowieso noch nie gehabt. Die Jeans schlotterte ihr um die Hüften, und sie fühlte sich noch knochiger und magerer als sonst. Außerdem sah die adrette weiße Bluse, die sie doch gerade erst übergestreift hatte, schon Sekunden später zerknittert und fleckig aus. Diese Kleidungsstücke passten zu jemandem, der schön war. Jude spürte darin besonders deutlich, wie langweilig und unscheinbar ihr Äußeres war. Sie kam sich vor wie ein verkleidetes Kind.

Wie du aussiehst, ist völlig nebensächlich, erklärte Ivory. *Du brauchst dir keine Sorgen zu machen, ob du André in den Kleidern gefällst oder nicht.*

Das interessiert mich kein bisschen!, sagte Jude und spürte, wie sie rot wurde.

Du kannst André nicht trauen, beharrte Ivory. *Er ist gefährlich.*

Immerhin hat er mir das Leben gerettet, sagte Jude. *Im Übrigen hat er von dir fast dasselbe behauptet, falls du dich noch daran erinnerst.*

Ihr Kopf schmerzte, und mit einem Mal fühlte sie sich sehr erschöpft. Sie hatte nur noch den Wunsch, auf ihrem kleinen Balkon zu sitzen, einen kühlen Mint Julep zu schlürfen und in der Abenddämmerung Jazz zu spielen. Doch das war im

Augenblick leider ausgeschlossen, also rief sie das Phantom herein.

Die Tür ging sofort auf und er trat ein. Hinter der Maske war nicht zu erkennen, was er dachte, aber Jude war überzeugt, dass sie in Paris' Klamotten geradezu grotesk aussehen musste, und sie reckte zum Ausgleich trotzig das Kinn. Sie dachte an Ivorys Warnung. Die Cajou-Queen hatte ja so recht. Wen zum Kuckuck kümmerte im Augenblick ihr Aussehen! Da gab es wirklich Wichtigeres! Und es sollte ihr auch völlig egal sein, was das Phantom von Moonfleet von ihr hielt.

»Ich hab deinen Albtraum gesehen«, sagte Jude, entschlossen wieder auf Kurs zu kommen. »Dort im Black Bayou.«

Sie hatte das Bild in der Blase deutlich vor Augen. Ein Bild, das sie gut kannte und das sie bis in ihre Träume verfolgte. Denn es war einer *ihrer* Albträume.

Da waren der Holzsteg, flackernde Kerzen in Marmeladengläsern, die an den Ästen der Sumpfbäume hingen, die Luftballons einer Geburtstagsfeier und schließlich Jude selbst, ganz allein in ihrem Geburtstagskleid, wie sie verzweifelt um sich blickte, nach Hilfe schrie, die nicht rechtzeitig eintraf, während ihr kleiner Bruder im Wasser von Alligatoren angefallen wurde.

»Ja, das dachte ich mir schon«, sagte das Phantom langsam.

»Und weiter?«, fragte Jude. »Welche Erklärung gibt es dafür? Du warst nicht dabei. Wieso kennst du dann einen von meinen Albträumen?«

»Ich war dort«, sagte er. »Obwohl du mich nicht gesehen hast.«

»Aha, interessant«, gab sie gereizt zurück. »Darf man fragen, warum?«

Er verschränkte die Arme und blickte auf seine Schuhe. »Hast du das denn immer noch nicht verstanden?«

»Was hab ich nicht verstanden?«

Warum hast du mich nicht ausreden lassen?, flüsterte Ivory.

Gegen ihren Willen wanderte Judes Blick zu dem Porträt ganz in der Ecke. Sie wurde dunkelrot. Sie erkannte den Mann auf dem Bild sofort, wie hätte es auch anders sein können? Sie hätte sein Gesicht niemals vergessen können. Sie hörte wieder seine Stimme, als er zu ihr sagte:

Na so was, hat da etwa jemand Geburtstag?

Ivory fing leise an zu lachen, und jedes Kichern war wie ein Nagel, den sie in Judes Kopf schlug.

Theodore Majstro, erklärte die Cajou-Queen vergnügt. *Ein Säufer. Ein Süchtiger … und ein Kindsmörder.*

»Mein Vater hat deinen Bruder umgebracht«, sagte das Phantom. »Um deinen Vater für unbezahlte Schulden zu bestrafen. Ich bin damals zu spät gekommen, aber das Bild hat mich seither verfolgt. Das Schnappen der Alligatoren … nun, vermutlich hörst du es auch immer noch.«

»Aber … aber mein Vater hat immer behauptet, dass dahinter ein Hexenmeister steckt und niemand aus Baton Noir. Warum hätte er mich belügen sollen?«

Aber noch während sie die Frage stellte, fiel ihr selbst die Antwort darauf ein. Ihr Vater hatte gelogen, weil er wusste, dass sie sonst eines Tages versuchen könnte, das Verbrechen an Daryl zu rächen. Er wollte seine Tochter unter allen Umständen von den Majstros fernhalten.

»Wo ist dein Vater jetzt?«, fragte sie.

»Er ist vor fünf Jahren im Irrenhaus gestorben.«

Jude sah ihn an und war mit einem Mal wütend, weil sie sein Gesicht nicht sehen und seine Miene nicht lesen konnte.

»Was geht hier eigentlich vor? Warum wolltest du überhaupt, dass ich nach Moonfleet komme?«

Er rieb sich den Nacken, und Jude konnte regelrecht spüren, wie unangenehm ihm das Gespräch war.

»Ich fühlte mich … dir gegenüber irgendwie verantwortlich«, sagte er zögernd. »Weil meine Familie dir das angetan hat.«

Jude musste an die Kisten mit Lebensmitteln vor der Tür denken und daran, dass sie immer das merkwürdige Gefühl gehabt hatte, jemand würde über sie wachen.

»Du bist der Engel!«, platzte sie heraus.

Er hob den Kopf. »Wie bitte?«

Jude kam sich sofort schrecklich dumm vor. »Ich … ähm, so hab ich immer den geheimnisvollen Wohltäter genannt, der uns etwas zu essen vor die Tür stellte.«

»In Baton Noir gibt es keine Engel«, erwiderte das Phantom mit eigenartig klingender Stimme. »Hier gibt es nur Teufel.«

»Aber du hast doch die Kisten gebracht?«

Er nickte.

»Und du hast auch manchmal unter meinem Balkon gestanden?«

Er zögerte. »Das wollte ich eigentlich nicht«, sagte er leise. Er fuhr sich mit der Hand durchs Haar. »Aber deine Musik war so … wunderschön, und wie du selbst siehst, ist Schönheit rar gesät. Hier in Moonfleet.«

Jude musterte die dunklen Porträts an der Wand und erschauerte unwillkürlich. Die verbrecherischen Majstros schienen allesamt verächtlich auf sie herabzublicken. Sie schlang die Arme um sich und fühlte sich bloßgestellt und angreifbar, als wären ihre Schwachstellen plötzlich offensichtlich.

»Das hättest du nicht tun sollen«, sagte sie und hatte Mühe, den Gefühlssturm in ihrem Inneren zu bändigen. »Du hast kein Recht, mir nachzuspionieren.«

Sie dachte daran, wie oft sie ins Schlafzimmer ihres Vaters

hatte gehen müssen, um ihm zu helfen, wenn er sich bepinkelt hatte oder nicht allein aus dem Bett kam. Wie oft er zu ihr auf den Balkon gekommen war und wegen einer Kleinigkeit herumgetobt hatte, und wie oft sie mit ihrem Latein am Ende gewesen war und nicht gewusst hatte, wie sie ihrem Vater helfen oder ihn beruhigen sollte. Wie oft sie verzweifelt auf dem Balkon in Tränen ausgebrochen war. Sie sah ihr eigenes Leben mit den Augen des Phantoms, und es kam ihr einfach nur jämmerlich vor.

»Du hältst mich wahrscheinlich für … eine totale Niete«, sagte sie.

Vielleicht lag es an der Anstrengung der vergangenen Tage, jedenfalls spürte sie entsetzt, wie ihr Tränen in die Augen stiegen, und sie musste das letzte Restchen Willenskraft aufbieten, um sie wegzublinzeln. Ihre Kehle schnürte sich schmerzhaft zusammen. Dem langen Schweigen nach zu urteilen hatte das Phantom höchstwahrscheinlich ihre Schwächeanwandlung bemerkt. Genau sagen konnte sie es aber nicht, denn ihn anzusehen, überstieg im Augenblick ihre Kräfte.

Nach einer langen Pause sagte er schließlich: »Ich bewundere dich mehr als jeden anderen Menschen, dem ich je begegnet bin.«

Jude blickte erstaunt auf. Wollte er sie etwa auf den Arm nehmen? Das konnte doch nicht sein Ernst sein. Nicht nach allem, was er gesehen hatte.

»Das … das ist jetzt echt nicht witzig«, sagte sie und ihr Gesicht brannte. »Du weißt doch so gut wie ich, dass mein Leben ein einziges, grauenhaftes Durcheinander ist …«

»Aber du gibst nicht auf.«

»Und ob ich aufgebe!«, rief Jude. »Eine Zeit lang wenigstens. Nach Leeroy. Er … also, das ist der Junge mit dem …«

»Er ist eine miese Ratte.«

Jude sah das Phantom prüfend an. Ihr fiel ein, dass sie manchmal mit Leeroy auf dem Balkon gesessen hatte; vielleicht hatte das Phantom ja einiges von dem gehört, was Leeroy immer zu ihr sagte. Dann wusste er auch, wer Leeroy war und dass Jude es zugelassen hatte, so behandelt zu werden und so mit sich reden zu lassen. Als wäre sie ein Nichts, ein Niemand. Etwas Wertloses.

»Du warst auch an dem Abend dort, als ich mit ihm Schluss gemacht habe, richtig?«, fragte sie. »Du hast die Eule geschickt.«

»Ich hatte Angst, er könnte auf dich losgehen.«

»Ich habe immer gedacht, ich wäre stark«, sagte Jude. »Aber für eine Weile hatte er irgendwie Macht über mich, und es hat mich wirklich alle Kraft gekostet, die ich habe, von ihm loszukommen. Das ... finde ich besonders abstoßend an mir selbst. Ich hätte ...« Sie schüttelte sich wütend, hatte Mühe, diese Mischung aus Hilflosigkeit und die Scham, die sie selbst jetzt noch, nach der Trennung, überkam, in Worte zu fassen. »Ich hätte niemals zulassen dürfen, dass ich seinetwegen vergessen habe, wer ich bin.«

»Na ja«, erwiderte das Phantom, »den Fehler begeht doch jeder von uns. In letzter Zeit kommt es mir manchmal so vor, als wäre ich eher eine Maske als ein Mann.« Er warf ihr einen Blick zu. »Wir alle möchten, dass sich unsere Sorgen einfach und schnell beheben lassen. Aber so ist das Leben nicht. Oder siehst du das anders, Jude?«

Sie dachte an ihren Vater, verbittert, vergrämt und krank. Er hatte ihr so oft das Herz gebrochen und trotz allem liebte sie ihn nach wie vor heiß und innig.

»Nein, wahrscheinlich nicht«, erwiderte sie.

»Ich habe dich gebeten, in Moonfleet zu spielen, weil mir

deine Musik gefällt und du das zusätzliche Geld gut brauchen kannst. Falls es schlecht von mir war, und vermutlich könnte man das so sehen, dann tut es mir wirklich aufrichtig leid.«

Jude holte tief Luft. »Nein«, sagte sie. »Ich versteh das schon. Das ist in Ordnung. Du kannst schließlich nichts dafür, was dein Vater getan hat. Vermutlich sollte ich mich bei dir bedanken. Für die Lebensmittel und den Job hier in Moonfleet. Und weil du mir heute das Leben gerettet hast. Ich ... stehe in deiner Schuld.«

»Keineswegs«, sagte er steif. »Absolut nicht. Ich hätte die Fahrt in den Bayou niemals zulassen dürfen. Ich habe mich von Ivory einschüchtern lassen, aus Angst, sie könnte meine Geheimnisse preisgeben. Diesen Fehler mache ich kein zweites Mal. Ivory tut, was sie für richtig hält. Ich habe keinen Einfluss auf das, was sie dir erzählt, aber die Wahrheit ist, dass ich dir auf jeden Fall geholfen hätte. Auch ohne dass sie mich erpresst.«

Er machte einen Schritt auf sie zu. »Ich habe nur eine Bitte an dich. Ganz gleich was sie dir erzählt, versuche zumindest zu verstehen, dass ich immer gute Gründe für das hatte, was ich getan habe.« Seine grauen Augen wanderten zu den Bildern an der Wand. »Ich habe mein ganzes Leben lang alles versucht, um nicht so zu sein wie die anderen aus meiner Familie.«

Jude nickte. »Ich glaube dir.«

Wie kann man nur so dumm sein, höhnte Ivory.

Sei still, blaffte Jude. *Das Leben ist kompliziert genug. Es ist nicht so leicht, immer das Richtige zu tun, selbst wenn man das noch so gern möchte.*

Dummkopf, erwiderte Ivory. *Ich würde dir ja sofort hier und jetzt alles über das Phantom sagen, aber dann würdest du wahrscheinlich nichts mehr mit ihm zu tun haben wollen und wir brauchen ihn noch.*

Und wofür?, fragte Jude.

Du hast Sheba ja selbst gehört. Wir müssen unbedingt diese Teufelsmünze haben. Sonst kommen wir nicht zum Wunschbrunnen und ich finde niemals heraus, wer mich umgebracht hat. Deswegen werden wir Etienne diese Münze stehlen. Und das Phantom wird uns dabei helfen.

Kapitel 20

Als Jude André erzählte, was Ivory gesagt hatte, zeigte er sich zu ihrer Überraschung entgegenkommend.

»Ich habe schon damit gerechnet, dass so etwas nötig sein könnte, und mir auch überlegt, wie wir vorgehen«, antwortete er.

»Nämlich?«, fragte Jude.

»Indem wir den *Dieb* um Hilfe bitten. Ivory muss ihn mit einem Zauber herbeirufen.«

Der Dieb gehörte zu den kalten Legba und war, wie sein Name schon sagte, ein Meister der Langfinger, dessen größte Freude darin bestand, fremde Dinge in seinen Besitz zu bringen. Angeblich war er dünn, immer zu Scherzen aufgelegt und steckte sich alles, was man ihm gab, sofort in die Tasche.

»Bevor wir irgendwas unternehmen, will ich unbedingt Sharkey besuchen«, erklärte Jude.

Dafür haben wir keine Zeit!, zischte Ivory. *Bis zur Cajou-Nacht bleibt uns nur noch ein Tag.*

Die Cajou-Nacht?, fragte Jude. *Was hat die denn damit zu tun?*

N-nichts Besonderes. Die Zeit wird allmählich knapp, das ist alles. Ich habe dir doch erklärt, dass ein Geist nicht unbegrenzt im Körper eines Menschen gefangen sein kann. Du könntest krank werden. Dann nützt du mir überhaupt nichts mehr.

Jude kam es zwar so vor, als hätte sich Ivory irgendwie verhaspelt, aber sie hatte jetzt keine Zeit, darüber nachzudenken.

Egal, erwiderte sie. *Es ist wirklich rührend, wie besorgt du um meine Gesundheit bist, aber im Moment geht's mir prima. Der Besuch bei Sharkey dauert ja nur fünf Minuten, und anschließend kaufen wir, was wir für den Zauber benötigen. Dann beschwören wir den Dieb herbei.*

Das Phantom schlug vor, Jude ins Krankenhaus zu begleiten. »Sie wollten sofort die Bezahlung regeln, und ich hatte es so eilig, nach Moonfleet zurückzukehren, dass ich einfach mein Portemonnaie dort gelassen habe.«

»Vielen Dank«, sagte Jude und bemerkte erst jetzt, dass sie sich überhaupt noch nicht bei ihm bedankt hatte. »Dafür, dass du dich um ihn gekümmert hast und …«

Kopfschüttelnd fiel ihr das Phantom ins Wort. »Das war das Mindeste, was ich tun konnte.«

Alles nur Theater, sagte Ivory. *Lass dir das gesagt sein. Eines Tages wirst du es schon selbst begreifen.*

Jude gab keine Antwort und machte sich mit dem Phantom auf dem Weg. Das St.-Germaine-Krankenhaus lag nicht weit entfernt, und normalerweise hätte sich Sharkey den Aufenthalt hier niemals leisten können. Mit jedem Schritt fühlte sich Jude beklommener und die Angst schwappte in ihrer Magengrube umher. Wenn Sharkey nun böse auf sie war? Sie hätte nie und nimmer zulassen dürfen, dass er in den Black Bayou mitkam.

Im Krankenhaus gingen sie zuerst zum Empfang; das Phantom ließ sich das Portemonnaie aushändigen und Jude fragte nach dem Weg zu Sharkeys Zimmer.

»Hoffentlich geht es ihm inzwischen besser«, sagte das Phantom.

Jude seufzte. »Er sollte überhaupt nicht hier sein. Ich bin schuld daran, dass er verletzt wurde.«

»Unsinn. Daran ist Ivory schuld und nicht du«, korrigierte das Phantom. »Ich gehe jetzt besser nach Moonfleet zurück. Wir treffen uns dort, wenn ihr die Zutaten für den Zauber habt.«

Jude nickte. »In Ordnung, bis später.«

Er drehte sich um und wollte gerade gehen, als eine unangenehm vertraute Stimme ertönte. »Mann, Jude, geht's noch? In was für Klamotten läufst du denn rum?«

Sie wandte sich langsam um und wusste genau, wen sie gleich, fies grinsend, vor sich sehen würde. Tatsächlich, da stand Leeroy im Krankenhausflur, gut aussehend wie eh und je, mit goldblondem Haar, blauen Augen und makellos gerader Nase. Er musterte sie mit verächtlich gekräuselten Lippen. Zu allem Übel war er nicht allein, sondern in Begleitung seines Freundes Ollie, und Jude wusste, dass Leeroy seinetwegen eine besondere Show abziehen würde. Es gab nichts, was sie hätte tun oder sagen können, um ihn davon abzuhalten, sie vor Ollie herunterzuputzen. Jude hatte zwar gewusst, dass die beiden in einem Krankenhaus im Fountain District arbeiteten, aber warum nur musste es ausgerechnet dieses sein?

»Sieh mal einer an, ein echtes Perlen-Outfit«, sagte Leeroy. »Aber das hilft bei dir auch nichts mehr …«

Da war er wieder, der Grund, warum er es jedes Mal fertigbrachte, dass sie sich vollkommen wertlos fühlte. Wie ein Echo warf er ihre eigene Unsicherheit auf sie zurück. Als könne er irgendwie in ihre Seele blicken und ihr einen Spiegel vorhalten, in den Jude nicht hineinsehen wollte.

Diese miese kleine Ratte, sagte Ivory. *Ich könnte dir verra-*

ten, wie du ihm mit einem Krug Essig das Leben richtig sauer machst. Dafür brauchst du nur einen Gegenstand, der ihm gehört, ein paar Kräuter und ein bisschen roten Pfeffer. Du gibst alles in ein Glasgefäß und schreibst seinen Namen drauf. Dann füllst du es mit Essig auf, rufst seinen Geist hinein und schüttelst es bei Vollmond –

Vergiss es!, fiel Jude ihr barsch ins Wort.

Sie holte tief Luft, aber bevor sie noch ein Wort herausbrachte, nahm sie verschwommen eine rasche Bewegung wahr, und dann stand das Phantom nicht mehr neben ihr – sondern umklammerte Leeroys Kehle mit einer Hand. Er hob ihn hoch und war drauf und dran, ihn mit voller Wucht gegen die Wand zu schmettern. Leeroy versuchte zu sprechen, bekam aber außer einem Gurgeln nichts heraus, während sein Gesicht dunkelrot anlief und seine Fußknöchel hilflos gegen die Wand trommelten.

»Du wirst nie wieder mit ihr reden«, zischte das Phantom, und seine Stimme klang so eisig, dass Jude eine Gänsehaut bekam.

»Lass ihn los, du Spinner!«, brüllte Ollie.

Doch das Phantom beachtete ihn nicht und wandte sich nicht einmal um, als Ollie sich auf ihn stürzen wollte. Er streckte nur im letzten Augenblick seine freie Hand aus, und Ollie lief direkt in seine Faust hinein. Der Schlag traf ihn an der Kehle, und er taumelte keuchend zurück.

»Du wirst nie wieder mit ihr reden«, wiederholte das Phantom und starrte Leeroy drohend an. »Du wirst sie nie wieder ansehen. Nie mehr an sie denken. Niemals. Habe ich mich klar genug ausgedrückt?«

Leeroy konnte sich weder bewegen noch nicken und umklammerte nur verzweifelt die Hand des Phantoms.

»Lass ihn um Himmels willen los!« zischte Jude.

Sofort lockerte das Phantom den Griff. Leeroy plumpste auf den Boden und schnappte nach Luft. Seine Kehle war rot und geschwollen.

Der Vorfall war nicht unbemerkt geblieben, und inzwischen schrien alle durcheinander. Jude befürchtete, dass jeden Augenblick die Wachleute eintreffen würden. Aber das Phantom hatte sich bereits umgedreht und marschierte zum Ausgang.

Nach einem letzten Blick auf Leeroy lief Jude hinter ihrem Beschützer her und erreichte ihn genau gleichzeitig mit einem Wachmann an der Tür.

»Moment mal«, rief der Wachmann. »Uns wurde berichtet, dass soeben jemand … oh!«, brach er unvermittelt ab, als das Phantom sich umdrehte und er die Maske sah. »T-tut mir leid, Mr Majstro. Ich wollte Sie nicht behelligen.«

Das war alles. Ohne ein weiteres Wort ging der Wachmann ins Krankenhaus zurück. Der Zwischenfall blieb ohne Folgen. Schließlich gehörte André Majstro zum magischen Cajou-Adel und Leeroy Lamar war bloß Lumpenpack.

»Komm mal mit.« Jude packte André am Handgelenk und zog ihn in eine kleine Seitenstraße. Hier im exklusiven Wohngebiet Fountain District waren alle Fassaden tadellos weiß und Portale, flankiert von Säulen, reihten sich aneinander, gut geschützt hinter schmiedeeisernen Umzäunungen verborgen. Im kühlen Schatten eines Pekannussbaums blieb sie schließlich stehen. Sie hatte André zum ersten Mal absichtlich berührt, und er befreite seinen Arm mit einem Ruck aus ihrem Griff, als hätte er sich verbrannt.

»Was zum Teufel sollte das?«, fragte Jude.

»Er war unhöflich.«

»Ach ja? Und das gibt dir das Recht, ihm sofort an die Gurgel zu gehen? Im Übrigen kann ich meine Kämpfe allein ausfechten, ich brauche keine Hilfe.«

Er schnaubte ungeduldig und wandte sich ab.

»Falls ich mich falsch verhalten habe, entschuldige ich mich«, sagte er nach einer Weile.

Jude dachte an ihre früheren Begegnungen mit dem Phantom zurück. Er hatte immer so beherrscht gewirkt, als habe er sich und seine Gefühle im Griff. Dieser Zwischenfall kam unerwartet. Das Gift in seiner Stimme, als er zu Leeroy gesprochen hatte – als sei er persönlich betroffen.

Ich hab dir doch schon gesagt, dass du irgendwie bis zu seinem zusammengeschrumpften Herzen durchgedrungen bist, ließ sich Ivory vernehmen und klang hämisch. *Auch wenn es nicht größer als eine Nuss ist.*

Aber das konnte doch nicht sein, oder?

»Hast du ...«, setzte Jude an und runzelte die Stirn. »Du hast doch nicht etwa ... irgendwelche Gefühle für mich?«

Sie hatte natürlich damit gerechnet, dass das Phantom sofort jegliche Gefühle bestreiten würde. Er würde sie vielleicht sogar auf ihre Unscheinbarkeit hinweisen, ihre unterschiedliche gesellschaftliche Stellung betonen oder hervorheben, dass sie insgesamt alles andere als begehrenswert war. Stattdessen trat jedoch eine ziemlich lange Stille ein.

»Ich habe mich so sehr dagegen gewehrt«, erwiderte er schließlich. »Aber je mehr ich mich wehre, desto stärker wird es.«

»Aber ... aber das verstehe ich nicht. Du hast doch Paris. Sie ist viel schöner als ich und ...«

»Wir haben keine romantische Beziehung«, sagte er. »Außerdem hat Paris überhaupt keine richtige Persönlichkeit. Jeder Vergleich zwischen ihr und deiner Güte, Loyalität und geistigen Schönheit verbietet sich von selbst.« Er blickte stur zu Boden, als er weitersprach. »Ivory hat wahrscheinlich schon etwas davon geahnt, deswegen ist es mir lieber, du hörst es von mir selbst, vorausgesetzt, sie hat bisher geschwiegen.« Er hob den Kopf und die grauen Augen hinter der Maske blickten sie an. »Ich versichere dir, dass du vollkommen sicher bist. Ich würde niemals ...«, er stockte, »es würde mir im Traum nicht einfallen, dich mit meinen Gefühlen zu belästigen. Wenn alles vorüber ist, werden wir uns nicht mehr sehen, das verspreche ich dir.«

»Aber ich ...«

»Ich muss jetzt wirklich nach Moonfleet zurück«, sagte er. »Zurück zu Violetta.«

Er ging davon, ehe Jude antworten konnte. Wobei sie keine Ahnung hatte, was sie hätte sagen können. Sie war viel zu verblüfft. Ivory machte ein paar schneidende Bemerkungen, was sich Jude gereizt und mit lauter Stimme verbat.

»Kannst du *endlich* mal die Klappe halten?« Einige Passanten musterten sie neugierig.

Los jetzt, mach schon! gab Ivory beleidigt zurück. *Du sollst die Zutaten für den Zauber besorgen und nicht auf der Straße herumtrödeln, ausgerechnet mit dem Phantom!*

Ich hab nicht herumgetrödelt, schnauzte Jude.

Je schneller du deinen Freund besucht hast, desto schneller kommen wir voran, sagte Ivory.

Jude riss sich zusammen, ging zum Krankenhaus und machte sich auf die Suche nach Sharkey. Von Leeroy war keine Spur zu sehen, und sie schob jeden Gedanken an ihren Ex-Freund entschlossen beiseite – ebenso wie das sonderbare Gespräch mit André.

Sharkey saß zu ihrer Erleichterung ganz munter im Bett. Die Bisswunde an seinem Bein war verbunden, aber er lächelte, als sie hereinkam, winkte sie zu sich und umarmte sie.

»Ich hatte schon Angst, du bist vielleicht sauer auf mich«, sagte Jude und zog sich einen Stuhl heran.

»Sauer bin ich höchstens auf mich selbst«, gab er zurück. »Nicht zu fassen, dass mich einfach eins dieser Monster angenagt hat.« Er deutete auf sein verletztes Bein. »Damit bin ich jetzt wohl erst mal kaltgestellt, was? Am meisten nervt, dass ich morgen zur Cajou-Nacht bestimmt nicht in der Band mitspielen kann.«

Jude bekam wieder ein schlechtes Gewissen. Sie wusste, dass Sharkey und seine Großmutter genauso mit den Einnahmen dieses Abends gerechnet hatten wie sie selbst. Dann fiel ihr die Knochenblume in ihrer Tasche ein. Die Blume war wertvoll und würde sich ohne Probleme in Baton Noir verkaufen lassen.

»Mach dir keine Sorgen wegen dem Geld«, sagte sie. »Da hab ich schon eine Idee.«

Während ihr Freund noch protestierte, zog Jude die sonderbare Blume aus der Tasche und zeigte sie ihm.

»Das habe ich im Black Bayou gefunden«, erklärte sie. »Genauer gesagt war es Ivory. Sobald ich die Blume verkauft habe, teilen wir uns den … Autsch!«

Der Rest des Satzes ging in einem Schmerzensschrei unter. Sie spürte einen heftigen Druck hinter den Augäpfeln und ihr Mund schmeckte nach Eisen.

Die Knochenblume wird nicht verkauft!, zischte Ivory wütend.

»Was ist los?«, fragte Sharkey, beugte sich vor und legte ihr eine Hand auf die Schulter.

»Nichts«, sagte Jude, obwohl ihr Kopf immer noch schmerzte. »Das ist bloß Ivory.«

Weshalb ist dir diese Blume eigentlich so wichtig?, fragte sie. *Ich dachte, du hättest sie rein zufällig entdeckt.*

Das stimmt, aber deswegen kann sie uns trotzdem nützlich sein. So eine Blume besitzt große magische Kräfte. Untersteh dich also, noch einmal an Verkauf zu denken, solange die Sache nicht vorüber ist.

Jude zog die Nase kraus. Irgendwie verhielt sich Ivory merkwürdig, was diese Blume betraf.

So, deinen Freund hast du ja jetzt gesehen, drängelte die Cajou-Queen. *Wir müssen wirklich los. Es gibt noch viel zu erledigen.*

Jude sah Sharkey an. »Und keine Sorge wegen des Geldes«, wiederholte sie zum Abschied und stopfte die Knochenblume wieder in die Tasche. »Ich mach's irgendwie wieder gut.«

Kapitel 21

Nach ihrem Besuch bei Sharkey besorgte Jude alle Zutaten. Für den Zauber benötigten sie wieder mal Friedhofserde, aber Gott sei Dank war diesmal keine Spur von dem Totengräber zu sehen, als sie auf den Friedhof kam. Von dort aus ging sie zu Sofias Laden in die Mojo Alley. So kurz vor der Cajou-Nacht herrschte schon reges Gedränge in den Straßen, und Jude musste sich regelrecht durch die Menge kämpfen.

Belle war da und wie immer eine Augenweide in ihrem pinkfarbenen Seidentop und blendend weißen, absolut fleckenfreien Jeans. Sie hatte die Haare zu einem Pferdeschwanz hochgebunden und trug mehrere Kreolen in einem Ohr.

Sie blickte Jude völlig entgeistert an. »Oh«, sagte sie. »Da bist du ja.«

»Stör ich?«

»Nein, Sofia ist nur vor einer Weile los, um nach dir zu suchen«, erwiderte Belle. »Sie wollte dir unbedingt was sagen und hatte es ziemlich eilig. Anscheinend war es wichtig.«

»Das wird dann wohl warten müssen«, sagte Jude. »Im Augenblick habe ich alle Hände voll zu tun. Kannst du das hier für mich zusammensuchen?« Sie reichte Belle die Liste, die Ivory ihr diktiert hatte. »Ich brauche es für einen Zauber.«

Belle überflog die Liste und runzelte die Stirn. »Was für eine Sorte Zauber?«

»Äh … es ist was Persönliches«, erwiderte Jude vorsichtig, da sie nicht wusste, ob Sofia ihrer Freundin von Ivory erzählt hatte. Je weniger Leute in die Sache eingeweiht waren, desto besser, fand sie.

Aber Belle warf ihr einen prüfenden Blick zu und sagte: »Ich vermute, die Sache hat irgendwas mit der Cajou-Queen zu tun?«

»Sofia hat dir also davon erzählt?«

»Wir haben keine Geheimnisse voreinander. Ehrlich gesagt wäre es auch ziemlich albern, wenn sie etwas vor jemandem verheimlichen wollte, der das zweite Gesicht hat.«

»Stimmt. Dann weißt du ja, wozu ich die Zutaten brauche.«

Belle sah auf die Liste in ihrer Hand. »Wir haben das Glasgefäß, die Kräuter, das rote Wachs und das schwarze Katzenfell«, sagte sie. »Friedhofserde, gestohlene oder unersetzliche Dinge und Cajou-Efeu bieten wir hier nicht an.«

»Das ist schon okay. Gib mir einfach alles, was du hast.«

Belle suchte die entsprechenden Zutaten zusammen und ging damit zur Theke hinüber. Während sie alles in die Kasse eingab, sah sie Jude hin und wieder merkwürdig an.

»Was ist los?«, fragte Jude schließlich.

Belle wirkte erschreckt. Wieder huschte ihr Blick zu Jude, als sie die Papiertüte über die Theke schob.

»Es ist nur so, dass …« Die Hexe zögerte einen Augenblick, fasste dann aber offenbar einen Entschluss. »Sofia hat mir gesagt, dass du vielleicht heute vorbeikommst. Ich sollte dich dann fragen, ob sie dir irgendwie helfen kann bei dieser … Sache mit der Cajou-Queen.«

»Und weiter?«, fragte Jude, die ahnte, dass Belle noch nicht alles gesagt hatte.

Belle sah ihr in die Augen. »Ich möchte, dass du dich von Sofia fernhältst«, fuhr sie fort, und ihr hübsches Gesicht sah angespannt aus. »Weißt du, es macht mir nichts aus, wenn Sofia mit jemandem aus dem Lumpenpack befreundet ist…«

»Wie bitte?«

»Entschuldige, tut mir echt leid.« Belle hob die Hand und die Charms an ihrem Gelenk klirrten. »Ich meinte natürlich einer Bürgerlichen.«

»Natürlich.«

»Es stört mich wirklich nicht, dass Sofia mit dir befreundet ist. Aber du bist da in eine ziemlich gefährliche Geschichte geraten, und ehrlich gesagt habe ich in deiner Zukunft immer etwas sehr Großes und… Dunkles gesehen. Wenn ich Sofia die Zukunft lese, spüre ich auch bei ihr etwas von dieser Dunkelheit. Es geht von dir aus, das weiß ich. Darum bitte ich dich, Sofia da nicht mit reinzuziehen. Sie ist meine… also, ich liebe sie. Ich will sie nur beschützen.« Sie sah Jude bittend an. »Das verstehst du doch, oder?«

»Klar«, erwiderte Jude. »Das ist schon okay. Ich habe einen Plan und Sofia kommt darin nicht vor.«

»Danke!«, sagte Belle. »Das geht nicht gegen dich, ehrlich nicht. Es geht nur darum, auf die Leute aufzupassen, die man liebt, weißt du?«

Jude griff nach der Papiertüte. »Ja, klar. Das geht schon in Ordnung, ich hab's kapiert. Man sieht sich.«

Damit verließ sie das Geschäft und Belle, die immer noch etwas betreten wirkte.

Wir brauchen Sofia sowieso nicht, sagte Ivory.

Das wusste Jude natürlich auch, trotzdem versetzte ihr die Art, wie Belle gerade mit ihr geredet hatte, einen Stich. Sie musste daran denken, dass die Hexe in der Straßenbahn grundsätzlich im Bereich für den Adel Platz nahm und sich nur in Bars und Jazzclubs aufhielt, zu denen ausschließlich Adlige Zutritt hatten. Belle hatte sich ihr gegenüber freundlich und höflich verhalten, an ihrem Benehmen gab es nichts auszusetzen, auch wenn sie distanziert blieb und sich nicht um ihre Freundschaft bemühte. Dass Belle angeboten hatte, ihr die Karten zu lesen, war wohl nur auf eine dunkle Ahnung zurückzuführen, die sie in Bezug auf Judes Zukunft hatte.

Belle spielt jetzt keine Rolle, meldete sich Ivory zu Wort. *Kümmere dich lieber um die restlichen Zutaten. Cajou-Efeu gibt es in Moonfleet.*

Und die gestohlenen, unersetzlichen Gegenstände? Was ist damit?, fragte Jude.

Etwas weiter die Straße hinunter gibt es ein Geschäft für solche Sachen, sagte Ivory.

Echt?

Natürlich nicht! sagte Ivory. *Gestohlene Gegenstände muss man selbst stehlen. Am besten bestiehlst du jemanden, den du liebst, dann sind sie mächtiger. Der Dieb gehört nicht zu den Legba, die man besonders einfach rufen kann. Sonst würden ihn die Leute ständig herbeizitieren. Um deine Erfolgsaussichten zu steigern, sollten die Dinge, die du in das Glasgefäß legst, möglichst viel magische Kraft besitzen. Das, was er dann für dich stiehlt, gehört dir nämlich nur für eine bestimmte Zeit.*

Was soll das denn heißen?

Dass es nur für kurze Zeit dein Eigentum ist, bevor es wieder an seinen ursprünglichen Besitzer zurückgeht. Je mächtiger deine Magie, desto länger kannst du es behalten.

Aber dann ist ja alles total sinnlos!, sagte Jude.

In unserem Fall macht das nichts, sagte Ivory. *Wir brauchen die Münze nur, um den Teufel zu finden.*

Jude ächzte. *Und was ist mit dem unersetzlichen Gegenstand?*

Er muss von dir persönlich kommen, sagte Ivory. *Je kostbarer, desto mächtiger die Magie.*

Ich bin bekanntlich eine aus dem Lumpenpack und besitze nichts!, erwiderte Jude ungeduldig. *Was soll ich denn da opfern?*

Du könntest ihm Zeit opfern.

Zeit?

Ja, ein paar Jahre deiner Lebenszeit, schlug die Cajou-Queen vor. *Wenn du ihm zum Beispiel zwei Jahre opferst, schreibst du einfach »zwei Jahre« auf ein Blatt Papier und legst es in das Gefäß …*

Kommt nicht infrage, antwortete Jude. *Ich würde ihm nicht mal zwei Tage geben.*

Dann vielleicht etwas von deiner musikalischen Begabung?, fragte Ivory.

Erst recht nicht. Ausgeschlossen.

Dann lass dir eben was anderes einfallen und zwar schnell, sagte Ivory kühl. *Sonst musst du selbst bei Etienne einbrechen und die Münze stehlen.*

Seufzend machte sich Jude auf den Heimweg und ging dabei im Geist ihre Besitztümer durch. Sie besaß ohnehin nur wenig und schon gar nichts Unersetzliches. *Eine* Möglichkeit gab es allerdings …

Die Sonne ging gerade unter und die Neonlichter warfen ihr glänzendes Licht auf das feuchte Kopfsteinpflaster. Zu Hause angekommen stellte sie fest, dass ihr Vater sich den ganzen Tag nicht vom Fleck gerührt hatte. Sie ging eilends ins Badezimmer, um sich zu waschen und umzuziehen, bevor er ihr Fragen stellen konnte. Sie verstaute ihre schmutzige Kleidung tief unten im Wäschekorb und nahm eine frisch gewaschene Latzhose aus dem Schrank. Es tat gut, wieder sauber zu sein, und als Jude sich die Haare mit einem Handtuch trocken rubbelte, fühlte sie sich beinahe wieder wie ein Mensch. Anschließend bereitete sie das Abendessen zu, das sie in angespanntem Schweigen aßen. Es herrschte dicke Luft, noch schlimmer als sonst, nach dem Streit heute Morgen.

Schließlich fragte Jude: »Warum hast du mir nie gesagt, wer der wirkliche Mörder von Daryl war?«

Langsam und umständlich legte ihr Vater die Gabel auf den Tisch, und Jude überlegte, ob er es einfach abstreiten würde. »Wer hat dir das gesagt?«, fragte er stattdessen.

»Ist das wichtig?«

Er kaute an seiner Lippe. »Ich wollte dich beschützen«, knurrte er dann, ohne sie anzusehen. »Ich hatte Angst, du könntest auf die Idee kommen, eines Tages nach ihm zu suchen. Vermutlich ist es nicht schlimm, dass du es jetzt erfahren hast. Theodore Majstro ist tot. Im Irrenhaus gestorben.« Er richtete sich ein wenig auf. »Es gibt noch einen anderen Grund, warum ich's dir nicht gesagt habe«, brachte er stockend und mit offensichtlicher Überwindung heraus. »Ich habe mich nämlich geschämt. Ganz schlicht und einfach. Theodore Majstro war der Einzige, der mir Geld leihen wollte. Die Geschäfte gingen schlecht, und ich hatte Angst, wir könnten das Haus verlieren, verstehst du? Natürlich wusste ich, dass diese Familie ein übler Haufen war. Ich hab's gewusst, aber hingegangen bin ich trotzdem.« Er sah Jude in die Augen. »Deswegen habe ich auch die Fassung verloren, als du gesagt hast, du wolltest nach Moonfleet Manor gehen. Die Majstros sind durch und durch schlecht. Bestimmt wäre dir dort was Schlimmes zugestoßen.« Seine Stimme senkte sich zu einem Flüstern. »Ich hab's in meinen Knochen gespürt.«

Jude schwieg einen Augenblick lang.

»Na gut«, sagte sie dann. »Danke, dass du mir jetzt die Wahrheit gesagt hast.«

»Deine Freundin war übrigens vorhin hier«, sagte ihr Vater.

Jude stand am Spülbecken und drehte sich um. »Welche Freundin?«

»Diese Hexenfreundin. Sie meinte, sie hätte eine Nachricht für dich. Ich hab ihr gesagt, sie soll sie auf einen Zettel schreiben und dir ins Zimmer legen.«

Nachdem sie aufgeräumt hatte, ging Jude in ihr Schlafzimmer, wo sie sofort die Puppe von Ivory Monette bemerkte. Jemand hatte ihr die Kleider ausgezogen und sie, was noch viel seltsamer war, mit dem Gesicht nach unten auf die Kommode genagelt. Beim Näherkommen fiel Jude etwas auf, was ihr entgangen war, als die Puppe bekleidet gewesen war. Worte, genauer gesagt zwei Worte, die mit schwarzem Faden auf ihren Rücken gestickt waren:

Jude Lomax

Daneben lag die Nachricht von Sofia. Doch ehe Jude dazu kam, sie zu lesen, ergriff Ivory die Macht über ihre Hände, packte den Zettel und zerriss ihn.

Nein!, schrie Jude und eroberte die Kontrolle über ihre Hände zurück. Sie legte die zerrissenen Hälften nebeneinander auf die Kommode. Der Zettel war gerade noch lesbar:

Jude,

ich habe etwas herausgefunden, als ich mir die Puppe genauer angesehen habe. Es steckt noch ein kleines bisschen Magie in ihr, deswegen habe ich sie festgenagelt, damit sie sich nicht wieder anziehen kann, bevor du zurückkommst.

Ich habe ja schon vermutet, dass du irgendeine Beziehung zu der Puppe gehabt haben musst, sonst hätte der Zauber nicht wirken können. Ich habe dich danach gefragt, weißt du noch?

Jedenfalls ist das der Beweis dafür, dass Ivory dich ganz bewusst ausgewählt hat. Und zwar vor ihrem Tod. Es war kein Zufall. Aus irgendeinem Grund musstest du es sein.

Ich habe keine Ahnung, was das zu bedeuten hat, fand aber, du solltest darüber Bescheid wissen. Ich bin heute Nachmittag zu Hause, falls du mich brauchst.

Ich hoffe, bei dir ist alles in Ordnung.

Alles Liebe
Sofia xx

Kapitel 22

Jude fluchte lautstark los.

»Was hat das verdammt noch mal zu bedeuten?«, schrie sie. »Du hast behauptet, du hättest mich rein zufällig ausgewählt und dabei war es von Anfang an so geplant! Warum?«

Das ist doch völlig nebensächlich, entgegnete Ivory mürrisch. *Es musste eben jemand sein, der Zugang zu Moonfleet Manor hat.*

»Moonfleet?«

Und jemand, der das Phantom kennt. Ich wusste, dass ich auf seine Hilfe angewiesen sein würde, falls ich je in diese Lage kommen sollte. André hat Geld, Beziehungen und nicht zuletzt Boote. Selbst wenn er dich nicht in Etiennes Club entdeckt hätte, hatte ich immer die Absicht, ihn um Hilfe zu bitten, falls nötig.

»Paris kennt das Phantom auch«, sagte Jude. »Warum hast du nicht ihren Namen auf die Puppe gestickt?«

Aber Paris ist ihm völlig gleichgültig! Bei dir sieht das ganz anders aus, wie du ja inzwischen selbst weißt. Außerdem wäre Paris im Leben nicht auf meine Beerdigung gekommen oder durch das Friedhofstor mit all den Charms gegangen.

Jude fiel ein, dass Sharkey ihr erzählt hatte, Ivory habe die Done & Dusted Band ganz ausdrücklich engagiert, was ihr schon damals merkwürdig vorgekommen war. Die Band gehörte wahrlich nicht zu den besten oder berühmtesten Musikgruppen in Baton Noir und war noch dazu bestimmt nicht die Sorte Band, die üblicherweise zur Beerdigung einer Cajou-Queen aufspielte.

»Du hast mich reingelegt«, sagte Jude, die allmählich begriff. »Mein Vater hatte recht. Es ist *tatsächlich* etwas Schreckliches geschehen, weil ich Andrés Angebot angenommen habe und regelmäßig in Moonfleet war.«

Aber vielleicht kann auch noch etwas Großartiges passieren, erklärte Ivory. *Ich habe dir nichts davon erzählt, dass ich genau dich ausgewählt habe, damit du keinen Riesenaufstand machst. Aber sieh mal, wir sind fast am Ziel. Du musst nur noch mit einer kleinen Beschwörung den Dieb herbeirufen, und dann finden wir zum Wunschbrunnen des Teufels.*

»Ach, ist das schon alles?« fragte Jude sarkastisch.

Los, machen wir einfach weiter, blaffte Ivory.

Jude erwog kurz, Belle und Ivory nicht mehr zu beachten und stattdessen zu Sofia zu gehen. Aber wozu? Das Phantom würde ihr helfen, den Dieb herbeizurufen. Sharkey lag ihretwegen bereits im Krankenhaus. Belle hatte völlig recht – es bestand kein Grund, Sofia auch noch in Gefahr zu bringen.

Missmutig ging Jude zu ihrem Bett, hob das Kissen und fischte das Foto von Daryl darunter hervor. Sie hatte es selbst gemacht, und sie hatte darauf eigentlich hauptsächlich die Glühwürmchen festhalten wollen, die sie so gern mochte. Daryl, der rein zufällig ins Bild gelaufen war, war leicht verschwommen am Steg zu sehen. Sie wusste noch genau, dass sie ihm ernstlich böse gewesen war, weil er ihr das Bild verpatzt hatte; sie hatte ihm zugerufen, dass er immer alles ruinieren musste.

»Das ist das einzige Foto von meinem Bruder, das ich habe«, sagte sie. »Ist das kostbar genug?«

Einige Lebensjahre von dir wären besser, aber wir können es ja mal mit dem Foto versuchen, sagte die Cajou-Queen.

Jude schob das Foto in ihre Tasche und vergewisserte sich, dass ihr Vater nach wie vor in seinem Sessel saß, bevor sie auf Zehenspitzen in sein Zimmer schlich. Das, was jetzt kam, fiel ihr besonders schwer. Etwas von sich selbst zu opfern war schon schlimm genug, aber ihrem Vater eines seiner wenigen Besitztümer zu nehmen, war noch eine ganz andere Sache.

Es ist doch auch zu seinem Besten, wisperte Ivory. *Vergiss das nicht.*

Jude redete sich ein, dass Ivory recht hatte, während sie die Kommode ihres Vaters durchwühlte. Wenn er dadurch von seinen Schmerzen befreit wurde, war es das allemal wert. Darum ging es doch schließlich. Dann hatte sie das Gesuchte gefunden, ganz hinten in der Schublade. Ein Medaillon an einer zierlichen Silberkette.

»Das hat meiner Mutter gehört«, sagte sie zu Ivory. »Mit einem Foto von Dad, Daryl und mir.«

Wird er es vermissen?

»Er wird am Boden zerstört sein. Außerdem …« sie schluckte, »außerdem haben wir kein Foto mehr von Daryl, wenn ich es weggebe. Wir können ihn nie wieder ansehen.«

Ausgezeichnet, sagte die Cajou-Queen.

♛

Jude versteckte die Trompete unter ihrem Bett, bevor sie alles zusammentrug, was sie für den Zauber benötigte, darunter auch die Gegenstände von ihrem Altar. Sie packte alles in den leeren Instrumentenkoffer und sagte ihrem Vater, sie hätte eine Probe für die bevorstehende Cajou-Nacht. Sie nahm die Straßenbahn zum Fountain District und ging geradewegs nach Moonfleet Manor. Ihre Nerven waren zum Zerreißen gespannt bei der Vorstellung, gleich mit dem Phantom zusammenzutreffen, nach allem was er ihr heute gestanden hatte. Sie wusste nicht, was sie davon halten, was sie empfinden oder wie sie darüber denken sollte. Die einfachste Lösung bestand erst mal darin, alles beiseitezuschieben und sich später damit zu befassen, wenn alles vorbei war.

Moonfleet Manor kauerte düster im Mondschein und die weit gespreizten Äste des Cajou-Baums zeichneten sich vor dem dunklen Himmel ab. Aus Angst vor dem unheimlichen Baum, dessen Äste wie Klauen nach ihr greifen und sie würgen konnten, schlug sie einen weiten Bogen darum, bis sie vor der Eingangstür stand und den Türklopfer gegen das Holz schlug.

Eine halbe Ewigkeit verging, und sie fragte sich bereits, ob das Phantom überhaupt da sein würde. Dann endlich näherten sich von innen Schritte, die Tür schwang auf und er stand vor ihr. Als Erstes bemerkte Jude die Blutflecken auf seinem weißen Kragen und sah dann seine zerrissenen Handschuhe mit dem blutbespritzten Saum.

»Was ist passiert?«, fragte sie erschrocken und spähte in die dunkle Eingangshalle. »Alles in Ordnung?«

Er folgte ihrem Blick und schob die Hände in die Taschen. »Alles bestens«, sagte er. »Violetta ist heute nur … ein bisschen wild. Wie schon gesagt.«

»Das soll ein *Geist* getan haben?« fragte Jude. Ihr Blick wanderte über die Schulter des Phantoms zur Treppe im Halbdunkel.

»Violetta tut jetzt nichts zur Sache«, sagte das Phantom. »Hast du alles, was du für den Zauber benötigst?«

»Ja, nur der Cajou-Efeu fehlt noch.«

»Gut, warte einen Augenblick.«

Er schloss die Tür, und Jude blieb allein auf der Veranda zurück. Kurz darauf tauchte er mit einem neuen Paar Handschuhe und etlichen Gartenscheren auf.

»Cajou-Bäume sind an und für sich schon schwierige Pflanzen«, erklärte er. »Aber seit dieses Exemplar zum Baum der Gehängten wurde, hat es anscheinend eine besondere Verbindung zu Violetta. Bleib also lieber auf Abstand und überlass das Ganze mir.«

Jude folgte ihm quer über den Rasen. Etwa drei Meter von dem Baum entfernt blieb er stehen, hob die Hand und sagte: »Warte hier und komm nicht näher.«

Jude gehorchte und sah zu, wie er zu dem Cajou-Baum ging. Sie selbst war dem Baum noch nie so nahe gewesen, und sogar im Mondlicht ließ sich deutlich erkennen, wie seltsam dieses Gewächs war. Das lag nicht allein an den krummen, verdrehten Ästen, die in den merkwürdigsten Winkeln aus dem Stamm wucherten und bei deren Anblick Judes Kopf schmerzte, sondern auch an den Stecknadeln, Nadeln und Nägeln tief in der schwarzen Borke. Die Blätter waren mit schiefen Stichen an den Zweigen festgenäht und Knöpfe, an denen sonderbare schwarze Federn hingen, schimmerten an den Ästen. Cajou-Perlen in allen Farben baumelten in dichten Trauben wie Beeren am Baum, und die Wurzeln kamen im Gras wie verkrümmte Finger auf sie zugekrochen. Klebriges rotes und schwarzes Wachs rann wie Harz am Stamm herab. Der Baum verströmte einen herben Duft nach Teer, Blut und Schwarzmagie. Der Gedanke, dass ein derart großer Baum einfach über Nacht erschienen war, hatte etwas Beklemmendes.

Cajou-Efeu wand sich um den Stamm herum, wickelte sich in schlangenartigen Drehungen um die Zweige.

Als das Phantom näher kam, schnellte eine der Ranken hervor und schlang sich um seine Taille. Er trat sofort einen Schritt zurück, hob die Schere und durchschnitt die Ranke. Sie blieb an seinem Ärmel haften, und er brachte sich rasch vor den anderen Ranken in Sicherheit, die sich bereits nach ihm ausstreckten.

»Reicht das?«, fragte er Jude und hielt die Ranke hoch. Sie war ungefähr einen halben Meter lang.

Wunderbar, hauchte Ivory.

Jude nickte. »Ja, das reicht. Jetzt haben wir alles Nötige für den Zauber.«

Sie befolgte Ivorys Anweisungen, baute zuerst ihren Altar auf dem Rasen auf und gab die Gegenstände dann in das Glasgefäß. Als sie Daryls Foto hineinlegte, schmerzte sie der Verlust wie eine tiefe Wunde, und sie zögerte lange, bevor sie sich auch vom Medaillon ihrer Mutter trennte. Sie würde nie wieder in Daryls verschmitztes, sommersprossiges Gesicht blicken, und die Erinnerung an ihren Bruder würde allmählich verblassen, bis sie sich eines Tages gar nicht mehr daran erinnern würde können, wie er ausgesehen hatte – beinahe so, als hätte es ihn nie gegeben.

Aber Daryl war tot und sie konnte ihm nicht mehr helfen, während ihr Vater noch lebte. Jude stopfte entschlossen das Medaillon in das Gefäß. Dann befahl ihr Ivory, den Namen des Diebes dreizehnmal rückwärts auf ein Blatt Papier aufzuschreiben, es zusammenzurollen und ebenfalls hineinzulegen.

Jetzt musst du den Efeu in das Gefäß wickeln, ordnete Ivory an.

Jude hatte damit gerechnet, dass sie die Ranke irgendwie befestigen musste, aber sie glitt ihr wie von selbst aus der Hand und zwängte sich eifrig in den Krug hinein, als spürte sie die magischen Kräfte darin. Die Blätter mit den Stichen drückten sich von innen gegen das Glas, verbargen die anderen Gegenstände darin und versiegelten die Öffnung.

Und was kommt als Nächstes?, fragte Jude in der Erwartung, dass Ivory einen Zauber sprechen würde und die Sache damit erledigt war.

Stattdessen sagte die Cajou-Queen: *Du musst das Gefäß an einer Wegkreuzung vergraben.*

An einer Wegkreuzung?

Nur so kannst du den Dieb herbeirufen. Normalerweise müsste einer der Anwesenden vom Dieb besessen werden, um Kontakt aufzunehmen, aber dir ist es möglich, ihn ohne diesen Umweg zu sehen.

Jude blickte zum Phantom auf. Er stand ein paar Schritte entfernt und ließ sie nicht aus den Augen. »Sie sagt, wir müssen an eine Wegkreuzung. Gibt es hier eine in der Nähe?«

»Zufällig befindet sich eine auf dem Gelände«, sagte er. »Direkt hier, in Moonfleet.«

»Wo denn?«

Er deutete rückwärts über seine Schulter. »Am Familiengrab. Ein oder zwei Familienmitglieder haben sich im Lauf der Zeit auch mal in Cajou-Magie versucht. Der Friedhof wurde mit einer Wegkreuzung in der Mitte angelegt.«

Eine Kreuzung auf dem Friedhof!, rief Ivory. *Besser geht es wirklich nicht.*

Jude nahm Altar und Flasche und sie gingen hinüber zum Friedhof auf der entgegengesetzten Seite des Hauses. In regelmäßigen Abständen beleuchteten eiserne Laternen mit elektrischem Licht den Weg. Wie die meisten Friedhöfe in Baton Noir befanden sich auch in diesem die Gräber über der Erde, in Steinsarkophagen und Krypten, wachsam beäugt von den Marmorstatuen einiger Legba – beispielsweise dem Totengräber und Baron Lukah. Während sie an den prächtigen Gräbern vorbeigingen, erkannte Jude einige Namen der Verstorbenen von den Porträts im großen Zimmer wieder und wünschte sich insgeheim, Ivory hätte sie nicht so ausführlich in deren dunkle Lebensgeschichten eingeweiht.

Die Wegkreuzung lag in der Mitte des Friedhofs. An der einen Seite stand eine kleine Hütte, aus der das Phantom jetzt eine Schaufel holte.

»Musst du das Loch selbst graben?«, fragte er.

Ja, bestätigte Ivory.

Jude nickte.

Er reichte ihr die Schaufel.

»Sei aber vorsichtig«, sagte er warnend. »An dieser Stelle sind im Laufe der Zeit wahrscheinlich eine Menge scheußlicher Sachen begraben worden.«

Das klang nicht besonders aufmunternd. Jude grub so schnell wie möglich ein kleines Loch und rechnete ängstlich damit, jeden Augenblick auf einen Schädel oder ein Skelett zu stoßen. Sobald sie tief genug gegraben hatte, drückte sie das Gefäß hinein und schaufelte Erde darüber, bis nichts mehr zu sehen war. Sie richtete sich auf und rieb Erdkrümel von ihren Händen.

Und jetzt?

Jetzt müssen wir abwarten, ob der Zauber mächtig genug ist, um den Dieb herbeizurufen, sagte Ivory.

Und wie lange dauert das?

Noch bevor Ivory antworten konnte, ertönte von der Kuppel einer Krypta eine Stimme.

»Na so was! Das sieht ja wirklich sehr interessant aus.«

Jude sah auf und erblickte einen schlaksigen Mann auf dem Dach von Dorian Majstros Krypta, der lässig mit den langen

Beinen baumelte; während er sie musterte, breitete sich allmählich ein verschlagenes Grinsen auf seinem Gesicht aus.

Der Legba der Diebe trug einen Anzug, der schon bessere Tage gesehen hatte. Die Weste war mit Flicken besetzt und an vielen Stellen gestopft. Die Spitzen seiner Lederschuhe waren abgewetzt, die Schuhe hätten eine Politur dringend nötig gehabt und die Manschetten des Hemdes waren mit Tinte befleckt. Jude fiel ein, dass der Dieb, wenn er nicht gerade auf einem Raubzug unterwegs war, sich vorzugsweise mit dem Verfassen von Drohbriefen beschäftigte.

Dunkles, strähniges Haar fiel ihm bis auf die Schultern und in seinem schmalen, bleichen Wolfsgesicht zeichneten sich auffällig hervorstehende Wangenknochen ab. Ein Kneifer saß auf seiner langen Nase, und er schob ihn jetzt nach oben, um die Gegenstände, die er in der Hand hielt, zu betrachten. Es war das Foto von Daryl und das Medaillon ihrer Mutter.

»Das Bild eines toten Bruders«, sagte der Dieb. »Und ein Medaillon, das einmal deiner Mutter gehört hat und das du deinem Vater stibitzt hast.« Er blickte Jude über den Rand seines Kneifers an. »Ich bin ganz Ohr, Mädchen. Was soll ich für dich stehlen?«

»Ist er hier?«, fragte das Phantom, als Jude wie gebannt auf die Krypta blickte.

Sie nickte. »Ich möchte, dass du eine Teufelsmünze für mich stiehlst«, sagte sie. »Sie gehört einem Vampir namens Etienne Malloy.«

Der Dieb warf einen Blick auf Foto und Medaillon in seiner Hand, hielt beides hoch und wog es prüfend.

»Tja«, sagte er nachdenklich. »Das lässt sich machen.« Er sah sie an. »Aber du wirst die Münze nur für kurze Zeit besitzen, es sei denn, du legst noch ein paar Jahre deiner Lebenszeit drauf.«

»Und wie lange habe ich die Münze, ohne dir Lebenszeit zu geben?«

Der Dieb spitzte die Lippen und überlegte kurz. »Eine Stunde. Ich fürchte, mehr ist nicht leider nicht drin.«

Jude befürchtete schon, Ivory könnte protestieren und eine Stunde als zu kurz befinden, um sich auf den Weg in den Sumpf zu machen und dort nach dem Wunschbrunnen zu suchen, aber überraschenderweise willigte die Cajou-Queen sofort ein.

Eine Stunde ist genug.

Jude teilte es dem Dieb mit, der erstaunt die Brauen hob. »Bist du sicher?«, fragte er. »Wenn du noch sechs Wochen deiner Lebenszeit dazugeben würdest, gehört die Teufelsmünze drei Wochen lang dir.«

»Nein, vielen Dank«, sagte Jude. »Eine Stunde reicht aus.«

Er zuckte die knochigen Schultern und steckte Foto und Medaillon in seine Tasche. »Wie du willst. Dann sind wir also im Geschäft?«

Jude nickte.

»Jetzt musst du dein Anliegen nur noch laut aussprechen.«

»Ich möchte, dass du die Teufelsmünze für mich stiehlst.«

»Mit dem allergrößten Vergnügen.« Er erhob sich. »Morgen Nachmittag ist die Münze in deinem Besitz.«

Erst morgen Nachmittag!, rief Ivory. *Warum dauert das so lange? Kann er sie nicht sofort besorgen?*

Spielt das denn eine Rolle?, fragte Jude verwundert.

Dennoch blickte sie zu dem Dieb hoch und gab die Frage weiter.

»Kannst du die Münze nicht früher besorgen?«

»Überraschenderweise habe ich neben den Botengängen für Miss Lomax auch noch die eine oder andere Sache zu erledigen«, erwiderte der Dieb und rückte seine Krawatte gerade. »Morgen

Nachmittag hast du die Münze. Oder möglicherweise auch erst gegen Abend.«

Dann schnippte er mit Fingern und war verschwunden.

Kapitel 23

Jude ging nach Hause und verbrachte die Nacht in ihrem eigenen Bett. Am nächsten Morgen, als sie sich anzog, grummelte Ivory unablässig, weil sie länger als erwartet auf die Teufelsmünze warten mussten, aber da nichts daran zu ändern war, achtete Jude nicht weiter auf das Genörgel. Gerade als sie aus dem Zimmer gehen wollte, meldete sich Ivory zu Wort. *Du trägst heute eine andere Latzhose.*

»Gibt's damit ein Problem?« fragte Jude.

Hol die Knochenblume aus der anderen Latzhose, sagte Ivory. *Wir sollten sie mitnehmen.*

»Was hast du nur immer mit dieser Blume?«, murmelte Jude, zog sie aus der anderen Latzhose und stopfte sie sich in die Tasche. Das Gefühl, dass die Cajou-Queen bei der Fahrt in den Black Bayou nicht mit offenen Karten gespielt hatte und sie nach ihrem Sturz ins Wasser absichtlich in die Tiefe gezogen hatte, ließ sich einfach nicht abschütteln. Als hätte Ivory es von Anfang an auf diese Knochenblumen abgesehen …

Ivory hörte ihre Gedanken. *Sei doch nicht so misstrauisch! Das war reiner Instinkt.*

»Behauptest du zumindest«, erwiderte Jude.

Wir sollten sie mitnehmen, ganz einfach, weil sie uns noch nützlich sein könnte. Wenn du sie hier einfach herumliegen lässt, frisst Beau sie womöglich noch. Er hat eine Schwäche für magische Blumen.

Tatsächlich stellte Jude mit einem Blick auf ihr Bett fest, dass Beau dort aufgetaucht war und zusammengerollt friedlich schlummerte. Aber im Augenblick wollte sie unbedingt zu Sharkey ins Krankenhaus und hatte keine Lust auf längere Diskussionen.

Als sie auf der Station ankam, gab es gute Nachrichten. Sharkeys Wunde heilte schnell, und wahrscheinlich durfte er schon morgen nach Hause. Sie verbrachten den Tag mit Kartenspielen und Gesprächen, und es tat so gut, einmal Ruhe von dem ständigen Cajou-Wahnsinn zu haben; völlig entgehen konnte sie ihm jedoch nicht, denn heute Abend war Cajou-Nacht. Selbst im Krankenhaus hatte man alles mit Perlen dekoriert und auf allen Stationen knisterte Jazzmusik auf den Plattenspielern.

Nach dem Mittagessen wurde Ivory zunehmend unruhiger und dachte ständig darüber nach, wann und wo der Dieb ihnen die Münze aushändigen würde.

Er weiß vermutlich sowieso, wo ich gerade bin, sagte Jude. *Schließlich ist er ein Legba.*

Ich finde, du solltest nach Moonfleet gehen, beharrte Ivory. *Dort haben wir ihn gerufen und wahrscheinlich wird er auch wieder dort auftauchen.*

Zuerst weigerte sich Jude. Die Aussicht, tatenlos auf dem Privatfriedhof von Moonfleet Manor herumzulungern, war nicht besonders verlockend, aber Ivory drängte so sehr, dass sie schließlich nachgab. Sie verabschiedete sich schweren Herzens von Sharkey und machte sich auf den Weg. Als sie die Veranda erreichte, kam Paris zur Tür herausgestürmt und dicht hinter ihr das Phantom.

»... bleibe keine Minute länger in diesem Horrorhaus!«, rief sie gerade.

Das Phantom streckte eine Hand aus und hielt sie fest. »Bitte bleib hier!«, rief er und klang seltsam angespannt. »Ich zahle dir auch das Doppelte.«

»Nicht für alles Geld in den Schatzkammern der Majstros«, fauchte Paris und riss sich los. »Sie sind ... ein Ungeheuer, Sie hätten mich niemals darum bitten dürfen. Sie ist eine wild gewordene Wahnsinnige und gehört dringend ins Irrenhaus. Wenn Sie Menschen einsperren wollen, bitte sehr, das ist Ihre Entscheidung. Das ist wirklich ein verfluchtes –«

»Sei still!«, schnitt er ihr das Wort ab, als er Jude bemerkte. Mit einer kurzen Bewegung seiner behandschuhten Hand winkte er Paris fort: »Ich akzeptiere deine Kündigung. Verlass bitte sofort das Grundstück. Ich will dich hier nie mehr sehen.«

Paris wirbelte herum, sah Jude und verzog das Gesicht.

»Ich an deiner Stelle würde auch von hier verschwinden, falls du noch einen Rest Vernunft besitzt«, stieß sie hervor und stürmte davon.

»Was ist hier eigentlich los?«, fragte Jude und starrte verblüfft hinter Paris her.

»Das spielt jetzt keine Rolle«, erwiderte das Phantom. »Ich hatte gehofft, Paris könnte etwas für mich erledigen. Die Sache war sowieso ziemlich aussichtslos ... und jetzt wird offenbar nichts mehr daraus.«

Er klang vollkommen niedergeschlagen. »Kann ich dir vielleicht helfen?«, bot Jude an.

Doch dann fiel ihr ein, dass Paris zu den Perlen gehörte und es nur eine Art von Gefälligkeit gab, an die das Phantom in diesem Zusammenhang gedacht haben dürfte. Sie wurde feuerrot.

Als das Phantom ihre Reaktion bemerkte, lachte er freudlos

auf. »Nein, da täuschst du dich«, sagte er. »Aber es ist nichts, wobei du mir helfen könntest.«

»Was meinte sie damit, dass jemand eingesperrt ist?«, fragte Jude, und mit einem Mal beschlich sie leise Angst.

Das Phantom wandte sich ab. »Es ging um Violetta.«

»Aber sie sagte doch etwas über ein Irrenhaus …«

»Denk nicht weiter drüber nach«, erwiderte er. »Hat der Dieb die Münze schon gebracht?«

»Nein, bisher noch nicht. Ivory meint, ich soll hier auf ihn warten, falls er wieder am selben Ort auftaucht.«

»Dann gehen wir hinüber zum Friedhof«, sagte das Phantom. Jude folgte ihm über den Rasen zur letzten Ruhestätte der Familie, aber das Unbehagen wollte nicht weichen. Paris hatte sich so angehört, als würde jemand in Moonfleet gefangen gehalten. Die Leute sprachen häufig darüber, dass auf dem Dachboden des Hauses noch ein Wahnsinniger eingesperrt war, aber Jude hatte dieses Gerede nie ernst genommen. Trotzdem blickte sie unwillkürlich zu den dunklen Fenstern hinauf, die wie Augen aus dem obersten Stock des Hauses spähten. Ihr fiel wieder ein, was Ivory einmal gesagt hatte:

Wenn du die Wahrheit wüsstest, würdest du nie mehr im selben Raum mit ihm sein wollen …

Sie richtete ihre Gedanken auf die Cajou-Queen.

Weißt du etwas darüber?, fragte sie.

Was meinst du? Ivorys unschuldiger Ton klang aufgesetzt.

Das, was Paris gesagt hat. Gibt es einen Gefangenen in Moonfleet? Erpresst du André mit diesem Geheimnis?

Sieh zu, dass du die Münze zurückbekommst, das ist deine Aufgabe, erwiderte Ivory. *Im Augenblick haben wir Wichtigeres zu tun, als uns um das Phantom Sorgen zu machen, auch wenn du in ihn verknallt bist.*

Ich bin überhaupt nicht verknallt in ihn!, erwiderte Jude und ärgerte sich, wie kindisch sie sich anhörte. Daran war nur Ivory schuld.

Dann hör auf, dauernd von ihm zu reden.

Jude ließ das Thema fallen, als sie den Friedhof erreichten. Vom Dieb war keine Spur zu sehen, und daran änderte sich auch in der folgenden Stunde nichts. Während die Zeit endlos dahinkroch, wurde Ivory zusehends unruhiger.

Was bist du denn so ungeduldig?, fragte Jude schließlich barsch. *Wozu die Eile?*

Wozu die Eile? Ivorys Stimme klang höhnisch. *Ich habe es einfach satt, stell dir mal vor! Alles dauert viel zu lange, und ich muss herausfinden, wer mich ermordet hat, damit derjenige entsprechend bestraft werden kann! Abgesehen davon kann niemand sagen, wie lange Verlass auf deinen schwachen Menschenkörper ist, bevor mein Geist ihn auszehrt und überwältigt.*

Jude überlief es kalt. Diese Vorstellung war nicht gerade aufmunternd.

Eine weitere Stunde verging und der Himmel verdunkelte sich bereits, als der Dieb endlich auftauchte, an genau derselben Stelle, wo sie ihn zum ersten Mal getroffen hatten, auf der Kuppelspitze der Krypta von Dorian Majstros Grab. Die Teufelsmünze in seinen Fingern glänzte schwach. Er verbeugte sich spöttisch, als er Jude sah, und verneigte sich so tief, dass er mit der Nase beinahe den Boden berührte. Dann richtete er sich auf und warf ihr die Münze zu.

»Deine Beute, Verehrteste«, sagte er. »Viel Spaß damit.«

Jude fing die Münze mit beiden Händen auf, und als sie aufsah, war der Dieb verschwunden.

Endlich!, zischte Ivory, den Blick auf die Münze geheftet.

Und jetzt?, fragte Jude.

Sag dem Phantom, dass wir ein Boot benötigen, sagte Ivory. *Der Raddampfer steckt noch im Sumpf fest und das Rettungsboot ist viel zu klein. Er muss schnell ein anderes besorgen.*

Das Phantom nickte, als Jude diese Anordnungen weitergab. »Ich weiß, wo wir ein Boot herbekommen«, sagte er. »Am besten gehen wir sofort dorthin.«

Nein, sagte Ivory. *Du musst hierbleiben und noch einen Zauber sprechen. Er wird uns dabei helfen, den Wunschbrunnen zu finden.*

»Ivory möchte, dass ich hierbleibe und einen weiteren Zauber ausführe.«

»Was für einen Zauber denn?«, fragte das Phantom.

»Einen Suchzauber. Sie sagt, er wird uns helfen, den Wunschbrunnen zu finden.«

Das Phantom blickte sie an und seine Augen wurden schmal. »Warum hat sie diesen Zauber dann nicht schon bei unserem ersten Ausflug in den Sumpf benutzt?«

Jude horchte auf Ivorys Antwort. »Der Zauber ist offenbar nur an Wegkreuzungen wirksam. Sie wusste nichts von der Kreuzung auf deinem Grundstück.«

Das Phantom überlegte einen Augenblick. »Mir wäre es lieber, du würdest nicht allein hier in Moonfleet bleiben.«

Jude setzte zu einer Antwort an und stockte. Sie spürte ein sonderbares Gurgeln in ihrem Magen, gefolgt von einem mindestens genauso seltsamen Druck, der sich in ihrem Inneren aufbaute.

»Was zum ...?«, setzte sie an, kam jedoch nicht weiter, sondern krümmte sich keuchend.

In ihrem Magen war *etwas,* und dieses Etwas lebte. Sie spürte die Lebewesen in sich herumkrabbeln, schieben, drängen und herumstochern, als suchten sie einen Weg hinaus.

»Was ist los mit dir?«, fragte das Phantom, als Jude auf die Knie sank.

Sie bekam kein Wort heraus, konnte nur verzweifelt mit den Achseln zucken, während sie spürte, wie sich große zappelnde Klumpen in ihrer Kehle nach oben zwängten. Dann waren sie in ihrem Mund, krabbelten über ihre Zunge und fielen schließlich mit einem lauten nassen Platscher vor ihr auf den Boden.

Entsetzt starrte Jude auf die schleimige Kröte vor sich. Bevor das Tier sich aufgesetzt hatte, würgte Jude erneut und ein zweite Kröte fiel aus ihrem Mund, und dann eine dritte, vierte und fünfte. Nicht lange, und dreizehn Kröten lagen vor ihr, bildeten einen feucht glänzenden Klumpen aus Füßen mit Häuten zwischen den Zehen, Glupschaugen und ledriger grüner Haut.

Jude setzte sich erschöpft nieder und wischte sich den Schleim vom Kinn, während die Kröten hastig zwischen den Gräbern das Weite suchten. Ihr Mund schmeckte nach Sumpfwasser und sie hätte den Geschmack gern mit einem Glas Wasser weggespült.

»Was zum Teufel war das denn?«, fragte das Phantom. Er kniete vor ihr und seine grauen Augen musterten sie prüfend durch die Schlitze der Maske.

Wie gesagt, gewöhnliche Sterbliche können es nur für einen bestimmten Zeitraum ertragen, von Cajou-Zauber besessen zu sein, flüsterte Ivory. *Die schwarze Magie in ihrem Blut wird zu stark und zehrt sie aus. Du wirst sterben, wenn ich noch viel länger in dir bleibe, da kannst du sicher sein. Die Zeit läuft uns davon, Mädchen.*

»Es liegt an Ivory«, sagte Jude. »Sie sagt, ich muss sterben, wenn ihr Geist mich nicht bald verlässt. Ich glaube, du solltest jetzt schleunigst dieses Boot besorgen.«

»Na gut.« Er schüttelte zweifelnd den Kopf. »Bleib hier draußen, bis ich wieder zurück bin, und geh nicht zu nahe ans Haus.«

»Versprochen«, sagte Jude.

Sie blickte ihm nach, bis er hinter den Eingangstoren verschwunden war, und sagte zu Ivory: »Okay, wie funktioniert dieser Zauber? Muss ich dafür noch irgendwelche Zutaten besorgen oder –«

Es gibt keinen Zauber, erwiderte Ivory.

»Aber du hast doch gerade –«

Nur eine kleine Notlüge, um André loszuwerden.

»Warum denn das?«

Weil ich dir jetzt sein Geheimnis verraten werde.

Kapitel 24

Jude schwieg einen Augenblick und der warme Abendwind strich durch ihr Haar.

»Woher der plötzliche Sinneswandel?«, fragte sie schließlich.

Ich bin schließlich kein Ungeheuer, erklärte Ivory. *Was du auch von mir denken magst, manche Ungerechtigkeiten sind sogar für mich schwer zu ertragen, und eine davon liegt mir schon eine ganze Weile auf der Seele. Obwohl ich seit Langem von dem großen Leid in Moonfleet Manor wusste, habe ich nichts getan, um es zu lindern. Jetzt ist das Phantom für einen Augenblick aus dem Weg, und vielleicht ist das meine letzte Gelegenheit, eine frühere Verfehlung wiedergutzumachen. Deswegen werde ich dir das Geheimnis des Phantoms verraten, und du wirst entsetzt darüber sein, wie jeder normale Mensch. Du wirst nichts mehr mit ihm zu tun haben wollen, aber trotzdem musst du mir versprechen, dass du deine Abneigung überwindest und so lange mit ihm zusammenarbeitest, bis wir meinen Mörder gefunden haben.*

»Mir bleibt ja wohl keine andere Wahl«, erwiderte Jude und dachte an die Kröten.

Vor Kurzem hast du mich gefragt, ob jemand in Moonfleet Manor gefangen gehalten wird, sagte Ivory. *Die Antwort auf diese Frage lautet Ja. André hält ein Kind auf dem Dachboden gefangen.*

Jude wich zurück. »Das glaube ich dir nicht.«

Du hast selbst gehört, was Paris gesagt hat, bevor sie davongelaufen ist. André hat sie angestellt, um dieses Kind zu bewachen. Deswegen hatte er auch mich schon um Hilfe gebeten. Ich sollte einen Zauber sprechen, damit das Kind sein Gedächtnis verliert – damit die Kleine etwas vergisst, was sie nicht hätte sehen sollen. Ich kam hierher, um mich um sie zu kümmern. Ich sagte dem Phantom, ich bräuchte mehr Zeit, um sie besser kennenzulernen und den richtigen Zauber für sie zu finden. Ich spielte mit dem Gedanken, zur Polizei zu gehen, aber ich wollte mir keinen der Majstros zum Feind machen. Aus Feigheit habe ich also nichts unternommen und bitte dich jetzt, mir dabei zu helfen, eine meiner niederträchtigsten Taten wiedergutzumachen.

Jude wollte Ivory nicht glauben, aber da war ein verzweifelter Unterton in der Stimme der Cajou-Queen, der aufrichtig klang.

»Welche Erinnerung wollte er denn aus dem Gedächtnis der Kleinen verschwinden lassen?«, fragte sie.

Sie hatte sein Gesicht gesehen, sagte Ivory. *Ohne die Maske. Niemand darf sein Gesicht sehen. Er ist ein stolzer Mann, und die Vorstellung, die Kleine könnte vielleicht erzählen, was sie gesehen hat, war ihm einfach unerträglich.*

Judes Gedanken schossen ihr hektisch kreuz und quer durch den Kopf, während sie an alles zu denken versuchte, was sie über André wusste. Die Maske war jedenfalls wichtig für ihn, so viel stand fest. Sogar mit Maske zeigte er sich nicht gern in der Öffentlichkeit. Sie konnte sich durchaus vorstellen, dass er sehr heftig darauf reagierte, wenn jemand sein wahres Gesicht sah. Aber würde er deswegen ein Kind einsperren?

»Ich kann … ich kann einfach nicht glauben, dass André zu so etwas imstande wäre«, sagte sie schließlich.

Wenn du mir nicht glaubst, ist es vielleicht am besten, wir überzeugen uns selbst davon, erwiderte Ivory.

Jude blickte zu dem grauen Gemäuer des Herrenhauses hinüber. »Ich habe ihm versprochen, nicht ins Haus zu gehen. Außerdem habe ich keinen Schlüssel …«, sagte sie, aber dann fiel ihr der Skelekey-Zauber ein und sie verstummte.

Meine Zauberkraft wird uns in das Haus hineinführen, sagte Ivory. *Bitte. Ich weiß, du hast gute Gründe, mir zu misstrauen, aber du musst mir glauben, wenn ich dir sage, dass in dem Haus ein Kind eingesperrt ist. Wir können die Kleine befreien, bevor das Phantom wieder zurück ist. Eine solche Gelegenheit gibt es kein zweites Mal. Wenn du diesem Kind jetzt deine Hilfe verweigerst, wirst du den Rest deines Lebens mit dem Wissen verbringen müssen, dass du in Moonfleet Manor eine arme, gequälte Seele im Stich gelassen hast, weil du zu feige zum Handeln warst.*

Jude dachte an das schluchzende Mädchen auf der Treppe, das sie einfach sich selbst überlassen hatte. Inzwischen wusste sie, dass es sich dabei um einen blutrünstigen Geist handelte, aber dieser Einwand half ihr auch nicht, denn damals hatte sie nichts davon geahnt. Ihr fiel das junge Mädchen in Etiennes Club ein; auch diesem Mädchen hatte sie nicht geholfen, sondern es im Stich gelassen, es zu einem Leben mit den Vampiren, der Alten Esther und den verlorenen Seelen verdammt. Dem Kellner im Club Fang hatte sie helfen wollen, aber stattdessen war es ihr wichtiger gewesen, ihren eigenen Auftrag auszuführen, und sie hatte sich dabei gesagt, dass sie sowieso nichts hätte ausrichten können. Nun ja, vielleicht galt diese Entschuldigung in diesem Fall nicht. Schließlich konnte sie ins Hauptgebäude gehen und sich selbst davon überzeugen, ob Ivory die Wahrheit gesagt hatte oder nicht. Diese Gelegenheit würde sich ihr nie wieder bieten.

Sie biss die Zähne zusammen. »Einverstanden«, sagte sie. »Zeig mir, wie ich ins Haus komme, und dann sehe ich mir den Dachboden an. Ich verspreche dir aber nichts. Ich befreie auch niemanden, ohne vorher mit dem Phantom zu sprechen. Falls dort oben tatsächlich jemand eingesperrt sein sollte, hat er wahrscheinlich gute Gründe dafür.«

Noch während sie den Satz aussprach, fragte sie sich jedoch insgeheim, ob es wirklich einen guten Grund geben konnte, ein Kind einzusperren, insbesondere an einem so schaurigen und verwunschenen Ort wie dem Dachboden in Moonfleet Manor.

Auf dem Weg zurück zum Hauptgebäude legte sich Beau mit einem Mal um Judes Schultern; sie streichelte seinen Kopf und war froh über seine Gegenwart und sein beruhigendes Gewicht. Jude war nicht überrascht, dass die Eingangstür diesmal mehrfach verschlossen war. Sie musste den Skelekey-Zauber ein paarmal sprechen, bevor sich die Tür öffnete und den Blick auf den düsteren Empfangsbereich freigab. Die prächtige Doppeltreppe ragte vor ihnen auf, das dunkle Cajou-Holz schimmerte feucht. Jude trat einen Schritt vor, aber Ivory hielt sie sofort zurück.

Nicht da entlang. Violetta lässt dich vielleicht nicht vorbei.

In diesem Augenblick vernahm Jude das verzagt klingende Flüstern, das sie schon kannte.

Warum hab ich das nur getan? Warum hab ich das getan?

Es war keine angenehme Vorstellung, an diesem Geisterwesen vorbeizugehen, schon gar nicht, wenn sie an den irren Blick in den Augen auf dem Gemälde dachte und an die schrecklichen Dinge, die dieses Mädchen auf dem Dachboden getan hatte. Bei dem Gedanken, dorthin zu gehen, überlief Jude ein Schauder.

Es gibt noch eine zweite Treppe, sagte Ivory. *Im hinteren Trakt des Hauses. Du musst den Flur entlanggehen.*

Jude lief weiter durch den dunklen Gang, wie die Cajou-Queen es angeordnet hatte, und war froh darüber, dem wispernden Geist nicht zu nahe zu kommen. Der Korridor war so dunkel, dass Ivory mit Judes Zunge sprechen und laut befehlen musste: »Luminé.«

Die Kerzen in den Wandhaltern leuchteten augenblicklich auf und spendeten genug Licht, dass Jude weitergehen konnte. Sie hatte das Gefühl, ein schlimmes Unrecht zu begehen, weil sie ohne das Phantom hier war. Sie fühlte sich wie ein Einbrecher und hatte den unangenehmen Eindruck, das Haus selbst würde jeden ihrer Schritte beobachten. Es war, als hielte jemand den Atem an. Wartete ab.

Auf halbem Wege im Korridor gab der grüne Boden unerwartet unter ihr nach. Jude stolperte und stützte sich an der Wand ab. Die Wandfliesen fühlten sich überraschend warm und weich an, und einen Augenblick lang hatte sie beinahe das Gefühl, die Wand würde sich gegen ihre Hand pressen, so wie dieses Haus zu atmen schien …

Lebt Moonfleet Manor?, zischte sie. *Ich meine, ist das Haus irgendwie lebendig?*

Wer weiß, gab Ivory zurück. Das war keine sonderlich beruhigende Antwort.

Ivory dirigierte sie den Korridor entlang bis zur Küche, wo sich das zweite Treppenhaus befand. Es hatte eindeutig als Dienstbotenaufgang gedient, damals, als es in Moonfleet noch Dienstboten gegeben hatte. Die einfache Holztreppe führte direkt in den zweiten Stock. Jude spähte kurz in einen anderen Flur, der abzweigte.

Nicht stehen bleiben. Geh weiter zum Dachboden. Die Treppe führt bis ganz nach oben, sagte Ivory.

Jude stieg die Stufen hoch und wurde mit jedem Schritt vorsichtiger. Das ausgetretene Holz ächzte laut unter ihren Gummistiefeln, und es roch zunehmend muffig. Hier oben gab es keine Fenster und das elektrische Licht brannte nur schwach. In der drückenden Hitze bildeten sich Schweißtropfen an ihrem Haaransatz. Als atmete man die Luft in einer Krypta ein, eingeschlossen mit Geistern und alten Knochen, als spürte man die tastende Hand Baron Lukahs, die nach einem griff …

Vielleicht lag es daran, dass sie an den Legba des Todes gedacht hatte, aber Jude meinte plötzlich, das deutliche Ticken der Taschenuhr zu hören, die er stets bei sich trug, um die Lebenszeit der Menschen zu messen, spürte seine dürren, trockenen Finger über ihre Wange streichen …

Sie schrie auf, wich an die Wand zurück und hätte um ein Haar Beau von ihren Schultern gestoßen, als sie die Hand abwehrend gegen einen unsichtbaren Feind hob.

Lass das!, schimpfte Ivory. *Denk nicht an Baron Lukah. Der ist sowieso schon hinter mir her, du brauchst ihn nicht noch mit deinen Gedanken anzulocken.*

»Entschuldige«, keuchte Jude. »Das wollte ich nicht. Ich hatte nur plötzlich das Gefühl, er wäre neben mir auf den Stufen.«

Sie blickte die Treppe hinunter und glaubte für einen Augenblick, ein kurzes Leuchten zu sehen, wie Licht, das sich in getönten Brillengläsern spiegelt.

Wir sind gleich da, nur noch ein paar Stufen bis zum Dachboden, sagte Ivory. *Mach schon. Wir haben nicht mehr viel Zeit.*

»Schon gut«, sagte Jude, wischte sich den Schweiß von der

Stirn und ging weiter. Es schien ihr nicht klug, das Halbdunkel der Treppe im Rücken zu haben, und ihre Schritte klangen laut und durchdringend, als sie so schnell wie möglich nach oben stieg. Endlich war sie im obersten Stock angelangt und blieb dort vor einer einfachen Holztür stehen. Etwas an dieser Tür, hinter der scheußlichen Gräueltaten begangen worden waren, ließ Jude schaudern. Die Tür war abgeschlossen, aber damit hatte sie gerechnet und wisperte jetzt den magischen Entriegelungszauber. Die Tür blieb jedoch fest verschlossen.

Sie ist mit einem Schutzzauber belegt, sagte Ivory. *Nur wer ihn ausgesprochen hat, kann ihn aufheben. Glücklicherweise war ich das selbst.*

Sie übernahm die Kontrolle über Judes Zunge und flüsterte leise mit ihrer eigenen Stimme die magischen Worte. Mit leisem Klicken glitt der Riegel zurück. Jude streckte die Hand aus und drückte die Klinke nach unten. Die Tür schwang auf und gab den Blick auf den Dachboden frei.

Kapitel 25

Jude hatte erwartet, einen staubigen und dunklen Raum voller Spinnweben und Schatten vorzufinden. Aber der Dachboden war sauber und mehrere Lampen verbreiteten ein warmes, behagliches Licht. Dicke Teppiche lagen auf dem Boden und gut gefüllte Bücherschränke reihten sich an der Wand. Eine elegante Sesselgruppe stand in einer Ecke, und auf der anderen Seite des Dachbodens sah sie ein Bett, ein Waschbecken und eine Toilette. Ein geöffneter Schrank war mit Spielzeug vollgestopft, darunter auch ein perfektes Modell der Ghost Station. Vor dem Miniaturbahnhof kniete ein kleines Mädchen mit einer wunderschönen Spielzeug-Dampfeisenbahn in der Hand.

Jude erkannte das Kind von einem der Gemälde wieder, die sie in dem großen Zimmer gesehen hatte. Es war das kleine Mädchen, das neben dem Phantom und Violetta gestanden hatte. Sie trug ein blaues Seidenkleid, und ihr dunkles Haar war zu einem ordentlichen Pferdeschwanz zusammengefasst und mit einer Schleife geschmückt. Die Haut des Mädchens war sehr blass, als käme es nur selten an die frische Luft und in die Sonne, es war jedoch ein außergewöhnlich hübsches Kind, mit langen Wimpern und tiefblauen Augen. Einen Augenblick starrten Jude und das Mädchen einander an. Dann stand die Kleine langsam auf, und dabei war das leise Klirren von etwas Eisernem zu vernehmen.

Jude sah sofort die Eisenmanschette, die den Knöchel des Mädchens umschloss. Die Manschette war an einer schweren Eisenkette befestigt, die wiederum an einem großen Metallhaken in der Zimmermitte im Boden verankert war. Die Haut der Kleinen war an der Stelle, an der die Manschette saß, wund gescheuert, und an ihren Füßen erkannte Jude Blutspuren. Bei dem Anblick zog sich Jude der Magen zusammen. Beau spürte ebenfalls, dass etwas nicht in Ordnung war. Er hob den Kopf von Judes Schultern und stieß ein bösartig klingendes Zischen aus.

Ich hab es dir ja gesagt, erklärte Ivory triumphierend. *Hier oben wird ein Kind gefangen gehalten.*

»Bist du Enid?«, fragte Jude, die sich an den Namen auf dem Bild erinnerte.

»Ja«, sagte die Kleine. Die ruhige, ernste Stimme passte zu dem schmalen, erwachsen wirkenden Gesicht. »Und wer bist du?«

»Ich heiße Jude«, erwiderte sie und legte beruhigend eine Hand auf Beaus Kopf. »Jude Lomax.«

»Bist du die neue Paris?«

»Nein. Ich bin eine Freundin von Ivory.«

Enids Züge hellten sich für einen Augenblick auf, dann runzelte sie die Stirn und sagte: »Ist das wahr?«

»Es ist wahr, meine Liebe«, erklärte Ivory mit ihrer eigenen Stimme. »Ich bin hier, um dich zu befreien.«

Moment mal, sagte Jude und drängte Ivory mit ihrer ganzen geistigen Kraft zurück. *Davon war noch nicht die Rede.*

Was solltest du denn bitte schön dagegen haben?, schnauzte Ivory.

Jude zögerte. Die Frage war berechtigt. Trotzdem wusste

sie instinktiv, dass sie Ivory nicht trauen durfte. Außerdem stammte Enid aus der Familie der Majstros, und das bedeutete, dass sie nicht auf normale Weise alterte. Enid sah noch genauso aus wie auf dem Bild, das vor sechzig Jahren entstanden war. Sie war eigentlich überhaupt kein Kind mehr. Jude spürte Beaus Anspannung auf ihren Schultern und war auf der Hut.

»Oh, bitte«, hauchte Enid, und mit einem Mal standen Tränen in ihren Augen. »Bitte befrei mich. Hol mich raus aus diesem Gefängnis.«

»Hat André dich hergebracht?«, fragte Jude.

»Ja. Er ist mein Bruder.«

»Warum hat er dich eingesperrt?«

»Ich habe sein Gesicht gesehen«, sagte Enid, genau wie Ivory vorhin. »Ohne die Maske. Das kann er mir einfach nicht verzeihen.«

»Wie alt bist du?«, fragte Jude.

Enid antwortete nicht sofort. Vermutlich überlegte sie, ob sie die Wahrheit sagen oder lügen sollte. »Das ist schwer zu sagen«, gab die Kleine schließlich zurück. »So allein auf dem Dachboden, ohne jemanden, mit dem man reden kann, verliert man jedes Zeitgefühl. Aber Paris hat einmal nachgerechnet und mir gesagt, dass ich in diesem Jahr vierundsiebzig Jahre alt geworden bin.«

Du hast gelogen, sagte Jude und verspürte ein leises, irgendwie unpassendes Triumphgefühl. *Du hast gesagt, hier oben würde ein Kind gefangen gehalten.*

Abkömmlinge sind nicht wie wir, erwiderte Ivory. *Enids Alterungsprozess hat aufgehört, als sie sieben Jahre alt war. Sie besitzt zwar die Erinnerungen und die Erfahrungen eines ganzen Lebens, aber in vieler Hinsicht ist sie doch ein Kind geblieben. Außerdem, was spielt das für eine Rolle? Sie wird gegen ihren*

Willen hier gefangen gehalten. Wer auch nur einen Funken Anstand im Leib hat, der muss sie befreien.

»Ich weiß, mein Bruder kann sehr … nett wirken«, sagte Enid. »Und manchmal ist er das ja auch. Aber manchmal ist er auch ein richtiges Ungeheuer, genau wie wir anderen.« Sie wies mit einer weit ausholenden Geste auf den Dachboden. »Das hier ist der Beweis für Andrés Bösartigkeit.«

Jude schüttelte den Kopf. Sie steckte in der Zwickmühle. Obwohl sie dem Phantom vertrauen wollte, war es doch schwer, eine Erklärung dafür zu finden, warum er seine Schwester hier gefangen hielt. Der Dachboden wirkte wohnlich, aber er war trotzdem ein Gefängnis.

»Er hält mich seit Jahren hier gefangen«, sagte Enid. »Ich habe schon so viele Leute gebeten, mir zu helfen, die Bediensteten, Paris, Ivory. Aber niemand war mutig genug, gegen den Willen des Phantoms zu handeln. Niemand will etwas aufs Spiel setzen, um mich zu befreien.«

Jude fiel wieder das Mädchen auf den Bahnhofsgleisen bei Etiennes Club ein, und die vielen anderen, die in Baton Noir ein ähnliches Schicksal erdulden mussten. Vermutlich sehnten viele Menschen einen Wandel herbei, aber niemand wagte es, etwas zu unternehmen. Der Gedanke, dass auch sie selbst zu dieser Kategorie Menschen gehörte, war abscheulich, aber trotzdem konnte sie einfach nicht glauben, dass das Phantom dieses Mädchen völlig grundlos hier festhielt. Dafür musste es noch andere, schwerwiegendere Gründe geben als nur die Wut darüber, dass Enid ihn ohne Maske gesehen hatte.

»Manchmal habe ich auch Besucher um Hilfe angefleht, die im Garten waren«, fuhr Enid fort. »Deswegen hat er mich hier festgekettet, damit ich nicht mehr bis ans Fenster komme, und außerdem hat er die Fenster verhängt.« Wieder glänzten ihre

Augen feucht. »Hast du schon einmal darüber nachgedacht, wie herrlich es ist, wenn die Sonne auf dein Gesicht scheint? Ich habe die Sonne schon so lange nicht mehr gesehen. Könntest du nicht vielleicht das Fenster öffnen, damit ich das Licht spüre?«

»Es ist mitten in der Nacht«, wandte Jude ein.

Tränen rannen über die Wangen der Kleinen. »Dann spüre ich eben das Mondlicht«, flüsterte sie. »Das Mondlicht und die Nachtluft. Wenn du mich schon nicht befreien willst, gönn mir doch wenigstens ein bisschen frische Luft, bevor das Phantom dich hier findet und hinauswirft.«

Die Luft im Zimmer war furchtbar abgestanden, es roch muffig und drückend nach langer Gefangenschaft. Jude ging zum Fenster hinüber. Welchen Schaden konnte ein bisschen frische Luft anrichten? Enid war schließlich am Boden festgekettet. Trotzdem sah sie sich vor, dass sie der Kleinen nicht zu nahe kam, und machte einen großen Bogen um sie. Abkömmlinge waren stark – sie hatte selbst gesehen, wie das Phantom Leeroy mit einer Hand hochgehoben hatte. Enid wirkte zwar nicht besonders angriffslustig, aber Jude wollte lieber kein Risiko eingehen.

Sie schob die dicken Vorhänge zurück. Durch die schmutzige Fensterscheibe fiel Mondlicht ins Zimmer. Jude warf einen Blick auf den Garten und den Cajou-Baum. Das Fenster war verschlossen, aber der Entriegelungszauber wirkte auch hier und es ließ sich mit einem Ruck öffnen. Jude atmete tief ein. Die frische Luft war wohltuend, und dabei war sie erst seit ein paar Minuten in diesem Zimmer. Sie wollte sich lieber nicht vorstellen, was es bedeuten mochte, hier so lange Zeit eingesperrt zu sein.

»Na, siehst du«, sagte sie und wandte sich um. »Wie gefällt dir das?«

Enid lächelte, und im schimmernden Mondlicht waren ihre weißen Zähne zu sehen. »Das ist genau das, was ich jetzt brauche«, erwiderte sie.

Enids Hände glitten zu ihrer Taille, und Jude runzelte die Stirn, als sie den großen Schlüsselbund dort hängen sah: silbern schimmernde Schlüssel in allen erdenklichen Größen.

»Woher kommen denn plötzlich die Schlüssel her?«, fragte sie.

»Was meinst du? Diese Schlüssel?« Enid strich über die Schlüssel, aber sie klirrten nicht wie gewöhnliche Schlüssel. Stattdessen ertönte ein Klingeln, eine kalte Musik, wie ein gläsernes Windspiel an einem kalten Morgen. »Die habe ich gemacht«, sagte Enid und ihr Lächeln wurde breiter. »Aus Mondlicht.«

In diesem Augenblick wusste Jude, dass etwas schiefgegangen war. Sie musste irgendeinen Fehler begangen haben. Doch bevor sie weiter darüber nachdenken oder sich überlegen konnte, was sie unternehmen sollte, spürte sie, wie Ivory die Kontrolle über ihren Körper übernahm. Jude hatte schon mit etwas Derartigem gerechnet und sich darauf vorbereitet, Ivory daran zu hindern, dass sie zu dem Mädchen lief und es befreite. Aber Ivory tat etwas völlig Unerwartetes. Sie griff mit beiden Händen in die Taschen an Judes Latzhose und warf alles, was sich darin befand, zu Enid hinüber. Jude sah, wie die Knochenblume und die Teufelsmünze durch das Zimmer flogen und vor Enids Füßen landeten.

Sofort griff das Mädchen danach, als hätte es die ganze Zeit über nur darauf gewartet. Dann hob sie das Dach des Bahnhofs in die Höhe und darunter kam ein Cajou-Altar zum Vorschein. Jude sah die Kerze, die Schüssel mit Wasser, die Flasche mit Friedhofserde und die Räucherstäbchen, genau dieselbe Anordnung wie damals auf ihrem eigenen Altar. In der Mitte stand ein Glasgefäß, gefüllt mit irgendeiner Flüssigkeit, in deren Mitte eine Puppe schwamm, eine Puppe, die, wie Jude mit einem Schlag begriff, ein Abbild ihrer selbst darstellte. Sie trug eine Latzhose und hielt eine kleine Trompete fest.

»Ich habe alles vorbereitet«, sagte Enid, nahm eine Streichholzschachtel aus ihrer Tasche und entzündete die Kerze. »Genauso, wie du es gesagt hast.«

»Was zum –?«, setzte Jude an.

Weiter kam sie jedoch nicht, denn Enid warf Teufelsmünze und Knochenblume in das Gefäß, schraubte den Deckel zu und fing an, das Glas heftig nach oben und unten zu schütteln. Mit einem Mal bekam Jude kein Wort mehr heraus und hatte das Gefühl, als wäre der gesamte Inhalt ihres Magens ins Schleudern geraten, mit jedem Schütteln dieses verfluchten Glases.

»Nicht so heftig!«, rief Ivory durch Judes Kehle. »Es wirkt bereits, ich spüre es.«

Ivory hatte recht. Es geschah tatsächlich etwas. Sie spürte ein seltsames Reißen tief in ihrem Inneren. Gleich darauf kroch etwas Nasses, Glitschiges in ihrer Kehle hoch und bis in ihren Mund hinein. Und dann glitt eine Rauchwolke, die nach Lagerfeuer schmeckte, über ihre Lippen.

Alles war so schnell vorüber, wie es begonnen hatte, und mit einem Mal fühlte Jude sich so leicht wie schon lange nicht mehr. Sie schnappte nach Luft und schaffte es gerade noch, stehen zu bleiben, während die undeutlich zu erkennende Rauchwolke durchs Zimmer zu Enid schwebte, die den Kopf zurücklegte und den Mund öffnete. Die Rauchwolke verschwand zwischen den weit geöffneten Lippen und rutschte so gewaltsam durch die Kehle des Mädchens, dass es einen Augenblick lang würgte. Dann war alles vorbei. Enid wischte sich über den

Mund und lächelte Jude an. Als sie sprach, ertönte nicht ihre eigene Stimme, sondern die Ivorys.

»Tut mir leid, Jude«, sagte die Cajou-Queen. »Aber dein eigensinniger Menschenkörper hätte mich um ein Haar abgestoßen.«

»Dich abgestoßen?« Jude runzelte die Stirn. In ihrem Kopf rasten die Gedanken und ihr war übel. »Was soll das heißen, dich abgestoßen? Hast du nicht gesagt, dein Geist würde in mir bleiben, bis er mich vernichtet?«

Sie warf einen Blick auf ihr Handgelenk. Der Kronen-Charm leuchtete nicht mehr.

»Du verstehst doch sicher, dass Notlügen manchmal unvermeidlich sind«, erwiderte Ivory mit Enids Stimme. Tiefe Freude strahlte aus den Augen des Mädchens, und dieser Anblick verhieß nichts Gutes.

»Das hast du mir nur erzählt, um mir weiszumachen, ich hätte sowieso keine andere Wahl, als dir zu helfen«, sagte Jude, die mit einem Mal begriffen hatte. »Und was hast du jetzt vor?«, fragte sie. »Glaubst du allen Ernstes, du könntest dieses Kind dazu benutzen, in den Black Bayou zu gehen und den Wunschbrunnen des Teufels zu finden?«

Enid beugte sich leicht nach vorn, und im ersten Augenblick dachte Jude, ihr sei schlecht. Dann verstand sie, dass Enid lachte, seltsam und lautlos, während ihre Schultern bebten und Tränen in ihre Augen stiegen.

»Ich habe nicht die Absicht, den Wunschbrunnen des Teufels zu finden«, sagte sie.

»Aber … das verstehe ich nicht. Ging es nicht die ganze Zeit nur darum? Nur deswegen sind wir doch überhaupt in den Sumpf und haben es mit Sheba aufgenommen …«

»Ich fürchte, du kennst nur die eine Hälfte der Geschichte«, sagte Ivory.

»Willst du damit sagen, du willst überhaupt nicht wissen, wer dich ermordet hat?«

»Meine Liebe, ich weiß sehr genau, wer mich ermordet hat. Ich wusste es von Anfang an. Ich wusste es, noch bevor es passiert ist.«

Jude starrte sie mit offenem Mund an. Enids leuchtend blaue Augen musterten sie, und alles schien sich zu entwirren.

»Was soll das heißen?«

Enid richtete sich auf, hob das Kinn und Jude hatte einen Augenblick lang den Eindruck, sie könne Ivory hinter den Augen des Mädchens sehen.

»Ich bin die Cajou-Queen«, erklärte Ivory mit kalter, stolzer Stimme. »Mich kann man nur töten, wenn ich das wünsche.«

»Aber warum zum Teufel solltest du das wünschen?«

Jude fiel die schaurige Szene in der Damentoilette des Blue Lady wieder ein. Die Klinge, die wie aus dem Nichts auftauchte. Das Gefühl zerreißender Haut, warmes Blut, das auf ihre Ärmel spritzte. Sie erinnerte sich sehr genau an das Gefühl, das sie kurz darauf in der Bar gehabt hatte, dass irgendetwas nicht stimmte, nicht richtig war. Endlich verstand sie, woher dieser Eindruck gekommen war. Sie hatte die Gefühle der Cajou-Queen gespürt, als diese sich erinnerte, sie hatte deren Schmerz, Zorn und auch ihre Angst empfunden. Was jedoch völlig gefehlt hatte, war ein Gefühl der Überraschung, und Jude wusste jetzt, dass Ivory die Wahrheit sagte. Sie hatte gewusst, was ihr bevorstand. Sie hatte mit dem Anschlag gerechnet.

»Mein Körper wurde von Tag zu Tag schwächer und gebrechlicher«, sagte Ivory. »Meine Zeit war abgelaufen, das wusste ich, und ich konnte nichts dagegen tun. Aber eine Cajou-Queen findet Mittel und Wege, um dem Tod ein Schnippchen zu schlagen. Als Charity sich in den Kopf gesetzt hatte, mich umzubringen, beschloss ich, sie nicht daran zu hindern. Ich befahl Beau, an diesem Tag zu Hause zu bleiben, damit er mir nicht helfen konnte. In einem Mord steckt sehr viel Leidenschaft und Bösartigkeit, zwei großartige Elemente für Cajou-Magie.«

»Warum hast du mich dann kreuz und quer durch die Stadt geschickt?«, fragte Jude. »Was sollte der Besuch in Etiennes Club, die Fahrt in den Sumpf und …«

»Ist das nicht offensichtlich? Ich brauchte unbedingt die Teufelsmünze und die Knochenblume für den Zauber, den du soeben gesehen hast. Ich hatte gehofft, ich könnte Etienne mit einem Zauber, für den ich eine seiner Haarsträhne benötigte, dazu zwingen, mir die Münze auszuhändigen. Die Münze hätte sowieso niemals in seinen Besitz geraten dürfen, nebenbei bemerkt. Hätte er sich nicht eingemischt, wäre die Münze Charity überreicht worden, und es wäre bedeutend einfacher gewesen, ihr die Münze wegzunehmen. Immerhin war es ein guter Vorwand, um dich in den Sumpf zu locken.«

»Du hast von Anfang an gewusst, dass wir den Wunschbrunnen niemals finden werden«, sagte Jude. »Dir war klar, dass wir stattdessen Sheba begegnen würden.«

»Selbstverständlich. Ohne die Knochenblume und die Münze hätte ich den Zauber, der meinen Geist aus deinem in Enids Körper bringt, ja nicht sprechen können.«

»Aber wie konntest du meinen Sturz ins Wasser vorhersehen?«, fragte Jude. »Wenn Sheba mir keinen Stoß versetzt hätte …«

»Mir wäre bestimmt was anderes eingefallen«, erwiderte Ivory. »Andererseits war ich mir ziemlich sicher, dass Sheba dich unter Wasser ziehen würde. Das hat sie nicht zum ersten Mal getan. Und sobald du im Wasser wärst, würde es mir auch irgendwie gelingen, die Blume an mich zu bringen.«

Diese verfluchte Blume, dachte Jude und war wütend auf sich selbst. Sie hatte von Anfang an gewusst, dass daran etwas faul war.

»Mir war klar, dass dein Geist mich nicht für immer aufnehmen konnte«, fuhr Ivory fort. »Aber das wollte ich auch gar nicht. Du warst meine einzige Hoffnung, hierher und zu Enid zu kommen. Als Abkömmling ist Enid viel stärker als ein normaler Mensch und kann mich für immer in ihrem Körper aufnehmen. Noch dazu möchte Enid das sogar. Sie hat Großes vor, gemeinsam mit mir. Sie will Cajou-Queen werden, aus ihrem Gefängnis hier in Moonfleet Manor freikommen und André loswerden. Eine ideale Lösung, die alle glücklich macht.«

»Und was ist mit unserer Abmachung?«, fragte Jude leise. Sie hatte Angst vor der Antwort, und ihre Stimme zitterte, denn insgeheim ahnte sie bereits, was Ivory erwidern würde. »Du hast versprochen, meinem Vater zu helfen.«

Enid schüttelte langsam den Kopf. »Du warst lediglich ein Mittel zum Zweck, Jude«, sagte Ivory. »Selbst wenn ich es wollte, könnte ich deinem Vater nicht helfen, dazu ist nicht einmal eine Cajou-Queen imstande. Manche Wunden sind einfach zu tief …« Ein seltsames kurzes Zucken überlief Enids Gesicht, und dann sprach das Mädchen mit seiner eigenen Stimme weiter. »Wir müssen los«, sagte es. »Bevor mein Bruder zurückkommt.«

Enid bückte sich und schloss mit einem der Silberschlüssel die Metallmanschette an ihrem Knöchel auf. Sie atmete zufrieden auf, als die Manschette klirrend zu Boden fiel. Als sie aufsah und weitersprach, kam Ivorys Stimme aus ihrem Mund.

»Komm her, Beau«, sagte sie. »Wir müssen gehen.«

Doch die große Schlange blieb auf Judes Schultern liegen und rührte sich nicht.

Ivory stieß tief in ihrer Kehle ein ungeduldiges Schnalzen aus. »Beau!«, wiederholte sie, ziemlich barsch. »Komm her.«

Diesmal bewegte sich die Schlange für einen Augenblick, allerdings nur, um den Kopf dicht an Judes Schlüsselbein zu schmiegen.

»Ich glaube, er will dich nicht begleiten«, bemerkte Jude.

Statt einer Antwort starrte Enid sie einfach an. Jude spürte beinahe körperlich die Gefühle der Cajou-Queen wie Wellen heranwogen, spürte, wie verletzt und betrogen sie sich fühlte.

»Dann eben nicht«, erklärte Ivory kurz entschlossen.

Damit wandte sie sich um und rauschte zur Tür hinaus, ohne Jude, die seit Tagen ihretwegen Leib und Leben riskiert hatte, eines einzigen Wortes zu würdigen. Sie ließ sie wie eine überflüssig gewordene Spielfigur stehen. Jude begriff allmählich, wie sehr Ivory sie von Anfang an hintergangen hatte, und in ihr stieg eine gewaltige Wut auf. Sie hätte sofort merken müssen, dass Ivory sie nur ausnutzte, von dem Augenblick an, als Sofia ihr die Nachricht über die Puppe geschickt und sie ihren eigenen gestickten Namensschriftzug auf dem Rücken der Puppe entdeckt hatte.

»Warte!«, rief Jude und stürzte zur Tür.

Ihr war plötzlich klar, was es für ein Riesenfehler gewesen war, Moonfleet zu betreten. Ivory hatte die Zeit in Judes Geist gut genutzt, sie hatte ihren Drang nach Gerechtigkeit und ihr Bedürfnis, den Geknechteten in Baton Noir zu helfen, fleißig angestachelt. Trotzdem verstand Jude noch nicht recht, wer Enid eigentlich war oder weswegen man sie überhaupt auf dem Dachboden eingesperrt hatte. Jedenfalls wusste sie nun, dass ihr erster Impuls richtig gewesen war und das Phantom mit Sicherheit gute Gründe für sein Verhalten hatte. André hatte gesagt, er sei bald wieder da. Das einzig halbwegs Vernünftige war also, Enid daran zu hindern, dass sie das Haus verließ, bevor das Phantom zurückkehrte.

Das war eher ein rettender Strohhalm als ein richtiger Plan, aber etwas anderes fiel ihr nicht ein. Sie ging zur Tür und sah gerade noch blaue Petticoats aufblitzen, als Enid die Dienstbotentreppe hinuntereilte.

»Bleib stehen!«, rief sie und stellte erbost fest, dass Enid daraufhin nur noch schneller weiterlief. Die Kleine kam auf den schmalen Stufen rascher voran als Jude und hatte bereits einen ordentlichen Vorsprung. Jetzt warf Enid einen Blick über die Schulter und kicherte beim Anblick von Jude, die ihr hinterhersetzte, während sie in den Korridor einbog. Aber die Wut verlieh Jude ungeahnte Kräfte und in der großen Eingangshalle holte sie das Mädchen ein.

»Ich hab gesagt, du sollst *stehen bleiben!*«, schrie sie, packte Enid grob am Arm und hielt sie fest.

Das Mädchen erstarrte und musterte Jude mit einem seltsamen Ausdruck in den indigofarbenen Augen.

»Ivory, wir hatten eine Abmachung«, stieß Jude hervor und war den Tränen nahe. »Du weißt ganz genau, was das für mich und meinen Vater bedeutet. Du *musst* uns helfen.«

»Ich rate dir dringend, mich loszulassen«, sagte Enid betont ruhig.

»Warum sollte ich?«, gab Jude mit gespielter Tapferkeit zurück. »Selbst wenn du die Cajou-Queen bist, steckst du immer noch in einem Kinderkörper.«

Enid starrte sie an, ohne zu blinzeln. »Du dummes Stück Lumpenpack«, flüsterte sie. »Du hast ja keine Ahnung, wozu ich fähig bin. Oder was ich schon alles getan habe. Ich würde dir nur zu gern eine Kostprobe geben, aber dafür habe ich keine Zeit. Die Krönungszeremonie der Cajou-Nacht findet bald statt, und ich muss meinen Anspruch auf die Krone geltend machen.«

Mit der freien Hand berührte sie den Schlüsselbund an ihrer Taille, und wieder war die sonderbare, eisig kalte Musik zu hören. Aus der Nähe sah Jude jetzt deutlich, dass diese Schlüssel tatsächlich aus Mondlicht bestanden und in der dunklen Eingangshalle seltsam unnatürlich und schön schimmerten.

»Wozu sind diese Schlüssel gut?«, fragte sie, instinktiv auf der Hut.

Enid lächelte sie nur an. »Ich weiß immer gern, wie etwas funktioniert«, sagte sie. »Deswegen nehme ich alles auseinander und setze es wieder zusammen. Das war auch der Grund für meine Experimente auf dem Dachboden. Ja, ich bin das gewesen, nicht meine Schwester. Sie taugt zu gar nichts. Du solltest mir lieber glauben, wenn ich dir sage, dass du mir besser nicht in die Quere kommst. Sonst geht es dir genauso. Wie würde es dir wohl gefallen, wenn dein Gehirn mit einem Stock umgerührt wird? Dabei können die interessantesten Dinge passieren.«

Jude starrte sie an. »Aber … ich habe gedacht, Violetta …«

»Violetta!«, rief Enid höhnisch. »Violetta war wahnsinnig, und darum haben die Leute sie dafür verantwortlich gemacht. Als André entdeckte, was auf dem Dachboden vor sich ging, musste ich ihr die Schuld in die Schuhe schieben. Ich hatte keine andere Wahl. Und jetzt lass mich los.« Sie hatte die Stimme gesenkt, klang leise und gefährlich. »Ich sag es dir kein zweites Mal.«

Bevor Jude antworten konnte, ertönte ein schreckliches Geräusch oben auf der Doppeltreppe. Zuerst klang es leise und ruhig, wie knirschendes Holz, und steigerte sich dann zu einem schrillen, durchdringenden Schrei des Entsetzens.

Und der rasenden Wut.

Enid befreite sich mit einem Ruck aus Judes Griff, drehte sich um, runzelte die Stirn und spähte hoch zum oberen Teil der Treppe, die im Schatten lag. Unwillkürlich blickte Jude ebenfalls hinauf und sah den polierten dunklen Schuh, der sich in einem sonderbaren, unnatürlichen Winkel die Stufen hinunterschob. Das, was in dem Schuh steckte, war überhaupt kein Fuß.

Es war eine Wurzel.

»Violetta?«, rief Enid. Sie hörte sich unsicher an und wich einen Schritt zurück in Richtung Eingangstür.

Die Wurzel kroch langsam die Treppe hinunter, und allmählich war die ganze, schauerliche Gestalt zu erkennen. Ein Anblick, bei dem Jude der Schrei in der Kehle stecken blieb. Beau zischte und Enid quietschte erschrocken auf.

Das Wesen auf den Stufen war Violetta.

Aber gleichzeitig war sie es auch nicht.

Sie war eindeutig ein Geist ohne Substanz, und Jude konnte durch sie hindurchsehen. Nur ein Teil von ihr sah noch menschlich aus. Nach ihrem Tod hatte sich ihr Geist offenbar verwandelt und war mit dem Cajou-Baum verschmolzen. Von der Taille abwärts bestand sie hauptsächlich aus Wurzeln, Jude erkannte nur den zerfetzten grünen Rock, den sie nach wie vor trug. Am Saum des Unterrocks ragten die Wurzeln wie Tentakel eines Tintenfisches hervor. Mit insektenartigen, genau abgezirkelten Bewegungen krabbelten sie die Stufen hinunter und schoben sich näher und näher.

Violettas Oberkörper glich dem eines Menschen, aber sie hatte kaum noch Ähnlichkeit mit der Sechzehnjährigen, die sie einmal gewesen war. In ihrer Haut steckten Knöpfe in unterschiedlichen Größen und Farben, dazu Stecknadeln und Nähnadeln, als wäre sie eine überlebensgroße Cajou-Puppe. Rote und schwarze Wachsspuren liefen ihr wie Blut über das Gesicht, und ihr Haar hatte sich in eine verfilzte, aus ineinander verwobenen Blättern, Federn und Efeu bestehende Matte verwandelt. Es sah aus wie eine Art Vogelnest. Bei jeder Bewegung lösten sich Borkenstückchen unter ihrem Kleid, und an ihren Fingerspitzen wucherte Moos.

»Faszinierend!«, hauchte Enid. »Vermutlich ... ja, vermutlich liegt ihre Verwandlung daran, dass Blut am Stamm heruntergelaufen und in die Erde und Wurzeln gesickert ist ...«

»Ich bin gestorben«, fauchte der Geist, fletschte die Zähne und gab den Blick auf einen dicken, glänzenden Käfer frei, der über seine Zunge krabbelte. »Ich bin gestorben«, wiederholte Violetta. »Für eine Tat, die *du* begangen hast.«

Im Nu hatte sie die restlichen Stufen zurückgelegt, so schnell, dass die Wurzeln zerbrachen und ihre Kleidung zerriss. Dann blieb sie unmittelbar vor Enid stehen. Erst jetzt bemerkte Jude, dass eines von Violettas Augen beinahe völlig weggefressen war und nur noch ein kleiner Gallertklumpen in der Augenhöhle klebte. An ihrer Wange zog sich eine Spur krabbelnder Holzläuse entlang wie eine Träne. Der Geist öffnet den Mund, riss ihn weiter auf, als es ein Mensch je vermocht hätte, ohne sich dabei den Kiefer zu brechen; dann stieß Violetta abermals einen unmenschlichen Schrei aus, der klang, als könne er die Tapete von den Wänden schälen und das Glas der Fensterscheiben zersplittern. Wie aufgescheucht von dem Lärm krochen Käfer aus ihrer Kehle, landeten mit einem feuchten Platschen auf dem Boden. Ihre Panzer zerbarsten und weißlicher Schleim sickerte in den Holzboden.

Überrascht stellte Jude fest, dass Enid dieses ekelhafte Schauspiel völlig unbewegt betrachtete. Als ihre Schwester außer Atem war, grinste Enid entzückt, riss dann den selbst den Mund auf und erwiderte den Schrei des Geistes mit ihrem eigenen Schrei, der das Kristall im Kronleuchter zum Zittern brachte.

Violetta wich zurück und blickte ihre Schwester mit weit aufgerissenen, entsetzten Augen an.

»Du machst mir keine Angst!«, fauchte Enid. »Du bist bloß ein Gespenst.« Wie zum Beweis schnellte ihre Hand vor und drang durch Violettas Körper. Sie blickte auf die Rauchspur, die dabei entstand. »Du kannst mir nichts anhaben. Du bist noch genauso nutzlos wie zu deinen Lebzeiten.«

Jude dachte an den blutigen Kragen des Phantoms und die Kratzer, die sie auf seinen Händen gesehen hatte; sie bezweifelte, dass Violetta ihrer Schwester nichts anhaben konnte. Da blinzelte Violetta auch schon die wächsernen Tränen in ihren Augen weg und sagte so leise, dass ihre Worte in der großen Halle kaum zu verstehen waren:

»Da irrst du dich, Enid. Mag sein, dass ich dich nicht berühren kann. Aber der Cajou-Baum ist dazu sehr wohl imstande.«

Ächzend wand und streckte sich das Holz, und Jude blickte zur Treppe hinüber, die allmählich ihre Gestalt veränderte. Das Geländer krümmte und bog sich, bis es beinahe wie eine Hand aussah – eine entstellte, deformierte Hand, mit gebrochenen, grotesk verbogenen Fingern. Diese Finger streckten sich jetzt gierig nach Jude und Enid aus.

Jude wich zurück, presste den Rücken an die Wand und Beau schlang sich beschützend um ihre Schultern. Enid wirbelte herum und versuchte, zur Eingangstür zu fliehen. Doch bevor sie die Tür erreicht hatte, wurde diese mit einem Ruck aufgerissen. In Gegenlicht zeichneten sich die Umrisse des Phantoms ab, der mit einem Blick erfasste, was geschehen war und sein maskiertes Gesicht in Judes Richtung wandte. Sie hatte insgeheim damit gerechnet, dass er sie zornig anschreien würde, aber als er schließlich sprach, klang seine Stimme leise und rau.

»Um Gottes willen«, sagte er. »Was hast du nur getan?«

Kapitel 26

Ehe ein weiteres Wort fiel, hatten sich die langen Baumfinger um Enids Hals geschlossen und hoben sie hoch, bis ihre Füße hilflos in der Luft zappelten.

»*Du* hättest sterben sollen!«, kreischte Violettas Geist, und sie funkelte ihre Schwester an. »Du bist diejenige, die an diesem Baum hätte hängen müssen! Du bist diejenige, die sich in dieses ... dieses ...«, sie blickte verzweifelt auf ihre geisterhafte Erscheinung, »... Ungeheuer hätte verwandeln müssen!«

Enid schnappte würgend nach Luft und versuchte krampfhaft, die Baumfinger von ihrem Hals zu lösen.

»Das tut weh, nicht wahr?«, erkundigte sich Violetta zuckersüß. Ihr Blick war bösartig und zufrieden. »Ja, ich war auch überrascht. Ich hätte nie gedacht, dass Hängen so schmerzhaft sein kann. Ich hätte mir nie träumen lassen, wie qualvoll es ist.«

»Violetta!« Das Phantom kam mit raschen Schritten näher. »Hör auf. Lass sie los«, zischte er im Befehlston.

Violettas Geist wandte den Blick zu ihrem Bruder und Hass verzerrte ihr Gesicht. »Du hast der Polizei gesagt, dass ich es war! Du bist genauso schuld daran wie sie! Du hast danebengestanden und zugesehen, als sie mich gehängt haben.«

Die andere Seite der Treppe verwandelte sich ächzend in

eine zweite Hand, die sich blitzschnell nach dem Phantom ausstreckte, doch er hob einen Arm und ein weißer Blitz aus Mondlicht nahm die Gestalt einer Sperbereule an. Silberfarbene Krallen umschlangen das Holz, brachen den Arm des Baumes am Handgelenk, bis er mit einem dumpfen Aufschlag auf den Boden fiel.

Mit zwei, drei Schritten stand das Phantom vor Violetta.

»Du weißt, ich habe alles versucht, um es zu verhindern«, sagte er leise. »Aber ich konnte nichts mehr ausrichten. Es war falsch von mir, dich zu beschuldigen, und ich bedauere es zutiefst, Violetta, werde es bedauern bis ans Ende meiner Tage. Ich habe dir schweres Unrecht zugefügt, und das kann ich nie wiedergutmachen.«

Violetta schluchzte leise auf. Vielleicht hatte der Kummer ihre Konzentration für einen Augenblick beeinträchtigt, denn der Griff des Cajou-Baums um Enids Hals lockerte sich gerade lang genug, damit Enid mit krächzender Stimme ein einziges Zauberwort hervorstoßen konnte. Das Wort ließ eine kleine Flamme an ihren Lippen aufzucken, die sofort auf den Baum übergriff. Obwohl es nur ein kleiner Funken war, glomm das Holz, Rauch stieg auf, die Baumhand wurde zurückgezogen und Enid stürzte zu Boden. Im Nu hatte sie sich aufgerappelt, raste durch die Eingangshalle und war zur Tür hinaus. Violetta nahm es offenbar kaum wahr. Sie achtete nur noch auf das Phantom.

»Ich hatte dich so gern«, flüsterte sie. »Du warst der Einzige in dieser ganzen gottverdammten Familie, der mir etwas bedeutet hat.«

»Ich weiß«, erwiderte das Phantom. »Mögen die Götter mir helfen, Violetta, ich weiß, dass ich nie wiedergutmachen kann, was ich angerichtet habe.«

Das Baum-Mädchen vergrub das Gesicht in den Händen, die

plötzlich eher aus Zweigen und Blättern als aus Fingern und Haut bestanden. Als sie antwortete, schwang auf einmal unterdrückte Feindseligkeit in ihrer leisen Stimme mit.

»Der Cajou-Baum frisst meine Seele«, murmelte sie. »Ich spüre es und kann nichts dagegen tun. Ich habe keine Kontrolle mehr, und wer weiß, vielleicht ist es so am besten. Der Baum wird sich erst dann zufriedengeben, wenn er Moonfleet verschlungen hat. Der Baum nährt sich vom Bösen. Er wird groß und gedeiht durch die Bösartigkeit unserer Familie.« Sie senkte die Hände und blickte das Phantom an. »Vielleicht wäre es das Beste? Vielleicht sollte ich den Baum einfach gewähren lassen?«

André schüttelte den Kopf. »Violetta«, sagte er. »Hör mir zu …«

»Ich habe dir lange genug zugehört!«, gab sie zurück. »Ich bin fertig mit euch, mit jedem von euch.«

Und dann spuckte sie dem Phantom ins Gesicht.

Blitzschnell bäumte sich die Treppe auf, Zweige streckten sich jäh vor, durchstießen die Scheiben, die allesamt splitternd zerbrachen. Wurzeln breiteten sich über dem Boden aus, rissen die grünen Fliesen heraus und brachen sie in gezackte Scherben. Ganze Seile aus Efeuranken krochen den Kronleuchter hinauf und durchtrennten die Kette, an der er hing.

Jude stürzte quer durch die Halle und riss das Phantom gerade noch rechtzeitig beiseite, bevor der Kronleuchter zu Boden stürzte und Glassplitter kreuz und quer flogen.

»Los, komm.« Das Phantom griff rasch nach ihrer Hand und gemeinsam spurteten sie zur Eingangstür. Glas, Scherben und Zweige knirschten unter ihren Füßen.

Jude warf noch einen Blick über die Schulter, als sie zur Tür hinauswankten, und sah Violetta zusammengekauert in der Mitte der Halle. Blutrote Wachstränen rannen ihr über die

Wangen, während aus der schwarzen Cajou-Treppe Äste und immer mehr Äste sprossen und ein dichtes Gespinst woben, wie ein großes dunkles Netz.

♛

Vom Eingangstor aus sahen Jude und das Phantom zu, wie der Cajou-Baum Moonfleet Manor von innen heraus zerstörte. Selbst wenn es ein schauriges und verwunschenes Haus war, war es doch schrecklich, eine solch gewaltige Vernichtung mit ansehen zu müssen. Der Lärm lockte rasch andere Bewohner aus den benachbarten Anwesen des Fountain District herbei, die mit offenen Mündern die Zerstörung begafften. Ein korpulenter Herr zeigte sich besorgt, der außer Kontrolle geratene Baum könne eventuell auch auf andere Häuser übergreifen, sobald Moonfleet zerstört war. Das Phantom schüttelte nur den Kopf. »Moonfleet ist das Einzige, was sie will«, sagte er knapp.

Bald hatten sich die Äste durch alle Scheiben des Hauses gebohrt und Cajou-Efeu bedeckte jeden Zentimeter der grauen Fassade und des Daches. Mächtige Wurzeln hatten sich unter dem Boden des Hauses hindurchgegraben und wie angriffslustige Wachhunde vor der Frontseite Stellung bezogen.

Selbst der Cajou-Baum im Garten ließ sich von dem, was im Haus geschah, anstecken. Er beugte sich zum Eulenturm hinüber und erstickte ihn unter seinen bestickten Blättern und Perlenschnüren.

Alle Eulen im Turm flogen in Schwärmen aus den offenen Fenstern und im Licht des Vollmondes sah man ihre weit gespannten Flügel.

Dann war endlich alles still, die beiden Cajou-Bäume rührten sich nicht mehr und die Gebäude glichen gefangenen Tieren in gewaltigen Spinnennetzen. Die Zuschauer kehrten nach Hause zurück, nachdem sie das Phantom mit drohenden Blicken bedacht hatten. Und dann, endlich, waren Jude und André allein. Sogar Beau war verschwunden und wieder mit der Geisterwelt verschmolzen.

»Es tut mir so leid«, sagte Jude und wand sich innerlich, als sie diese sinnlosen Worte äußerte. »Ich… ich weiß, ich hätte nicht ins Haus gehen dürfen. Aber Ivory hat mich reingelegt. Sie hat mir erzählt, oben auf dem Dachboden wäre ein Kind eingesperrt. Ich wollte Enid nicht befreien. Ich habe nur das Fenster geöffnet, damit sie ein bisschen frische Luft bekommt, aber da hatte sie auf einmal einen Schlüsselbund und…«

»Du hast Mondlicht ins Zimmer gelassen«, sagte das Phantom kurz angebunden. »Manchmal können wir uns das Mondlicht zunutze machen, immerhin sind wir Abkömmlinge Krags, Legba des Mondes und der Geister der Nacht.«

Jude erklärte ihm hastig, dass Ivory die ganze Zeit über gewusst hatte, wer ihr Mörder war, und ihr eigentlicher Plan von Anfang an darin bestanden hatte, von Enids Körper Besitz zu ergreifen. Während sie das alles stotternd berichtete, lauschte André nur stumm und betrachtete die Ruinen von Moonfleet.

»Was ist?«, fragte Jude schließlich. »Willst du gar nichts dazu sagen?«

»Was gibt es da noch zu sagen?«, erwiderte er. »Es ist nicht deine Schuld, dass alles so gekommen ist. Falls irgendjemand die Schuld daran trägt, bin ich es. Violetta ist meine große Sünde. Wenn es so etwas wie Gerechtigkeit in der Welt gibt, werde ich eines Tages in einem Höllenfeuer dafür büßen. Und vermutlich auch wegen Enid.«

»Wie ist… wie ist es eigentlich so weit gekommen?«, fragte Jude.

Das Phantom drehte sich zu ihr um. Seine grauen Augen hinter der Maske glitzerten in der Dämmerung.

»Von den Gräueltaten auf dem Dachboden weißt du ja inzwischen. Ich habe zu lange die Augen davor verschlossen, wollte mir nicht die Frage stellen, warum so viele Dienstboten auf geheimnisvolle Weise verschwanden. Für Enid war es wohl nicht schwer, sie unter einem Vorwand nach oben zu locken. Als mir endlich klar wurde, was auf dem Dachboden geschah, habe ich die Polizei verständigt. Zuerst dachte ich nämlich, mein Vater wäre für die Verbrechen verantwortlich. Für etwas so Abscheuliches würde selbst jemand aus dem magischen Adel zur Verantwortung gezogen, dachte ich. Aber Enid hat es fertiggebracht, mir einzureden, dass Violetta schuld daran war. Ich habe ihr geglaubt. Ich hätte natürlich nie gedacht, dass meine Schwester so gelyncht werden könnte …« Er verstummte.

»Einige Monate nach Violettas Tod fing es wieder an. Diesmal waren es Obdachlose, die verschwanden. Es war wie ein Albtraum, dem ich nicht entrinnen konnte. Als uns schließlich klar wurde, dass Enid die Verbrechen begangen hatte, war es zu spät. Das Unrecht an Violetta ließ sich nicht wiedergutmachen. Mein Vater wollte Enid selbst töten. Ich habe ihn daran gehindert. Von da an war ich für Enid verantwortlich, und der Dachboden … nun, das war die einzige Lösung, die mir einfiel. Wir überwältigten sie gemeinsam und legten sie dort oben in Ketten.« Er fuhr sich übers Gesicht. »Sie war viel stärker, als wir angenommen hatten. Sie schaffte es, die restliche Cajou-Säure in mein Gesicht zu schleudern, bevor wir sie niederzwangen.«

»Deshalb trägst du die Maske«, sagte Jude. »Und daher kommen auch die Verletzungen an deinem Arm.«

Er nickte. »Es hätte noch schlimmer ausgehen können. Sie

zielte auf mein Gesicht, weil das in ihren Augen die schrecklichste Attacke war, aber wenn sie meine Hände verbrannt hätte, könnte ich nicht mehr Geige oder ein anderes Instrument spielen, und das wäre für mich erheblich schlimmer gewesen.«

»Dann war sie also fünfzig Jahre lang dort oben eingesperrt?« fragte Jude.

»Ja. Als mein Vater starb, wusste ich, dass sich niemand mehr um Enid kümmern würde, falls mir etwas zustoßen sollte. Sie würde dort oben verhungern – und das wollte ich auf keinen Fall, trotz allem. Aber was sollte ich tun? Sie selbst töten? Oder sie ins Irrenhaus bringen, was beinahe auf dasselbe hinausgelaufen wäre? Das Irrenhaus ist nämlich ...«

Seine Hand zitterte, als er sich durchs Haar fuhr. »Nicht einmal meinem schlimmsten Feind würde ich so etwas wünschen. Das Irrenhaus ist ... einfach unmenschlich. Kaltblütig ermorden konnte ich meine Schwester nicht. Deswegen bat ich Ivory, nach Moonfleet zu kommen. Ich hoffte, sie könnte Enid mit ihrer Magie ruhigstellen. Außerdem wollte ich Paris überreden, hier einzuziehen, damit sie auf Enid aufpasst, wenn ich eines Tages nicht mehr da bin. Aber das hätte nie im Leben geklappt. Ich stand vor einem unlösbaren Problem. Das ständige Grübeln, was das geringste Übel war, hat mich sehr viel Kraft gekostet. Nun sind wir an dem Punkt angelangt, vor dem ich mich immer gefürchtet habe. Enid ist auf freiem Fuß, und niemand hat auch nur die leiseste Ahnung, welche Scheußlichkeiten Baton Noir bevorstehen, falls man sie zur Cajou-Queen krönt.«

»Das darf eben einfach nicht passieren«, sagte Jude. »Wir müssen Enid und Ivory aufhalten.«

Das Phantom warf einen Blick zum Himmel. »Aber wozu das alles?«, sagte er verzweifelt. »Warum sich überhaupt die Mühe machen, etwas Schreckliches zu verhindern, wenn es von vornherein aussichtslos ist? Offenbar wird dadurch alles nur noch schlimmer.«

»Hey, also … so darfst du nicht denken«, erwiderte Jude betroffen, obwohl sie durchaus verstand, was er meinte. Manchmal überstieg es wirklich die eigenen Kräfte. »Wenn es dich hinwirft, stehst du eben wieder auf. Uns bleibt einfach nichts anderes übrig.«

»Nun«, sagte das Phantom. »Du bist noch sehr jung. In meinem Alter wird man allmählich müde und denkt eher darüber nach, dass man lange genug gekämpft hat.«

»Wir können doch nicht einfach tatenlos zusehen«, erklärte Jude energisch. »Wir müssen es wenigstens versuchen. Wir wissen, wo sie hinwill. Die Cajou-Nacht ist inzwischen in vollem Gange. Sie ist ganz bestimmt auf dem Weg zum Moonshine Boulevard, wo die Krönungskuchen verteilt werden. Genau dort müssen wir auch hin.«

»Und wie soll es dann weitergehen?«

»Dann … also, äh, weiß ich noch nicht genau, okay?« Jude hob ratlos die Hände. »Wir könnten vielleicht allen sagen, was vor sich geht. Dann lassen sie nicht zu, dass Enid gekrönt wird, und die Krone geht auf Charity über, wie ursprünglich vorgesehen.«

Und dann?, meldete sich eine leise innere Stimme. *Dann wird statt einer bösen alten Frau eine böse junge Frau gekrönt. Ein Mädchen, das kein Problem damit hatte, die eigene Großmutter aus dem Weg zu räumen. Dieser Teufelskreis hört nie auf …*

»Lass uns einfach hingehen«, sagte Jude und fühlte sich sehr müde. »Uns fällt schon was ein.«

Kapitel 27

In der Cajou-Nacht platzte Baton Noir aus allen Nähten. Diese Nacht war das größte Ereignis des Jahres, aber am heutigen Abend herrschte noch größere Aufregung und angespanntere Erwartung als sonst. Eine historische Wende lag in der Luft. Immerhin sollte heute Abend zum ersten Mal seit fünfzig Jahren eine neue Cajou-Queen gekrönt werden und sämtliche Einwohner der Stadt wollten offenbar persönlich bei diesem Ereignis dabei sein. Der Abend war warm und wurde durch die vielen Menschen noch wärmer. Eine Dunstglocke aus Rauch, der von den Karren der Straßenverkäufer aufstieg, lag über der Menge. Es gab Hotdogs, Krebseintopf, Stompin' Zombie Jambalaya, Dirty Rice – dunkler Reis mit Hühnerklein –, Pfannkuchen mit reichlich Ahornsirup und natürlich die unvermeidlichen Krönungskuchen in allen Formen und Größen.

Die Törtchen bestanden aus einem einfachen, nach Zimt schmeckenden Krapfenteig, und der bunte Zuckerguss symbolisierte die Farben der Stadt – das Rot der Vampire, das Grün der Untertanen und das Blau der Hexen. Die bunten Törtchen sollten ein Sinnbild dafür sein, dass grundsätzlich jede Einwohnerin der Stadt zur Queen gekrönt werden konnte. In einem der Törtchen war eine kleine Krone eingebacken, von den Legba höchstpersönlich hineingelegt; wer sie fand, war die zukünftige Cajou-Queen. Die Krönung war jedoch längst zu einer reinen Formsache geworden, denn seit Jahren war die Wahl der Legba jedes Mal auf Ivory gefallen. Niemand wusste, was heute Abend geschehen würde. Viele waren der Ansicht, Charity Monette würde Ivorys Nachfolge antreten, andererseits war allgemein bekannt, dass Charity keinen Kontakt zu den Legba hatte; das sorgte für Zweifel an ihrer Wahl, und es wurde getuschelt, jemand anders könne zur Queen gewählt werden.

Niemals hatte jemand versucht, die Wahl durch eine fälschlich eingeschmuggelte Krone zu unterlaufen. Zum einen stand darauf die Todesstrafe und zum anderen ließ sich die Wahl nur dadurch beweisen, dass sich um Mitternacht die berühmte Cajou-Python um die Schultern der rechtmäßig erwählten Queen ringelte. Jude hatte Beau nicht mehr gesehen, seit er aus Moonfleet verschwunden war, und der Gedanke, dass er bald einer anderen gehören würde, versetzte ihr einen Stich. Doch dann fiel ihr ein, wie sich die Schlange geweigert hatte, Ivory zu folgen, als sie in Enids Körper nach ihr gerufen hatte, und ein Fünkchen Hoffnung blitzte in ihr auf.

In den Straßen ging es lebhaft zu. Ausnahmsweise fiel die Maske des Phantoms im Gedränge niemandem auf, denn am heutigen Abend trug jeder eine Maske. Das war eine der unumstößlichen Regeln der Cajou-Nacht. Viele Masken waren wunderschön und mit kostbaren Juwelen besetzt, andere sahen eher Furcht einflößend und erschreckend aus. Straßenverkäufer waren emsig damit beschäftigt, für ein paar Pennys schlichte schwarze Papiermasken an den Mann zu bringen, und die meisten waren für das Lumpenpack bestimmt, das sich nichts Besseres leisten konnte.

Jude erstand eilig eine dieser Papiermasken und setzte sie auf, damit sie überhaupt auf der Straße entlanggehen durfte, bevor sie sich gemeinsam mit dem Phantom durch die Menge schlängelte. Die Parade war in vollem Gange, und Jude entdeckte die Done & Dusted Band zwischen den vielen Kapellen; alle spielten unterschiedliche Melodien, die zu einer einzigen chaotischen Jazz-Kakophonie anschwollen. Jude spürte den Schlag der Trommeln durch ihre Sohlen. Dieser Abend war der einzige des ganzen Jahres, an dem selbst die Ärmsten der Armen des Lumpenpacks umsonst den besten Jazzbands der Welt zuhören durften. Neben der Musik wurden auch Paraden veranstaltet. In der Cajou-Nacht zogen die städtischen Vereine, Organisationen und Kirchen auf Festwagen durch die Straßen und warfen Cajou-Perlen und andere Kleinigkeiten in die Menge.

An der Kreuzung zwischen Barber Street und Moonshine Boulevard mussten Jude und das Phantom stehen bleiben und abwarten, bis die Wagen vorbeigerollt waren. Der erste Festwagen war der des Jazzman's Jumbo Club, den vier lebensgroße Puppen aus Schwämmen schmückten, deren Arme und Köpfe im Takt zur Musik wackelten. Die Mitglieder der Band warfen im Vorüberfahren vom Wagen aus Plastiktrompeten in die Menge.

Der folgende Wagen gehörte dem Verein der Alligatorenfreunde, und ein riesiger hölzerner Alligator öffnete und schloss sein Maul mit den glitzernden Zähnen. Jude fiel ein, wie sie mit ihrem Vater und Daryl in glücklicheren Tagen immer zu dieser Parade gegangen war und dass diese Alligatoren zu Daryls besonderen Lieblingen gehört hatten. Einmal hatte ihr Vater Daryl auf die Schulter genommen, damit er einen der kleinen Plastikalligatoren auffangen konnte, oder noch besser gleich einen echten Alligatorzahn. Die altbekannte Trauer lastete sofort wieder auf ihr, wog schwerer als jede Cajou-Schlange, aber inzwischen hatte Jude sich an die schmerzlichen Erinnerungen gewöhnt und ließ sich nicht mehr davon entmutigen.

Ein Festwagen zu Ehren Amelias kam in Sicht. Etliche knapp bekleidete Perlen posierten darauf und schleuderten winzige Parfümfläschchen, Plastikperlen und pinkfarbene Schokoladentäfelchen in die Menge.

Unmittelbar dahinter folgten, laut schnatternd und zu Fuß, Amelias Anhängerinnen. Jude erhaschte einen Blick auf Sofia und Belle. Sofia hatte ihre Maske hochgeschoben. Sie sah besorgt aus und blickte sich suchend um, als hielte sie nach jemandem Ausschau. Jude fragte sich, ob Sofia nach ihr suchte, aber Belle zog Sofia ungeduldig am Arm, und kurz darauf verloren sich die beiden Hexen in der Menge.

Als der letzte Festwagen vorbeigezogen war, überquerten Jude und das Phantom die Straße und gingen in Richtung Cadence Square weiter. Auf diesem Platz fand in Kürze die Krönungszeremonie statt. Der Vollmond leuchtete hell auf das Schauspiel: Blinkende Lichtergirlanden schlangen sich um die Stämme der Bananenbäume, Papierlaternen baumelten an ausladenden Eichenästen. Dicht an dicht standen die Karren der Straßenverkäufer, daneben Jongleure, Zauberer, Akrobaten und Illusionisten, wie sie auf keiner derartigen Feier fehlen durften. Aus den Karren stieg der Duft von frittierten Zwiebelringen auf, mischte sich mit dem Puderzuckergeruch der Krönungskuchen, und über allem lag der unverkennbare, modrig feuchte Dunst des Sumpfes, den der Wind herantrieb, der betörende Geruch der Süßen Duftblüten und der silberne, alles umfließende Mondschein. Jude holte tief Luft und spürte sogar in diesem Augenblick, wie sehr sie trotz allem ihre korrupte, mit vielen Fehlern behaftete Heimatstadt liebte.

In der Mitte des Platzes, unter einer großen Eiche, war die

Bühne aufgebaut. Jude konnte die beiden Glasgefäße dort stehen sehen; hier wurde ausgezählt, welcher der beiden Legba-Brüder ein weiteres Jahr herrschen würde. Ollins Gefäß enthielt kleine Plastikhunde, die die Anzahl der Stimmen für ihn repräsentierten, und Krags Glas kleine Plastikeulen. Erwartungsgemäß war Krags Glas gut gefüllt, während Ollin so gut wie keine Stimmen auf sich hatte vereinigen können. Jede Provinz hatte zuvor eine Stimme abgegeben, aber Jude bezweifelte, dass bei diesem System alles mit rechten Dingen zuging. Es hätte sie nicht überrascht, wenn sich alle Regierenden schon von vornherein für Krag entschieden hätten. Im Grunde genommen war es alles andere als ein fairer Wettkampf. Vorn an der Bühne saß die blass aussehende Charity neben Rufus Seething, dem Bürgermeister. Neben ihr stand ein Tablett mit Krönungskuchen, in den sie nur noch hineinbeißen musste. Heute Abend wirkte sie anders als in Judes Erinnerung, damals im Blue Lady. Obwohl sie nach wie vor zierlich und hübsch aussah, lag auf ihrem Gesicht jetzt ein angespannter, gequälter Ausdruck.

»Anscheinend ist ihr Freund in der vergangenen Nacht gestorben«, sagte jemand in Judes Nähe. »Das arme Ding.«

Das erklärte, warum Charity so mitgenommen aussah. Alle Intrigen und üblen Machenschaften hatten sie am Ende ihrem Ziel nicht näher gebracht.

Jude bemerkte den abgesperrten VIP-Bereich in der Nähe der Bühne und hatte ein ungutes Gefühl, als sie Etiennes hellblonden Schopf dort in einer Gruppe entdeckte. Seine Augen hatten ihre normale Farbe angenommen und waren blau. Aber sie hatte keine Zeit, sich ausgerechnet in diesem Augenblick Sorgen wegen Etienne zu machen. Eben waren sie und das Phantom gleichzeitig mit dem letzten Festwagen auf dem Platz eingetroffen, und das war das offizielle Zeichen für die Musiker, aufzuhören. Jude konnte Enid nirgends entdecken, aber in diesem Gedränge jemand so Kleines zu finden, war auch nahezu aussichtslos.

Die vielen maskierten Gesichter wandten sich erwartungsvoll der Bühne zu. Alle wollten einen möglichst guten Blick auf die Bühne, und Jude und das Phantom gelang es nur mühsam, sich einen Weg dorthin zu bahnen. Einige der Zuschauer hatten ihre Plätze schon seit Stunden belegt, um das Geschehen auf der Bühne gut verfolgen zu können, und reagierten aggressiv auf Neuankömmlinge, die sich einfach vordrängen wollten. Doch als der Bürgermeister mit seiner Rede anfing, hatten sie es bis dicht vor die Bühne geschafft.

Plötzlich bemerkte Jude ihn, inmitten der Menge. Alles ging blitzschnell, aber sie sah den Mann mit Zylinder und Frack ganz deutlich, der aufmerksam seine aufgeklappte Taschenuhr musterte. Irgendwie, obwohl das eigentlich unmöglich war, hörte Jude das schnelle *tick-tick-tick* seiner Uhr, sogar über die Stimme des Bürgermeisters und die murmelnde Menge hinweg. Unversehens ließ der Mann die Uhr zuschnappen, schob sie in seine Tasche und sah auf. Laternenlicht spiegelte sich in seinen getönten Brillengläsern, als er in Judes Richtung blickte, lächelte und dann langsam und bedeutungsvoll den Finger an den Hutrand legte, bevor er in der Menge verschwand.

»André!« Jude tippte auf seine Schulter. »Hast du das gesehen? Ich glaube … ich glaube, dort drüben war gerade Baron Lukah.«

»Was?« Das Phantom wandte sich zu ihr um. »Ausgeschlossen. Nur die Cajou-Queen kann einen Legba sehen. Wahrscheinlich hat sich bloß jemand verkleidet.«

In der Cajou-Nacht konnte es schon vorkommen, dass sich jemand als Legba kostümierte, normalerweise fiel die Wahl jedoch auf Gottheiten wie Kai, Legba des Regens, oder Astra, Legba der Wohltätigkeit. Niemand würde im Traum auf die Idee kommen, sich als Baron Lukah zu verkleiden. Niemand würde so etwas wagen …

»Halt!«

Der Ausbruch ließ alle aufsehen und das Flüstern und Schwatzen verstummte. Charity Monette war aufgestanden, schob den Bürgermeister vom Mikrofon weg und starrte in wilder Verzweiflung auf die Menge.

»Ich will nicht Queen sein! Das wollte ich noch nie! Ich wollte nur mit Baron Lukah sprechen, um mit ihm einen Handel zu schließen und Wade zu retten. Aber Wade ist tot und alles war umsonst.« Sie schluchzte auf. »Ich habe meine Großmutter umgebracht. Dafür habe ich dem Teufel einen Teil meiner Seele verkauft, aber es war nicht genug.«

Alle schnappten nach Luft und beugten sich neugierig vor, wie gebannt von dem unerwarteten Geschehen auf der Bühne.

»Baton Noir ist zutiefst verdorben und abscheulich«, fuhr Charity fort und Jude war, so lächerlich das scheinen mag, sofort im Namen ihrer Stadt beleidigt. »In diesem Punkt hatte meine Mutter vollkommen recht. Am liebsten wäre ich auch verschwunden, aber meiner Großmutter zuliebe bin ich hiergeblieben. Wegen diesem *Miststück!*« Charity klang so hasserfüllt, dass es Jude kalt überlief. »Wenn sie nicht so stur gewesen wäre«, sagte Charity, »und wenn sie Wade geholfen hätte, als ich sie darum gebeten habe, dann wäre nichts von alledem passiert …«

»Du dummes Kind!«, ertönte eine wohlbekannte Stimme. »Hast du denn immer noch nicht verstanden, dass nicht einmal Cajou-Magie mehr helfen kann? Ich hätte nichts für Wade tun können, selbst wenn ich gewollt hätte.«

Jude war nicht die Einzige, die diese Stimme erkannte. Plötzlich teilte sich die Menge, wich hastig zurück und gab den Weg für ein kleines dunkelhaariges Mädchen frei. Es war Enid, und sie sprach mit Ivorys tiefer, heiserer Stimme.

Charity blickte das Mädchen mit weit aufgerissenen Augen an. »G-Großmutter?«, sagte sie, und der letzte Rest Farbe wich so schnell aus ihrem Gesicht, dass Jude schon befürchtete, sie würde in Ohnmacht fallen. »Nein. Das ist doch nicht möglich.«

Niemand machte Anstalten, Enid aufzuhalten, während sie hoch erhobenen Hauptes, als sei sie bereits wieder zur Queen gewählt worden, die Stufen zur Bühne hinaufschritt.

»Ich war eben noch nicht bereit zu sterben, meine Liebe«, erklärte sie. »Deswegen bin ich zurückgekommen und habe den Körper von diesem Abkömmlingsmädchen in Besitz genommen, mit ihrer Erlaubnis. Darf ich dir meine neue Partnerin vorstellen: Enid Majstro von Moonfleet Manor.«

Die Menge murmelte leise, als der Name fiel, war sich unsicher, wie diese Wendung einzuschätzen war. Jeder wusste, dass die Majstros eine durch und durch böse Sippe waren, und niemandem behagte die Vorstellung, einer ihrer Abkömmlinge könne Cajou-Queen werden, sei es auch gemeinsam mit Ivory Monette.

»Sieh mal«, sagte Ivory, immer noch mit ihrer eigenen Stimme, »zum Beweis, dass ich nicht nachtragend bin, hat Enid dir ein Geschenk mitgebracht.«

Jude spähte angestrengt über die Köpfe der anderen Zuschauer hinweg zur Bühne. Alle standen auf Zehenspitzen, um ja nichts zu verpassen. Enids Hand glitt an ihre Taille und ein kaltes, seelenloses Klingen tönte über den Platz, als die Schlüssel klirrten. Enid löste einen davon aus dem Bund, hielt ihn Charity hin und die Schlüssel lagen silbern schimmernd und seltsam schön in ihrer Hand.

»Nein!«, stieß das Phantom keuchend hervor. »Nein, nicht!«, schrie er noch lauter, aber alle redeten durcheinander, und seine Stimme verlor sich im Gewirr.

Charity musterte den Schlüssel skeptisch und wollte zurückweichen, aber da hatte Enid sie bereits gepackt und mit der Kraft eines Abkömmlings auf die Knie gezwungen. In einer einzigen, fließenden Bewegung hob sie den Schlüssel und presste ihn an Charitys Schläfe. Mühelos wie in ein Schlüsselloch glitt der Schlüssel unter ihre Haut, und Enid drehte ihn mit einem kräftigen Ruck nach rechts.

Charity verdrehte die Augen und stieß einen gellenden Schrei aus, der allen durch Mark und Bein ging und derart gepeinigt klang, dass mehrere Zuschauer ebenfalls aufstöhnten. Enid drehte den Schlüssel ein zweites Mal, woraufhin Charitys Augen sich rot färbten wie die eines nach Blut gierenden Vampirs. Ihr Mund erschlaffte, öffnete sich ein wenig und ein dünner Speichelfaden tropfte herab. Das Einzige, was sie noch aufrecht hielt, war Enids fester Griff.

Die Menge ließ ein missbilligendes Grummeln hören, aber Ivory sagte nur: »Auge um Auge. Ich habe das Recht, ihr Leben zu nehmen. Im Augenblick habe ich lediglich ihrem Geist den Weg geöffnet und sie von ihren Qualen erlöst. Sie ist von ihren Sorgen und allem, was sie beunruhigt hat, befreit. Einfach so, im Handumdrehen!«

Jemand tippte Jude auf die Schulter und eine sanfte Stimme sagte: »Du hast da was verloren.«

Jude wandte sich um. Unmittelbar hinter ihr stand ein älterer schwarzer Herr. Mit einem Mal wich alles ringsum zurück. Enids Stimme, die Menge, die Verwirrung und die Angst verschwanden, und eine schützende Blase der Ruhe und Zurückgezogenheit umschloss Jude.

Der Mann trug einen schäbigen Anzug, einen Strohhut mit breiter Krempe, und auf seiner Schulter hockte eine etwas mitgenommen und zerzaust aussehende Eule. Er hielt Jude einen Papierteller mit einem Stück Krönungskuchen darauf hin, und der bunte Zuckerguss schimmerte verlockend im flackernden Laternenlicht. Jude sah zu ihm auf. Er blickte sie an und kleine Lachfältchen standen in seinem freundlichen Gesicht; es sah wissend, weise und mitfühlend aus. Nicht ganz so, wie Jude es sich vorgestellt hatte.

»Das … das ist nicht mein Kuchen«, erwiderte sie.

Er hob eine Braue. »Bist du dir da sicher? Immerhin steht dein Name drauf.«

Er drückte ihr den Teller in die Hand und wirklich, der Zuckerguss formte in elegantem Schriftzug ihren Namen: *Jude Olivia Lomax.*

»Außerdem schmeckte er richtig gut«, sagte er und brach sich ein Kuchenstück ab. Er schob sich einen Bissen in den Mund und bot den Rest der kleinen Eule auf seiner Schulter an. Doch der Vogel schnupperte nur daran und steckte dann den Kopf noch tiefer in sein zerzaustes Gefieder.

»Ich glaube, mit deiner Eule stimmt was nicht«, sagte Jude.

Er zuckte die Achseln. »Sie hat einfach nur die Nase voll, mehr nicht. Hast du nicht auch manchmal alles gründlich satt, Jude?«

»Doch«, flüsterte sie. »Manchmal schon.«

Sie konnte den Blick einfach nicht von dem Kuchenstück abwenden. Ihr Name darauf war wie ein Aufruf.

»Möchtest du nicht die Gelegenheit haben, alles zu verändern? Alles anders zu machen?«

Judes Hände zitterten »Bist du wirklich der, für den ich dich halte?«

»Das lässt sich nur auf eine Art herausfinden.«

Jude sah auf den Kuchen, aus dem er ein Stück herausgebrochen hatte und bemerkte, dass sich etwas in dem Teig befand – etwas Kleines, Glänzendes, Goldfarbenes. Etwas Mächtiges und Verbotenes – und Gefährliches.

Beinahe gegen ihren Willen zog Jude den kleinen Gegenstand aus dem Teig heraus. Die winzige Krone in ihrer Hand fühlte sich fest und schwer an, und sie wusste genau, dass es keine falsche Plastikkrone war.

Von der Bühne ertönte ein Schrei und Jude hob den Kopf. »Los!«, gellte Enid. »Sag ihnen, dass es dir jetzt besser geht als vorher.«

Schwankend richtete sich Charity auf. Ihre Augen waren noch blutunterlaufen und Speichelfäden tropften aus ihrem Mund, aber sie nickte: »Ja, Ma'am.«

»Seht ihr?«, sagte Enid grinsend.

Jude drehte sich um, aber der Mann mit der Eule war verschwunden.

»Sie hat das Mädchen in einen Zombie verwandelt«, murmelte das Phantom neben ihr, den Blick auf die Bühne geheftet.

Jude schob die kleine Krone in ihre Tasche und blickte André fragend an.

»Was können wir tun?«

Er sah sie an und zuckte überrascht zusammen, als er den Kuchenteller in ihrer Hand bemerkte. »Hast du dir gerade ein Stück Kuchen gekauft?«, fragte er ungläubig.

»Natürlich nicht! Das hat mir einfach jemand gegeben.«

Sie reichte den Teller an einen anderen Zuschauer weiter, der ihn ihr gierig aus der Hand riss.

»Ich habe viele Jahre gebraucht, um diese Schlüssel zu erschaffen«, fuhr Enid fort und winkte Charity zu sich heran.

»Sie können großartige und schreckliche Dinge vollbringen. Ihr habt ja gesehen, was zwei Umdrehungen bewirken. Jetzt will ich euch zeigen, was bei einer dritten passiert – und es soll all denen eine Lehre sein, die ernstlich glauben, sie könnten die Cajou-Queen umbringen.«

Das Phantom hob die Hand, und es sah aus, als würde er das Mondlicht direkt vom Himmel holen. Dann schnellte sein Arm vor und eine Sperbereule mit leuchtenden Krallen und wilden, zornigen Augen flog von seinen Fingerspitzen auf. Enid war so damit beschäftigt, den Schlüssel ein weiteres Mal in Charitys Kopf einzuführen, dass sie die Eule nicht bemerkte.

Das Tier flog geradewegs in ihr Gesicht und schlug ihr mit einem fürchterlichen Kreischen die Krallen in die Augen. Enid ließ Charity los und stürzte mit einem Aufschrei nieder. Im nächsten Augenblick war der Vogel bereits aufgeflogen und in der Dunkelheit verschwunden. Enid war auf die Knie gesunken, beide Hände auf ihr Gesicht gepresst. Mondschein schien durch ihre Finger zu fließen. Das Phantom eilte zur Bühne und hatte sich schnell einen Weg durch die zurückweichende Menge gebahnt. Plötzlich wollte niemand mehr an der Bühnenrampe stehen, auch wenn manche insgeheim Gefallen an dem blutrünstigen Spektakel finden mochten. Sogar der Bürgermeister war in der Menge untergetaucht.

Jude lief hinter André her. Enid hatte inzwischen die Hände sinken lassen, und Jude stellte fest, dass ein Auge milchig weiß aussah. Enid zog fauchend die Lippen zurück, und ihre eigene Stimme war zu hören, als sie jetzt ihren Bruder anschrie.

»Du Teufel! Reicht es denn noch nicht, dass du mich Jahrzehnte lang als Gefangene in Moonfleet gehalten hast? Musstest du mir jetzt auch noch das Augenlicht nehmen?«

»Du lässt mir keine andere Wahl«, gab André zurück. Er

hatte die Bühne erreicht. »Du hast mir *niemals* eine Wahl gelassen. Du stellst mir Falle um Falle und zwingst mich dazu, Verbrechen zu begehen. Deinetwegen werde ich einem Monster immer ähnlicher, nur um mit deinen Untaten Schritt halten zu können und das Schlimmste zu verhindern.«

»Mit mir Schritt halten?« Enid starrte ihn an und lachte schaurig auf, obwohl das Mondlicht aus ihrem verletzten Auge lief. »Das soll wohl ein Witz sein! Du könntest nie und nimmer mit mir Schritt halten! Dazu fehlt es dir an Ehrgeiz, Energie und Vorstellungskraft, lauter Eigenschaften, die ich im Übermaß besitze. Dir bleibt nur deine albtraumhafte Fratze, deine gequälte Seele und bescheuerte Selbstgerechtigkeit. Du bist ein Irrer und gehörst weggesperrt, zusammen mit anderen Irren. Und genau dort wirst du auch landen, sobald ich Queen bin. Dann wollen wir mal sehen, wie es dir gefällt, wie ein Tier im Käfig eingesperrt zu sein.«

Enids Nasenflügel bebten und sie warf einen Blick auf die Menge. Dann war laut und deutlich Ivorys Stimme zu vernehmen. »Über das Phantom von Moonfleet Manor kursieren viele Gerüchte«, sagte sie. »Ich kann bestätigen, dass die meisten davon der Wahrheit entsprechen. Diese Jammergestalt hier hat die eigene Schwester eingesperrt und sie viele Jahre lang auf dem Dachboden gefangen gehalten. Der einzige Grund dafür war, dass sie das Geheimnis ihres Bruders kannte. Violetta Majstro hat nichts mit den Gräueltaten zu tun, die vor fünfzig Jahren begangen wurden. Es war André selbst. Ihr habt damals die Falsche gelyncht.«

Enid streckte die Hand aus. Ein Seil aus Mondstrahlen schlang sich um Andrés Handgelenke, band sie ihm auf dem Rücken fest und ein zweites Seil glitt aus den Zweigen der Eiche herab und legte sich wie eine Schlinge um seinen Hals.

»Sie lügt!«, brüllte Jude. »Das war nicht André. Sie selbst ist die Schuldige.«

Ihre Stimme ging jedoch in der Menge unter, und außerdem hätte ihr sowieso niemand zugehört. Sie bekam das Jackett des Phantoms zu fassen und versuchte, sich daran festzuhalten, aber nun reckte Enid sich zu ihr hinüber und der Kraft eines Abkömmlings war Jude nicht gewachsen; Enid beförderte ihren Bruder mühelos neben sich auf die Knie.

»Seht euch doch nur sein Gesicht an, wenn ihr mir nicht glauben wollt!« schrie sie. »Werft einen Blick auf dieses Ungeheuer, wie es in Wahrheit aussieht.«

Bevor jemand sie daran hindern konnte, streckte Enid die Hand aus und riss dem Phantom mit einem Ruck die Maske herunter.

Kapitel 28

Jude hatte geahnt, dass es schlimm sein musste. Warum hätte er sonst immer die Maske getragen? Trotzdem hatte sie nicht damit gerechnet, dass er so schrecklich aussehen würde. Vielleicht lag es an seiner sanften Stimme, der Schönheit seiner Musik oder daran, wie freundlich er immer zu ihr gewesen war, jedenfalls war sie insgeheim davon überzeugt gewesen, er könne im Grunde nicht so furchtbar entstellt sein. Ihr wurde bewusst, dass sie beinahe ein hübsches Gesicht unter der Maske erwartet hatte, Spuren jenes jungen Mannes, den sie damals auf dem Porträt in Moonfleet gesehen hatte. Vielleicht gezeichnet von einer schrecklichen Narbe oder etwas Ähnlichem – aber auf eine dunkle und geheimnisvolle Weise doch sehr anziehend.

Die Wirklichkeit sah jedoch völlig anders aus.

Als Enid die Maske herunterriss und sie in die Menge schleuderte, versuchte das Phantom, das Gesicht zu senken, aber sie griff in sein Haar. »Nur nicht so schüchtern!«, zischte sie ihm ins Ohr und riss seinen Kopf zurück, bis er die Menge ansehen musste.

Einige schnappten nach Luft. Andere stöhnten laut auf. Später hieß es, jemand in der Nähe der Bühne habe sich tatsächlich übergeben und eine Frau sei in Ohnmacht gefallen.

Sein Gesicht war, ohne Zweifel, ein scheußlicher Anblick. Man hätte beinahe sagen können, dass es kein richtiges Gesicht mehr war.

Im ersten Augenblick wich Jude ebenfalls unwillkürlich zurück wie alle anderen. Obwohl sie ihren Ekel überwinden, verbergen und sich nicht eingestehen wollte, dass sie überhaupt Widerwillen empfand, standen ihr beim Anblick von Andrés Gesicht die Haare zu Berge. Die Brust des Phantoms hob und senkte sich rasch, als er nach Atem rang und seine grauen Augen, das einzig Unveränderte an ihm, suchten in der Menge ihren Blick. Einen schier endlosen Augenblick lang sahen sie einander an, und Jude erkannte die tiefe Beschämung in seinen Augen, ehe er den Blick abwandte.

Jemand aus der Menge warf plötzlich einen Becher mit Whiskey auf ihn. Der Becher ritzte sein Gesicht seitlich, schnitt in die empfindliche Haut ein und der Alkohol klebte ihm das Haar am Schädel fest und tropfte in seinen Kragen.

Es dauerte nur einen Augenblick, schon folgten viele dem Beispiel und bewarfen das Phantom mit allem, was ihnen in die Finger kam – Whiskey, Schüsseln mit Reis, Cajou-Perlen oder anderem Kleinkram. Einige in der Nähe der Bühne bespuckten ihn sogar. Bald drängte die Menge heran, zerfetzte seine Kleidung und riss ihm mit bloßen Händen die Haare aus. Jeder wollte ein schauriges Souvenir ergattern.

»Hört auf!«, kreischte Jude, aber niemand beachtete sie, sie wurde einfach mit den Ellbogen beiseitegeschubst.

Enid lachte und Ivory stimmte mit ein. Jude fand, dass sie noch nie ein so fürchterliches Geräusch gehört hatte wie dieses doppelte Gelächter, das aus ein und derselben Kehle aufstieg. Schließlich durchschnitt Enid die Schlinge aus Mondschein um den Hals des Phantoms und schob ihn von der Bühne herunter in die Menge. Sofort umschwärmten ihn die Leute wie Piranhas, die Blut gerochen haben.

Jude hatte Angst, dass sich die Meute vielleicht nicht damit zufriedengeben würde, ihm die Kleider zu zerreißen, sondern anfangen könnte, auf ihn einzuschlagen. Obwohl sie verzweifelt versuchte, sich zu ihm durchzukämpfen, wurde sie immer weiter von der Bühne weggedrängt. Sie war wie eh und je nur eine aus der Kaste des Lumpenpacks, die überhaupt nichts bewirken konnte. Ohnmächtige Wut und Zorn brodelten in ihr, bis sie glaubte, sie müsste jeden Augenblick platzen …

Da schlug die Turmglocke auf dem Platz Mitternacht und Stille trat ein. Alle wandten sich zur Bühne um, sahen hinüber zu Enid, die rasch nach einem Krönungskuchen griff, ihn auseinanderbrach und nach der Krone suchte, die sie ganz offensichtlich darin zu finden erwartete.

Doch als sie das Kuchenstück zwischen den Finger zerkrümelt hatte, war keine Spur davon zu sehen. Die Menge fing an zu murmeln, man tauschte besorgte Blicke, und nach der ersten Überraschung machte sich Verwirrung breit. Jude spürte, dass der richtige Augenblick gekommen war. Sie zog die Krone aus der Tasche, hielt sie hoch über ihren Kopf und schrie: »Sie ist hier. Ich habe sie.«

Alle Blicke richteten sich auf Jude, und schließlich teilte sich die Menge und machte Platz für sie, damit sie zur Bühne gehen konnte.

»Ausgeschlossen!«, rief Enid. »Wie … wie hast du …? Die Krone gehört mir! Gib sie sofort her!«

Jude hörte nicht hin. Sie hatte nur Augen für das Phantom. Er lag auf dem Boden, der feine Anzug war zerfetzt, aber sie stellte erleichtert fest, dass er bis auf ein paar Kratzer nicht ernsthaft verletzt war. Nur sein Atem ging keuchend und stoßweise.

Jude reichte ihm die Hand, um ihm auf die Beine zu helfen. Sie hätte gern gefragt, ob er einigermaßen in Ordnung war, doch dann kam ihr die Frage sehr dumm vor.

So aus der Nähe sah sein Gesicht noch scheußlicher aus, und Jude musste sich überwinden, ihn anzusehen, obwohl sie sich gleichzeitig dafür hasste, sich derart von seinem Äußeren beeinflussen zu lassen, zumindest in einem gewissen Maß, so wie alle anderen auch. Er holte zitternd Luft. »Meine Maske«, sagte er nur.

Jude stand auf. »Wer hat die Maske? Gebt sie wieder zurück!«, befahl sie mit erhobener Stimme.

Eine tiefe, lang anhaltende Stille trat ein. Niemand rührte sich, und Jude ballte die Fäuste und gestand sich ein, dass niemand die Maske freiwillig hergeben würde. Sie war ein kostbares Souvenir.

»Du hast hier gar nichts zu sagen«, ließ sich Enid vernehmen. »Ich gebe die Befehle. Gib mir die Krone oder ich nehme sie gewaltsam an mich.«

Jude sah zur Bühne hoch. »So ist das nicht gedacht«, erwiderte sie. »Du kannst dir die Krone nicht einfach *nehmen*. Sie wird dir gegeben.«

Enid runzelte die Stirn und wirkte zum ersten Mal leicht unsicher. »Es ist bloß ein Charm«, sagte sie. »Und du bist bloß eine aus dem Lumpenpack. Außerdem sehe ich keine Cajou-Python auf deiner Schulter.«

Jude wollte gerade etwas erwidern, als sich eine feuchte warme Schnauze in ihre Hand drückte. Sie blickte hinab und sah einen mageren alten Hund. Er blickte sie treuherzig und freundlich an und wedelte mit dem Schwanz. Hinter dem Hund standen zwei Männer. Es waren Brüder, genauer gesagt eineiige Zwillinge.

Alles wurde mit einem Mal leise und die Zeit schien langsamer zu vergehen. Jude wusste, dass nur sie allein die beiden Legba-Zwillinge sehen konnte, die plötzlich vor ihr standen. Auf der Schulter des Mannes hockte wieder die kränklich wirkende Eule, diesmal hielt er jedoch außerdem eine große weiße Schlange in den Händen.

»Beau«, hauchte Jude. Beim Anblick der Python wurde ihr warm ums Herz, aber diesmal war Beau nicht die einzige Schlange.

Der zweite Mann hielt ebenfalls eine Schlange in den Händen – eine große, schwarze Python.

»Und Betty«, sagte Jude.

Der alte Hund trottete an Ollins Seite zurück und hockte sich leise schnaufend neben ihn. Der Mann bückte sich und kraulte das Tier hinter den Ohren.

»Also, wie sieht's aus, Jude?«, fragte er. »Beau hat dich anscheinend in sein Herz geschlossen. Und ich schätze, er möchte wieder mit seiner Schwester zusammen sein. Wenn du willst, gehört die Krone dir.«

»Ich darf beide Schlangen haben?«, fragte Jude.

»Sicher«, sagte Krag. »Ivory hätten wir Betty nicht zurückgegeben. Man darf die Schlange nur einmal töten, verstehst du? Aber jede Cajou-Queen fängt mit zwei Schlangen an.«

»Ich würde niemals eine der beiden töten«, erklärte Jude.

»Tja«, sagte Ollin achselzuckend. »Das sagen die meisten am Anfang. Aber sobald sie etwas unbedingt haben wollen, ist es mit den guten Vorsätzen schnell vorbei.«

»Ich würde es niemals tun«, wiederholte Jude.

»Dann nimmst du die Krone an?«, fragte Krag und hob eine Braue.

»Warum bietet ihr sie ausgerechnet mir an?«, erwiderte Jude.

»Warum nicht?«, gab der Legba zurück. »Beau mag dich. Also mag dich der Schlangengott. Und vielleicht ist die Zeit reif für einen Wechsel.«

Jude überlegte einen Augenblick. Hinter den Brüdern nahm sie den Platz wie ein Standbild wahr, erstarrt und still. Ihr Blick glitt über die maskierte Menge, das Phantom, blutend auf dem Boden, und Enid, die oben auf der Bühne die Zähne bleckte.

»Wenn du sie nicht willst«, fuhr Ollin fort, »geben wir sie eben dem Mädchen. Du kannst dich frei entscheiden, das überlassen wir dir.«

Jude sah zu Enid hinüber und fand, dass hier eigentlich von einer freien Entscheidung nicht die Rede sein konnte. Ihr Blick blieb an einem kleinen, trostlosen Gegenstand am Fuße der großen Eiche hängen. Es war ein Hahn, der am Stamm festgenagelt war; dreizehn Nadeln steckten in seiner Brust – die grusligen Überbleibsel einer Cajou-Beschwörung oder etwas Ähnlichem, wie es tagtäglich in Baton Noir stattfand.

Sie sah das Phantom an, den man wegen seines entstellten Gesichts misshandelt und geschlagen hatte, und ihr wurde deutlich bewusst, wie grausam und korrupt Baton Noir geworden war, ein Gedanke, bei dem es sie kalt überlief, denn im Grunde ihres Herzens war sie davon überzeugt, dass diese Stadt besser war. Vielleicht könnte sich alles verändern – und Baton Noir könnte wieder so schön und lebenswert werden wie in früheren Zeiten. Natürlich war die Wahl heute Abend auf Krag gefallen, aber wenn Jude Queen wurde, konnte sie das Jahr dazu nutzen, für Ollin zu werben. Und sie könnte dafür sorgen, dass die Wahl beim nächsten Mal unter fairen Bedingungen stattfinden würde.

Da hatte sie nun die einmalige Gelegenheit, etwas zu verändern, und mit einem Mal kam es ihr völlig unwichtig vor, warum oder wie es dazu gekommen war. Sie war plötzlich fest davon überzeugt, dass ihr gesamtes Leben auf diesen einen Augenblick und zu dieser Entscheidung hingeführt hatte. Jude wollte ihr Temperament nicht länger zügeln, nein, sie wollte erst recht Öl ins Feuer gießen und es in Flammen auflodern lassen, so hell und strahlend, dass der nächtliche Himmel davon erleuchtet wurde. Sie wollte Cajou-Queen von Baton Noir werden und diese Stadt wieder zu einem wundervollen Ort machen.

»Okay«, sagte sie leise, beinahe unwillkürlich.

Die Schlangen glitten augenblicklich aus den Händen der Legba-Zwillinge und direkt auf Jude zu. Ollin und Krag zogen beide eine Pfeife aus der Jacke und zündeten sie an. Nach Vanille duftender Rauch stieg auf.

»Na, dann viel Glück«, sagte Krag.

Kurz darauf waren beide verschwunden und bis auf den leichten Tabakgeruch blieb nichts von ihnen zurück. Ton und Bewegung stürmten auf Jude ein, als die Welt wieder zum Leben erwachte. Alles war genau wie vorher und zugleich vollkommen anders, denn der blutrot glühende Kronen-Charm baumelte an ihrem Handgelenk und auf ihren Schultern ringelten sich zwei schwere Cajou-Pythons. Sie sah zu Enid oben auf der Bühne und fragte: »Hast du *diese* Schlangen gemeint?«

Kapitel 29

Enids Gesicht verzerrte sich vor Wut.

»Nein!«, zischte sie, und Jude begriff, dass diese mit Ivory sprach, als sie sagte: »Du hast mir versprochen, dass *ich* Queen werde!«

Sie streckte den Arm aus, als könne sie die Schlangen einfach von Judes Schultern nehmen, aber die beiden Pythons bäumten sich feindselig auf und entblößten zischend ihre Reißzähne, aus denen Cajou-Gift tropfte.

Enid zog die Hand blitzschnell zurück, dann schwirrte etwas über die Menge hinweg und fiel neben Jude nieder. Es war die Maske des Phantoms und Jude überlief ein Schauer der Aufregung. Sie hatte nicht einmal darum bitten müssen. Sie reichte die Maske wortlos an André weiter, der sie mit zitternden Händen über sein Gesicht zog.

»Du verlogenes Miststück!«, tobte Enid auf der Bühne, was offenbar Ivory galt; es war ein Streit, von dem die Zuschauer nur eine Seite hören konnten.

Jude sah auf und bemerkte, dass sich ein Dritter zu den beiden auf der Bühne gesellt hatte. Es war Baron Lukah. Er lehnte lässig am Rednerpult, eine Hand in der Tasche, in der anderen eine Stoppuhr.

»Gleich ist es so weit, würde ich sagen«, murmelte er.

»Es ist mir egal, ob du mich reinlegen wolltest oder nicht!«, rief Enid aus. »Du hast dich nicht an unsere Abmachung gehalten. Ich habe dich in mir aufgenommen, weil ich die Krone wollte. Ohne Krone bist du völlig wertlos für mich.«

Und vor aller Augen stieß Enid Ivorys Geist aus ihrem Körper aus. Als die Zuschauer laut keuchten, begriff Jude, dass Ivorys Geist für alle sichtbar war. Sie sah genauso aus wie damals im Spiegel, als Jude sie zum ersten Mal gesehen hatte – eine alte Frau im Abendkleid, mit gespaltenem Schädel und zerschlitzter Kehle und über und über mit Blut bedeckt. Der Gedanke, dass sie diesen Mord wissentlich über sich hatte ergehen lassen, machte den Anblick noch abstoßender, und Jude schüttelte sich.

»Du!«, fauchte die ehemalige Cajou-Queen und blickte Jude so hasserfüllt an, dass sie beinahe einen Schritt zurückgewichen wäre. »Du dummes Mädchen! Du hast ja keine Ahnung, was du angerichtet hast!«

Durch Ivorys durchsichtige Gestalt hindurch sah Jude, wie Enid hastig von der Bühne krabbelte und in der Menge verschwand. Das Phantom musste es ebenfalls bemerkt haben, denn er trat vor, als wollte er die Verfolgung aufnehmen, blieb dann jedoch zögernd stehen.

»Du meinst wohl, es wäre ein Kinderspiel, Queen zu sein?«, fuhr Ivory fort, deren Geistergestalt zusehends blasser und dünner wirkte. »Du glaubst, es wird dich glücklich machen und deine Probleme lösen? Warte nur ab!« Sie lachte grausam auf. »Du wirst schon sehen!«

»Entschuldigung, Teuerste.«

Ivory drehte sich um und sah Baron Lukah hinter sich stehen. Der Legba lächelte sie an. »Sie sind spät dran für unsere Verabredung«, sagte er leise.

Ivory wich zurück. »Nein!«, rief sie. »Ich ... ich bin noch nicht bereit mitzugehen.«

»Und doch muss es sein«, erwiderte er. »Trotz allem. Ein zweites Mal entwischt mir keiner.«

Er hielt sie am Handgelenk fest, und obwohl sie sich aus Leibeskräften wehrte, hatte das offenbar nicht die geringste Wirkung auf den Legba, sondern führte vielmehr dazu, dass ihre Geistergestalt noch schneller verblasste.

Schließlich schluchzte sie bitter auf, riss den Kopf mit einem Ruck hoch und warf Jude einen bitterbösen Blick zu.

»Na gut«, keuchte sie. »Dann muss ich eben gehen. Aber nicht ohne dich, Jude Lomax, vorher noch mit meinem letzten Atemzug zu verfluchen!«

Sie tauchte die Hand in ihren Brustkorb, und als sie wieder zum Vorschein kam, befand sich ein klebriger schwarzer Klumpen darin, der wie ein Schlangenknäuel zuckte und sich ringelte. Ehe Jude begriff, was vor sich ging, hatte Ivory ausgeholt und den zuckenden Klumpen in ihre Richtung geschleudert.

Etwas riss sie zurück und ein großer Körper umfing sie: Das Phantom hatte sich blitzschnell schützend zwischen Jude und die tote Cajou-Queen gestellt. Der zuckende schwarze Klumpen traf ihn genau zwischen den Schulterblättern, und Jude spürte, wie sein Körper von der Wucht des Aufpralls bebte.

Ein starker, eisiger Luftzug wehte an ihr vorbei, und dann war ein Geräusch zu vernehmen, ganz nahe und doch unsichtbar, ein Klippklapp, das ein wenig wie trappelnde Ziegenhufe auf Pflastersteinen klang, wenn die Cajou-Priesterinnen die Herde zum Opfer führten. Allerdings war das Geräusch noch lauter und durchdringender, eher so, wie Jude sich das Klappern von Pferdehufen vorstellte. Plötzlich schnaubte es warm in ihrem Nacken, und sie fuhr herum und erwartete, hinter sich ein Pferd stehen zu sehen. Doch es war nichts zu sehen.

»Genug jetzt«, sagte Baron Lukah. »Wir müssen gehen.«

Damit zog er Ivory Monette mit sich in die Geisterwelt hinüber, ohne auf ihr unablässiges schrilles Kreischen zu achten, und dann war die Bühne leer und alles still. Jude wand sich aus der Umklammerung des Phantoms und warf einen Blick auf seinen Rücken, überzeugt davon, dort eine blutende Wunde vorzufinden, doch sie konnte nichts entdecken.

»Was war das denn?«, sagte sie. Die Schlangen auf ihren Schultern ringelten sich ruhelos. Jude spürte, wie verstört die Tiere waren, und mit einem Mal erfasste sie eine böse Ahnung. Sie sah das Phantom an. »Was hat sie da gerade gemacht? Bist du verletzt?«

»Nein, mir geht es gut«, erwiderte er, doch sein Atem ging stoßweise.

»Du lügst.«

Erst dann hörte sie es – das leise unwillkommene Klopfen eines Herzens, das nicht hätte da sein dürfen. Das Phantom wollte rasch die Hand wegziehen, aber Jude hielt sie fest und schob seinen Handschuh hoch. Als sie das sah, was sie befürchtet hatte, graute ihr.

Ein kleines, unförmiges schwarzes Herz pochte in seiner Handfläche, es sah verkrümmt und giftig aus, und sie wussten beide, was es zu bedeuten hatte: Es war ein Hexenmal, ein Schreckenszauber, und er bewirkte, dass die größte Angst des Opfers eines Tages wahr werden würde. Die Umstehenden hatten das Mal ebenfalls bemerkt, und das Murmeln und Flüstern schwoll an, löste Aufregung und Entsetzen aus. Jude hasste die anderen, verabscheute sie zutiefst dafür, dass es ihnen insgeheim ein diebisches Vergnügen zu bereiten schien, wie das

Leben eines Mitmenschen sich vor ihren Augen in einen Scherbenhaufen verwandelte.

Während das Phantom hastig den Handschuh über das Herz streifte, sah sie auf, und ihr Blick kreuzte sich mit dem Etiennes, quer über die Menge hinweg. In seinen blauen Augen lag ein sonderbarer, schwer zu deutender Ausdruck. Dann wandte er sich um, setzte den Zylinder auf und verließ den Platz mit gesenktem Kopf.

Nachdem die Gefahr vorüber und von Enid und Ivory nichts mehr zu sehen war, hatte sich der Bürgermeister wieder auf die Bühne begeben. Mit halbem Ohr hörte sie, wie er vorschlug, die Cajou-Nacht weiterzufeiern, aber was er sagte, interessierte Jude nicht im Geringsten.

»Lass uns verschwinden«, sagte sie zu André.

»Hoheit!«, tönte die Stimme des Bürgermeisters hinter ihnen her. »Verzeihen Sie, aber Sie müssten während der Feier anwesend sein, wie es üblicherweise …«

»Ist mir egal!«, schnitt ihm Jude das Wort ab. »Ihr könnt meinetwegen die ganze Nacht lang feiern, aber ihr solltet euch darüber im Klaren sein, dass sich ab morgen hier eine Menge ändern wird.«

Kapitel 30

Am nächsten Tag stand Jude in der Küche und bemühte sich, ruhiger zu werden. Ihre zunehmende Gereiztheit ließ sich jedoch kaum noch unterdrücken. Gestern war sie aufgeregt nach Hause zurückgekehrt. Selbst wenn Ivory behauptet hatte, sie könne ihrem Vater nicht helfen, wusste Jude, dass es im Cajou Heilungszauber gab, und sie war bereits dabei, Pläne zu schmieden, um die Schmerzen ihres Vaters zu lindern. Insgeheim hatte sie gehofft, er würde sich über ihre Krönung freuen, nicht zuletzt deswegen, weil sie sich keine Sorgen mehr um unbezahlte Rechnungen machen mussten, weil es ihnen Respekt verschaffte und sie in ein Haus im Fountain District umziehen würden – alles in allem also ein besseres Leben führen konnten. Aber ihr Vater war da anderer Meinung gewesen. Und zwar vollkommen anderer Meinung.

»Ab jetzt bist du der Feind!«, hatte er gezischt. »Du bist nur Abschaum, dreckiger Cajou-Abschaum!«

Jude hatte sich bisher so viele Sorgen um ihren Vater gemacht, er fehlte ihr, so, wie er früher gewesen war, und sie hatte ständig darüber nachgedacht, wie sie ihm helfen könnte. Diese Gefühle waren mit einem Schlag verschwunden. Sie spürte nichts als blinden Zorn.

»Hast du auch nur die geringste Vorstellung, was ich in den letzten Tagen durchgemacht habe?«, brüllte sie, und ihre lang unterdrückte Wut trat über die Ufer wie ein reißender Fluss. »Es war der reinste Höllentrip. Alles nur für dich, du undankbarer Mistkerl«

»Untersteh dich, mir die Schuld an deiner Verdorbenheit zu geben!«, brüllte er zurück. »Du bist nicht mehr meine Tochter. Verschwinde aus dieser verfluchten Wohnung und lass dich nie mehr blicken!«

»DAS HÄLTST DU KEINE WOCHE LANG DURCH«, schrie Jude, so laut sie nur konnte, und weidete sich an dem scheußlichen Streit. Nachdem sie so lange versucht hatte, alles irgendwie am Laufen zu halten, war es fast eine Erleichterung, aufzugeben. »Ohne mich schaffst du es nie!«

»Verschwinde! Hau ab!« Er griff nach einer Tasse und schleuderte sie auf Jude. Sie duckte sich, und die Tasse ging harmlos und hoch über ihrem Kopf an der Wand zu Bruch.

Mit größter Überwindung brachte sie es fertig, den Mund zu halten. Ihr wurde plötzlich bewusst, dass sie einander sonst zerstörten, und das wollte sie nicht, trotz allem, was sie gesagt hatte. Es war am besten, wenn sie sofort das Haus verließ, bevor sie zu viel Schaden anrichteten. Sie drehte sich um und stapfte zur Tür.

Doch als sie die Hand auf die Klinke legte, zögerte sie. Obwohl sie so wütend war, sehnte sie sich danach, ihrem Vater zu sagen, dass sie ihn liebte, dass er alles war, was sie hatte, und sie alles nur seinetwegen getan hatte, um ihm zu helfen. Aber wozu? Das hätte auch nichts geändert. Auch dieses Eingeständnis hätte sie nicht zu der Tochter gemacht, die er im Grunde haben wollte.

Sie stand noch unentschlossen vor der Tür, als ihr Vater einen

Teller nahm und auf sie warf. Er zielte weit daneben und traf die Wand, aber Jude begriff, dass im Augenblick nicht mit ihm zu reden war. Sie konnte nicht bleiben, das bewirkte nichts Gutes. Sie verließ die Wohnung, gab sich jedoch das Versprechen, zurückzukehren, sobald sie sich beide beruhigt hatten. Er würde doch sicher irgendwann zur Vernunft kommen? Von jetzt an konnten sie ein besseres Leben führen.

Jude wusste, dass sie in der Villa der Cajou-Queen im Fountain District bereits erwartet wurde. Alles war für sie vorbereitet und umgeräumt worden, Charity hatte man ins Irrenhaus gebracht. Das war der einzige Ort, an dem sie jetzt, nachdem Enids Schlüssel ihren Geist verwirrt hatte, noch bleiben konnte. Enid selbst war spurlos verschwunden, obwohl die Polizei überall nach ihr suchte. Doch Jude wollte zuerst in das große Haus in der Praline Street. Dort hatte das Phantom seine Stadtwohnung.

Da der Cajou-Baum Moonfleet überwuchert und unbewohnbar gemacht hatte, waren Jude und André in das Stadthaus der Majstros gegangen und hatten dort die Nacht verbracht. Kaum angekommen, waren sie todmüde ins Bett gefallen und auf der Stelle eingeschlafen.

Als Jude nach dem Streit mit ihrem Vater in die Praline Street zurückkehrte, erwartete sie der nächste Schlag.

»Ich muss fort«, erklärte das Phantom.

»Du meinst, fort aus diesem Haus?«, fragte Jude unsicher.

»Nein. Ich verlasse Baton Noir.«

»Das darfst du nicht«, sagte Jude, und erzählte ihm von der Auseinandersetzung mit ihrem Vater. »Ich brauche dich«, fuhr sie fort. »Und außerdem müssen wir dich von dem Schreckenszauber befreien.«

Er schüttelte den Kopf, und erst jetzt bemerkte Jude die

gepackten Koffer an der Eingangstür. Er musste alles Nötige für die Reise besorgt haben, während sie bei ihrem Vater gewesen war.

»Es tut mir leid«, sagte er. »Aber ich kann hier nicht bleiben. Es wäre gefährlich. Für dich und für alle anderen. Mein Boot legt in zwanzig Minuten ab.«

»Ich bringe dich zum Hafen«, sagte Jude schnell. Das verschaffte ihr noch etwas Zeit zum Nachdenken. Vielleicht kam ihr auf dem Weg eine rettende Idee, wie sie seine Abreise verhindern konnte.

Kurz darauf liefen sie bereits auf der sonnenbeschienenen Straße zum Paradise Pier.

»Was ist es?«, fragte Jude, während sie neben ihm herging. »Was ist deine größte Angst? Wenn du mir das sagst, fällt uns vielleicht eine Lösung ein.«

»Es gibt keine Lösung«, erwiderte das Phantom.

»Du willst also nicht mal den Versuch machen, dich gegen den Fluch zu wehren?« Plötzlich packte sie die Wut. »Du gehst einfach weg und lässt mich allein?«

»Du verstehst das nicht.« Er blickte starr vor sich hin. »Mir bleibt keine andere Wahl.«

Eine Weile liefen sie schweigend nebeneinander her und hatten bald die salzverkrusteten Planken der Anlegestelle erreicht. Ein Raddampfer hatte angelegt und lud Passagiere und Gepäck ein; Jude vermutete, dass André einen Platz auf diesem Dampfer gebucht hatte. Er blieb am Landungssteg stehen.

»Was du damals vor dem Krankenhaus zu mir gesagt hast«, forschte sie, »war das irgendwie ernst gemeint?«

Er sah sie an. »Jedes einzelne Wort.«

»Wie kannst du mich dann einfach so verlassen?«

Es war die falsche Bemerkung. »Du hast ja selbst gesehen,

was mit denjenigen passiert, die ich liebe«, erwiderte er abweisend und mit scharfem Unterton.

Unwillkürlich musste Jude an Violetta denken – an das verängstigte Mädchen, halb Baum, halb Mensch, das aus ihr geworden war. Sie schüttelte ungeduldig den Kopf.

»Ich habe keine Ahnung, was es bedeutet, Cajou-Queen zu sein«, setzte sie an. »Ich könnte einen Freund gut gebrauchen.«

»Du hast doch Freunde«, erwiderte er. »Dieser Sharkey hat aus dem Krankenhaus ein Glückwunschtelegramm geschickt. Es wurde heute Morgen zuerst in dein neues Zuhause geschickt und dann bei mir abgeliefert. Ich hätte es beinahe vergessen.« Er zog das Schreiben aus seinem Jackett und reichte es Jude, die es in die Tasche ihrer Latzhose stopfte, ohne einen Blick darauf zu werfen. »Und du hast mir von Sofia erzählt, der Hexe«, fuhr das Phantom fort. »Abgesehen davon weiß keine Cajou-Queen im Voraus, wie das geht. Du musst selbst den richtigen Weg finden, und ich bin absolut davon überzeugt, dass du das schaffst.«

Jude hielt ihn am Handgelenk fest. Obwohl sein Handschuh das Hexenmal bedeckte, spürte sie das schwarze Herz unter dem Leder klopfen.

»Dieser Schreckenszauber war für mich bestimmt«, sagte sie. »Du hättest mich niemals davor schützen dürfen. Ich lasse nicht zu, dass du einfach gehst.«

»Die Entscheidung liegt nicht bei dir«, gab das Phantom zurück. »Ich bereue nicht im Geringsten, dass ich den Fluch auf mich genommen habe.« Er blickte über den Fluss hinweg. »Es ist das einzig Gute, was ich je getan habe.«

»Aber … aber wo willst du denn hingehen?«

»Das kann ich dir nicht sagen.«

Jude stieß einen Fluch aus. Sie spürte, dass ihre Gefühle sie zu überwältigen drohten wie wild gewordene Pferde und versuchte, sich mit einigen tiefen Atemzügen wieder zu beruhigen. Die Enttäuschung knotete ihr förmlich den Magen zusammen. Sie sagte nicht das Richtige, vermittelte ihm nicht das, was sie ihm unbedingt sagen wollte, auch wenn sie selbst nicht so recht verstand, was genau das eigentlich war.

»Bitte hör mir zu«, sagte sie schließlich. »Es … ist nicht bloß, weil ich nicht weiß, was man von einer Cajou-Queen erwartet. Ich versuche … also, ich versuche dir auch zu sagen, dass du mir wichtig bist.«

Sie spürte, wie er sich anspannte. »Das ist ja wohl lächerlich«, erklärte er in aufreizend herablassendem Ton.

»Erzähl mir gefälligst nicht, was ich zu fühlen habe«, gab sie aufgebracht zurück. »Hör mal, ich sage ja nicht, dass ich mich in dich verliebt habe. Wie könnte ich das auch? Ich kenne dich doch kaum. Ebenso wenig wie du mich. Aber … ich mag dich. Und ich glaube, deine Seele hat etwas in meiner Seele geweckt. Ich möchte gern Zeit haben, um dich besser kennenzulernen.«

»Du hast eine ganze Menge durchgemacht«, erwiderte er. »Du bist gar nicht mehr in der Lage, vernünftig zu denken. Du hast doch mein Gesicht gesehen und kannst unmöglich … ich verstehe nicht, wie du überhaupt … wir wissen beide, dass es zwischen uns niemals etwas geben kann.«

Jude zuckte zusammen. Es war, als hätte er ihr eine Ohrfeige versetzt, und entsetzt spürte sie, wie ihre Augen sich mit Tränen füllten. »Du kennst mich kein bisschen, wenn du im Ernst so über mich denkst.«

»Das hat doch nichts damit zu tun, ob ich dich kenne«, erwiderte er ungeduldig. Dann fügte er etwas ruhiger hinzu: »Ich will damit einfach nur sagen, dass sich niemand je für das Monster entscheidet.«

Das Wort hing zwischen ihnen. Heute Morgen hatte es in jeder Zeitung als Schlagzeile gestanden – das hässliche Wort war überall zu lesen, und daneben ein Foto des Phantoms vom vergangenen Abend.

»Wir kannst du dich nur selbst so nennen?«, sagte Jude. Sie dachte an die Kartons mit Essen, die Musik und die silberne Eule, die Leeroy in die Flucht geschlagen hatte. »Mein Leben lang hast du dich mir gegenüber wie ein Engel verhalten.«

»Ich habe dir schon gesagt, dass es in Baton Noir keine Engel gibt«, sagte er. »Hier gibt es nur Teufel. Vielleicht kannst du daran mit der Zeit etwas ändern. Jude, ich habe das vorhin ganz ehrlich gemeint. Ich bin müde. Das ist nicht mehr mein Kampf. Ich bin fertig mit dieser Stadt.«

Der Raddampfer tutete zweimal hintereinander lautstark, das letzte Zeichen zum Einsteigen für die restlichen Passagiere an Land.

»Ich muss gehen. Auf Wiedersehen, Jude. Ich bin froh, dass ich dich …«

Weiter kam er nicht, denn Jude hielt ihn am Hemd fest, zog ihn an sich und drückte, ohne nachzudenken oder zu zögern, ihre Lippen auf seinen Mund. Er keuchte leise auf, und zuerst dachte sie, er würde sie wegstoßen. Aber dann schlang er den Arm um sie und erwiderte den Kuss.

Funken sprühten zwischen ihnen auf, prickelten, und Jude hätte nicht genau sagen können, wer von ihnen beiden mehr zitterte, und zugleich spürte sie beinahe, wie sich etwas in ihr dem Phantom entgegenreckte, jener Teil ihrer Seele, von dem sie gerade gesprochen hatte, und ein unbegreifliches, sehnsüchtiges Verlangen erfüllte sie.

Schließlich löste sich das Phantom aus dem Kuss, zog sich zurück und taumelte leicht auf den Planken des Piers.

»Ich muss gehen«, sagte er. »Sofort.«

Jude kam der Gedanke, dass sie versuchen könnte, ebenfalls an Bord des Dampfers zu gehen. Dass sie André heimlich folgen könnte, es einfach nicht zulassen durfte, dass er sich davonstahl. Dann musste sie allerdings ihren Vater zurücklassen. Sie glaubte einfach daran, dass er ihr doch vergeben würde, und war fest entschlossen, sich weiterhin um ihn zu kümmern. Wenn sie an Bord ging, verließ sie Baton Noir, und das war ausgeschlossen. Die Stadt war ein Teil von ihr. Nur um Baton Noirs willen war sie überhaupt Queen geworden – um etwas zu verbessern. Ihr blieb ein Jahr bis zur nächsten Cajou-Nacht, und dieses Jahr wollte sie nutzen, um alle davon zu überzeugen, dass Ollin unbedingt wieder an die Macht kommen musste. Sie konnte nicht alles, was sie liebte und was ihr wichtig war, aufgeben, weil ihr trügerisches Herz ihr gerade weismachen wollte, dass sie möglicherweise irgendetwas für André empfand. Nein, sie musste hier in Baton Noir bleiben und alles wieder ins Lot bringen.

André nahm seinen Koffer. »Eines muss ich dir noch sagen, bevor ich gehe«, erklärte er und sah sie an. »Du täuschst dich, wenn du denkst, ich kenne dich nicht. Ich kenne dich gut. Ich habe gesehen, wie du dich von einem kleinen, eigensinnigen Mädchen in eine außergewöhnliche Frau verwandelt hast. Ich weiß, wer du wirklich bist, wenn du allein bist und denkst, niemand würde dich sehen. Du wirst eine Queen sein, wie sie diese Stadt nicht verdient hat … aber du solltest darüber nicht vergessen, an dein eigenes Glück zu denken. Falls noch einmal ein zweiter Leeroy in dein Leben schlittert, hoffe ich, dass du mit ihm so umspringst, wie es ein derart feiger, niederträchtiger, nichtsnutziger Mistkerl verdient.« Er legte ihr die Hand auf den Arm. »Versprichst du mir das, Jude?«

Sie holte tief Luft und nickte. In den letzten Wochen und Monaten hatte sie eine ungeahnte Kraft und innere Stärke in sich verspürt, die stetig wuchs. Mit den beiden Cajou-Pythons auf den Schultern fühlte sie sich lebendiger als je zuvor, fähiger, alle Probleme zu bewältigen. Sie wusste, sie würde es nie wieder zulassen, dass jemand sie so behandelte wie Leeroy – dass jemand bis in ihre Seele eindrang und sie dazu brachte, sich in ihn zu verlieben, nur um anschließend ihr Selbstwertgefühl auf grausamste Weise zu vernichten. Es war gut, sich zur Abwechslung einmal stark zu fühlen.

»Eines Tages werde ich dich wiederfinden«, gab sie zurück und sah zu ihm auf.

»Nein«, erwiderte er und lächelte kurz, schon zum Gehen gewandt. »Du wirst mich nie wiedersehen.«

Damit trat er auf den Landungssteg, und Jude fiel nichts ein, was sie hätte sagen oder tun können, um ihn daran zu hindern, an Bord zu gehen und sie zu verlassen. Oben an der Reling blieb er stehen und winkte ihr kurz zu. Dann war er so schnell auf dem Boot verschwunden, dass Jude nicht einmal Zeit blieb, zurückzuwinken.

Und kurz darauf war das Boot nicht mehr zu sehen.

Natürlich hatte Jude im Nullkommanichts herausgefunden, wohin der Raddampfer fuhr. Er steuerte eine Hafenstadt flussaufwärts an, die jedoch nur als Umsteigestation für andere Ziele diente. Selbst wenn sie die Stadt verließ, selbst wenn es ihr gelang, seine Spur zu verfolgen, war sie doch außerstande, ihm zu helfen.

Sie machte sich auf den Weg zu ihrem neuen Domizil, der Villa der Cajou-Queen. Dort schickte sie das gesamte Personal nach Hause, ging schnurstracks in die Bibliothek und holte alle Bücher, die sich mit Hexenmalen beschäftigten, aus den Regalen. Sie wollte so schnell wie möglich alles über diese Art der Magie erfahren.

Als es Abend wurde, klopfte es an der Tür, und die beinahe schmerzhafte Hoffnung, dass Phantom sei zurückgekehrt, stieg in ihr auf. Sie stellte sich vor, wie sie die Tür öffnen und André vor ihr stehen würde. Er würde ihr mitteilen, dass er seine Meinung geändert hatte und in Baton Noir bleiben würde.

Doch als sie die Tür aufriss, stand ein anderer Besucher vor ihr.

Es war Etienne Malloy.

Jude wich zurück. Bei Etiennes Anblick musste sie sofort an das Knacken brechender Knochen denken, an schmerzhaft aufplatzende Haut und an Blut, das über ihr Handgelenk rann. Sie hörte die Schreie des Kellners, als Etienne ihm die Zähne ausschlug, und sah das junge Mädchen auf den Bahngleisen vor sich …

Etienne hatte offenbar herausgefunden, dass sie den Dieb heraufbeschworen und die Teufelsmünze gestohlen hatte. Er war bestimmt gekommen, um sich deswegen zu rächen. Die Schlangen spürten ihre Angst und zeigten sich, bösartig zischend, auf ihren Schultern, als Jude von der Tür zurücktaumelte. »Du kannst nicht hereinkommen!«, stieß sie hervor. »Ich habe dich nicht eingeladen.«

»Ich will dir nichts tun«, erwiderte der Vampir. »Ich schwöre es. Sieh her.«

Er hob die Hände und Jude sah einen lila leuchtenden Menschlichkeits-Charm an seinem Gelenk baumeln. Äußerlich hatte er sich seit ihrer letzten Begegnung verändert. Sein Hemd war zerknittert, tiefe Schatten lagen unter seinen Augen und das sonst stets tadellos frisierte blonde Haar war zerzaust.

»Ich verstehe nicht ganz«, sagte Jude langsam. »Warum bist du hier?«

»Weil du meine Hilfe brauchst«, erwiderte Etienne.

»Deine *Hilfe?*« Jude blickte ihn verblüfft an. »Wozu um alles in der Welt sollte ich denn deine Hilfe nötig haben?«

»Ivory Monette hat das Phantom gestern Abend mit einem Schreckenszauber belegt und er hat vorhin Baton Noir verlassen.«

»Und weiter?«

»André war früher mein bester Freund«, sagte Etienne. »Ich weiß, welcher Dämon ihn jagt, denn ich kenne seine größte Angst. Ich weiß auch, wohin er gegangen ist. Wenn du ihm helfen willst, hast du mit mir die besten Chancen.«

Jude musterte ihn feindselig. »Du bist auf mich losgegangen«, sagte sie. »Du hast mir den Finger gebrochen und …«

»Na gut, das lässt sich nicht leugnen.« Der Vampir zuckte die Achseln und lächelte zerknirscht. »Tut mir wirklich leid. Ich habe anderen weit Schlimmeres angetan, falls dich das tröstet.«

»Überhaupt nicht«, erwiderte Jude barsch. »Wieso sollte ich dir vertrauen?«

Seufzend schob er die Hände in die Taschen. »Keine Ahnung«, gab er zurück. »Vermutlich solltest du das eher nicht tun. Es ist lange her, seit ich zum letzten Mal einen Menschlichkeits-Charm getragen habe. Ich weiß eigentlich selbst nicht mehr genau, wer ich eigentlich bin.«

»Warum trägst du ihn dann jetzt?«

»Wegen André.« Seine blauen Augen blickten plötzlich kalt. »Was in der Cajou-Nacht passiert ist … wie sie ihn behandelt haben … ich glaube, das hat etwas in mir geweckt. Etwas, was André schon seit Langem in mir wachrütteln wollte. Abgesehen davon habe ich eine ziemlich genaue Vorstellung, was ihm bevorsteht, wenn niemand etwas unternimmt.« Er schüttelte sich. »André ist einer von den Guten. Er ist besser, als ich es je war, selbst bevor ich zum Vampir wurde.«

Jude dachte an Ivory, und wie schlecht es ihr selbst ergangen war, als sie zuletzt einer der Cajou-Adligen vertraut hatte. Andererseits war sie der Aufgabe allein nicht gewachsen, und manchmal musste man eben ein Risiko eingehen. Etienne war im Moment ihre beste und einzige Chance, dem Phantom zu helfen.

»Also gut«, sagte sie zögernd. »Das heißt nicht, dass ich dir vertraue oder dich mag. Aber du kannst reinkommen.«

Der Vampir grinste sie an, und Jude bemerkte überrascht, dass für einen Moment beinahe so etwas wie menschliche Wärme in seinen Augen aufblitzte und ihn veränderte. Mit einem Mal wirkte er völlig anders als der Mann mit der kalten Miene, der damals im Club so unbarmherzig auf den Kellner eingeschlagen hatte.

Er trat ein und blieb vor ihr stehen. Aus der Nähe sah seine Haut grau aus und er machte einen kranken Eindruck, aber seine Augen blickten munter, als er jetzt sagte: »Wir sind einander noch nicht richtig vorgestellt worden. Wer genau bist du?«

»Ich heiße Jude Lomax.«

»Und wie soll ich dich anreden? ›Eure Hoheit‹, ›Majestät‹, ›Euer Ehren‹?«

»Jude reicht völlig aus.«

»Also, Jude«, sagte er. »Ich heiße Etienne Malloy. Schön, dich kennenzulernen.«

Er reichte ihr die Hand und sie schlug etwas widerstrebend ein. »Wir kennen uns schon.«

Sein Griff um ihre Hand wurde fester. »Nein, wir kennen uns noch nicht«, erwiderte er. »Dieser andere … das war ich nicht. Nicht so richtig jedenfalls.«

»Wie praktisch«, sagte Jude und zog die Hand zurück. »Insbesondere, wenn man an die Verbrechen denkt, die dieser andere begangen hat.«

Er presste die Lippen aufeinander. »Längst nicht so praktisch, wie du glaubst«, sagte er, und seine Stimme klang einen Hauch kühler. »Aber jetzt sollten wir uns mit wichtigeren Problemen beschäftigen. Noch nie hat jemand davon gehört, dass ein Schreckenszauber erfolgreich aufgehoben wurde. Ich glaube, das weißt du, oder?«

Jude nickte. »Ja, weiß ich. Bisher habe ich auch noch keine Ahnung.« Sie ballte die Fäuste und spürte das Gewicht der beiden Schlangen schwer und beruhigend auf ihren Schultern. »Aber falls irgendeine noch so kleine Möglichkeit besteht, diesen Zauber aufzuheben, finde ich es heraus. Also machen wir uns an die Arbeit.«

© Alex Bell

Die Autorin

Alex Bell ist eine erfolgreiche britische Kinder- und Jugendbuchautorin und lebt in Hampshire. Sie hat sich außerdem entschieden, ihren Jura-Abschluss für etwas Gutes einzusetzen, und arbeitet als Rechtsberatung für ein Bürgerbüro. Den Großteil ihrer Freizeit verbringt sie damit, den Launen ihrer Siamkatze nachzukommen. Auf Deutsch ist von ihr bisher die Kinderbuchreihe »Der Polarbären-Entdeckerclub« erschienen.

© Patrick Pop

Die Übersetzerin

Sabine Reinhardus, Jahrgang 1958, hat Literarisches Übersetzen in München studiert. Sie übersetzt seit vielen Jahren Kinder- und Jugendbücher, aber auch Sachbücher aus dem Englischen, Französischen und Niederländischen, unter anderem von Huib Modderkolk, Virginia Bergin, Kathryn Evans, Lionel Naccache, Pete Buttgieg und Michelle Paver (zusammen mit Gerald Jung). Sie lebt in Genf.

Janet Clark

DEATHLINE

KANN DIE LIEBE DAS SCHICKSAL BESIEGEN?

Josie hat sich schon immer gewünscht, dass ihr Leben einmal große Gefühle und spannende Wendungen für sie bereithält. Als sie sich im Jahr nach ihrem 16. Geburtstag in die langen Ferien stürzt und den faszinierenden Ray kennenlernt, beginnt ein Sommer, der ihr Schicksal bestimmen wird. Denn ihre große Liebe trägt ein düsteres Geheimnis mit sich herum, das Josies Welt in große Gefahr bringen könnte. Und so muss Josie sich entscheiden. Auch wenn der Preis dafür vielleicht ihre Liebe ist …

Ewig Dein
Band 1, 400 Seiten,
ISBN 978-3-570-31209-4

Ewig Wir
Band 2, 400 Seiten,
ISBN 978-3-570-31262-9

cbt

www.cbj-verlag.de

30366_2